Jagablut

Ines Eberl, geboren in Berlin, ist promovierte Juristin. Sie lebt und arbeitet in Salzburg und ist Mitglied der International Thriller Writers. Im Emons Verlag erschien »Salzburger Totentanz«.
Lesen Sie mehr über die Autorin unter www.ineseberl.com.

Dieses Buch ist ein Roman. Handlungen und Personen sind frei erfunden. Ähnlichkeiten mit lebenden oder toten Personen sind nicht gewollt und rein zufällig. Das fiktive Alpbach in diesem Roman ist mit dem echten Ort gleichen Namens nicht identisch.

INES EBERL

Jagablut

ALPEN KRIMI

emons:

Bibliografische Information der Deutschen Nationalbibliothek
Die Deutsche Nationalbibliothek verzeichnet diese Publikation in der Deutschen Nationalbibliografie; detaillierte bibliografische Daten sind im Internet über http://dnb.d-nb.de abrufbar.

FSC
www.fsc.org
MIX
Papier aus verantwortungsvollen Quellen
FSC® C083411

Umschlagmotiv: Alois Oppeneiger
Umschlaggestaltung: Tobias Doetsch
Druck und Bindung: CPI – Clausen & Bosse, Leck
Printed in Germany 2016
Erstausgabe 2012
ISBN 978-3-89705-965-8
Alpen Krimi
Originalausgabe

Dieser Roman wurde vermittelt durch die Scripta Literaturagentur.

Besonders für Reinfried

EINS

Mit der Nacht kam der Nebel. Er quoll über die gezackten Berggipfel, ballte sich zusammen und kroch in Schwaden durch Felsrinnen und Lärchenwälder die Bergflanke hinab. In der scharfen Luft lag eine erste Ahnung von Schnee. Auf dem Holzschindeldach der Almhütte glitzerten Reifkristalle im Schein des Oktobermondes, der hin und wieder durch die treibenden Wolken brach.

Sanft berührte ein weißer Nebelschleier den Mann, der sich wenige Schritte vor der Hütte auf dem feuchten Moos krümmte, legte sich wie eine leichte Decke über ihn und überzog den groben Stoff seiner geflickten Jacke und das abgeschabte Leder seiner Bundhose mit gefrierender Nässe. Der Mann spürte die Kälte in seiner rechten Hand, wenn er immer wieder über das klamme Leder strich, das seine gefühllosen Oberschenkel bedeckte. In seinem Rücken brannte ein Feuer, und der Schmerz zwang ihn, so flach wie möglich zu atmen. Er wusste, dass der Vollmond das Wetter umschlagen ließ. Im Laufe der Nacht würde der Nebel aufreißen und sich auflösen, und sein schutzloser Körper würde der Kälte, die sich schon jetzt schmerzhaft bemerkbar machte, schutzlos ausgeliefert sein. Der Mann stützte seinen linken Ellenbogen auf und versuchte stöhnend, sich aufzurichten.

»Hilfe!«, rief er heiser. »Hilfe!«

Mühsam verrenkte er den Kopf nach hinten und blickte zu den geschlossenen Holzläden der Almhütte hinauf, vor der er auf der Hausbank seinen Rucksack und den daran gelehnten Bergstutzen erkennen konnte. Mit einem tiefen Atemzug krallte er die linke Hand in die Zweige des Wacholderstrauches, unter dem er seit Stunden lag. Er versuchte, sich aufzusetzen. Der Schmerz in seinem Rücken raste, das Blut dröhnte in seinen Ohren. Er schaffte es nicht. Er konnte sich nicht hochziehen. Sein kräftiger vierundzwanzigjähriger Körper und die mit Nässe vollgesogene Kleidung waren zu schwer für seine ermüdeten Arme.

Der Mann zitterte so heftig, dass er sich nicht mehr an den Zweigen festhalten konnte. Erschöpft ließ er sich wieder auf den feuchten Loden seines Wetterflecks sinken.

»Hilfe«, murmelte er. »Hilfe.«

Nach und nach verlangsamte sich sein Atem, und eine tiefe Müdigkeit ergriff von ihm Besitz. Der Schrei eines Uhus durchbrach die Stille. Noch einmal öffnete der Mann die Augen und blickte ins Tal hinab. Um ihn herum war der Nebel nur noch ein dünner, sich auflösender Dunst, doch unter ihm wogte ein dickflüssiges Wolkenmeer. Dunkelheit griff nach ihm, und eine schläfrige Teilnahmslosigkeit breitete sich in ihm aus. Da hörte er das Geräusch.

Plötzlich war der Mann hellwach. Er lauschte in die Nacht hinaus, doch er konnte nur das Rauschen seines eigenen Blutes in den Ohren hören. Da war nichts.

Er schloss die Augen. Da hörte er wieder das Geräusch. Er hatte sich nicht getäuscht. Schritte näherten sich ihm von hinten. Sein Herz begann wie wild zu schlagen. Mit einer letzten Anstrengung wandte er den Kopf.

Die Sicht hatte sich vergrößert, und in der klaren, eisigen Luft konnte er deutlich eine dunkle Gestalt über den steinigen Pfad neben der Hütte herabsteigen sehen. Direkt über ihm blieb sie stehen.

»Gott sei Dank«, flüsterte der Mann. »Du bist es.«

Die Gestalt hob ihr Gewehr, zielte und drückte ab.

ZWEI

Geduld ist die Tugend des Jägers. Und des Mörders. Ohne seine Deckung zu verlassen, darf er das anvisierte Ziel nie aus den Augen verlieren. Im rechten Moment muss er ohne Zeugen töten. Manchmal dauert die Pirsch nur Stunden, manchmal mehrere Wochen, zuweilen aber auch ein ganzes Leben lang.

Diese Erfahrung lag noch in weiter Ferne, als ich an einem windigen Septembertag in meinem neuen Leben in den Bergen ankam. Am frühen Nachmittag war ich unter der stechenden Großstadtsonne in Wien losgefahren, jetzt dämmerte es schon. Kurz nach Salzburg hatte der Regen eingesetzt, und die Bergketten, die während der letzten Stunde meiner Fahrt links und rechts der Landstraße immer mehr an Höhe gewonnen hatten, verloren allmählich ihre Konturen hinter dichten Regenschleiern. Schließlich verschmolzen sie ganz mit den tief hängenden Wolken. Ein munterer Landregen prasselte auf das Dach meines neuen Landrover Defender. Ich drehte die hektische Stimme des Radiomoderators ab, um dem Spiel des Wassers ungestört lauschen zu können. Erste gelbe Blätter sprenkelten die gerippten Wasserlachen auf dem Asphalt und breiteten im Licht der Scheinwerfer einen leuchtenden Teppich aus Goldmünzen vor mir aus.

Als der Regen kurz vor Alpbach nachließ, machten sich die Verspannungen in Nacken und Rücken, die lange Bewegungslosigkeit bei mir stets auslöst, schmerzhaft bemerkbar. Obwohl mein Ziel nicht mehr weit war, beschloss ich, eine Pause einzulegen, lenkte den Landrover auf das Straßenbankett und stellte den Motor ab. Dann griff ich nach meiner alten grünen Wachsjacke, öffnete die Tür und ließ mich vom hohen Fahrersitz auf die Straße gleiten.

Trotz der einbrechenden Dunkelheit konnte ich die Umrisse der Umgebung noch gut erkennen. Vor mir lag eine stille Landschaft von ganz eigener Schönheit: vor Nässe glitzernde Weideflächen, durchzogen von dunklen Holzzäunen, ein paar verstreute Gehöfte, und, am Horizont, die schwarzen Schatten hoch aufragender Berge.

In der Ferne konnte ich die Lichter von Alpbach erkennen. Zufrieden schloss ich die Augen und nahm einen tiefen Zug von der kühlen, klaren Luft. Ich spürte, wie sich meine Lunge weitete und mein Kopf nach der Fahrt im neu riechenden Wageninneren wieder klar wurde.

Erst vor acht Wochen hatte ich mich um die seit Monaten unbesetzte Kassenstelle in Alpbach beworben und sie mit unerwarteter Schnelligkeit nur wenige Tage später zugeteilt bekommen. Ich sei die einzige Bewerberin gewesen, hatte der Zuständige in der Salzburger Gebietskrankenkasse gemeint und mir dabei einen mitleidigen Blick zugeworfen. Und ob das wirklich der richtige Job für eine junge Frau sei, hatte er gefragt. Ich hatte ihn keiner Antwort gewürdigt.

Auf einmal hatte ich das Gefühl, beobachtet zu werden. Ich öffnete die Augen. Zwei phosphorgrüne Kreise schwebten nur wenige Meter neben mir dicht über dem Boden. Tieraugen, die das Standlicht des Landrover reflektierten. Vorsichtig näherte ich mich dem geblendeten Geschöpf, um es nicht aufzuscheuchen. Doch das Tier rührte sich nicht. Im Dämmerlicht erkannte ich einen jungen Fuchs, der reglos am Wiesenrand lag. Behutsam ging ich vor ihm in die Hocke. Unter dem dunkel verklebten Fell schien das Tier nur aus Knochen zu bestehen. Sein Atem ging flach, und die schwarz geränderten Augen waren verkrustet und starrten ins Leere. Ich war nicht sicher, ob ich das Tier retten konnte, doch mein ärztliches Berufsethos befahl mir, es wenigstens zu versuchen. Kurz entschlossen zog ich meine Wachsjacke aus, hüllte den apathischen Fuchs in den festen Stoff und trug das Bündel zum Landrover, wo ich es auf dem Beifahrersitz verstaute. Dann startete ich den Wagen und lenkte meinen Krankentransport in Richtung der vor mir liegenden Lichter.

Kurze Zeit später passierte ich die Ortseinfahrt von Alpbach und fuhr im Schritttempo die menschenleere Hauptstraße entlang. Dabei hielt ich nach dem Praxisschild eines Tierarztes Ausschau. Nur wenige Autos parkten am Straßenrand zwischen mit bunten Dahlien bepflanzten Holztrögen. Dahinter standen weiß verputzte Häuser im Alpenlandstil mit Satteldächern und geschnitzten Holzbalkonen. In vielen Fenstern brannte Licht, doch an allen waren die Vorhänge zugezogen.

Ich kam an einem Sportgeschäft vorbei, dessen hell erleuchtete Schaufenster mit Bergsportzubehör dekoriert waren, dann an mehreren Souvenirläden, einem Lebensmittelgeschäft und einem liebevoll geschmückten Blumenladen. An einem würfelförmigen Neubau glänzte das Messingschild einer Anwaltskanzlei, und ein paar Meter weiter stach mir der Neonschriftzug einer Bank ins Auge. Eine Tierarztpraxis fand ich nicht.

Auf dem Dorfplatz hielt ich an. Zu meiner Rechten lag, halb verdeckt von einer alten Kastanie, das Gemeindeamt. Zu meiner Linken erhob sich eine barocke Kirche, deren rosa-weißer Zwiebelturm hinter einer Natursteinmauer aufragte. Durch das offene Tor konnte ich Gräber mit schmiedeeisernen Kreuzen und kleinen, rot flackernden Lichtern sehen.

Eine Gestalt trat aus dem Kirchenportal. Der Mann im langen schwarzen Mantel, wohl der Pfarrer, schickte einen raschen Blick zum Himmel empor. Dann spannte er, obwohl es kaum noch regnete, einen großen schwarzen Schirm auf und eilte über den gräbergesäumten Weg in Richtung des Tores. Sofort ließ ich das Fenster hinunter.

»Hallo«, rief ich. »Sie! Entschuldigung …!«

Der Mann blieb stehen, hob den Schirm und wandte sich in meine Richtung. Sein weißer Kragen blitzte auf. Kurz blickte er nach links und rechts, dann überquerte er den Platz und kam auf mich zu. Er beugte sich zum Fahrerfenster vor, wobei er den Schirm über sich hielt.

»Guten Abend, Fräulein«, sagte er. »Meinten Sie 'leicht mich?« Sein Ton war höflich, aber ein wenig ungeduldig. Obwohl er Hochdeutsch sprach, war der Dialekt nicht zu überhören.

»Ja, bitte, ich brauche dringend einen Tierarzt.« Der Pfarrer würde wohl alle Schäfchen seiner Gemeinde kennen.

»Einen Tierarzt? Suchen S' den Dr. Thurner?« Sein scharf geschnittenes Gesicht wurde von einer schnabelartigen Nase beherrscht, die ihm das Aussehen eines Geiers verlieh. Der Eindruck wurde noch durch den dicken schwarzen Wollschal verstärkt, der wie ein breiter Kragen um seinen Hals lag.

Ich zeigte auf das Bündel auf dem Beifahrersitz. »Den hab ich kurz vor der Ortseinfahrt am Straßenrand gefunden.«

»Ach so.« Der Pfarrer warf einen Blick ins Wageninnere, dann schüttelte er den Kopf. »Ein Fuchs. Da müssen S' dem Jaga Bescheid geben.«

»Wem?«

»Dem Revierpächter, dem Jäger«, wiederholte er. »Das wär in dem Fall der Steiner Vinzenz. Der Wirt vom Jagawirt.«

»Und der verständigt dann den Tierarzt? Das wäre toll.« Meine Erleichterung musste mir anzuhören sein, denn zum ersten Mal erschien ein Lächeln auf dem Gesicht des Pfarrers. »Ich bin ohnehin auf dem Weg zum Jagawirt. Ist das noch weit von hier?«

Der Priester hob die Brauen. »Der Jagawirt?«, fragte er. Seine etwas stechenden Augen musterten mich aufmerksam. »Da wollen S' jetzt noch hin? Das ist ein Stück außerhalb vom Ort.«

Ich nickte und klimperte mit dem Zündschlüssel.

»Wenn S' ein Zimmer suchen, fragen S' doch lieber gleich da drüben.« Er zeigte mit dem Schirm auf den stattlichen Gasthof neben dem Gemeindeamt, auf dessen Fassade eine von vier Apfelschimmeln gezogene Postkutsche prangte. Unter den hell erleuchteten Fenstern hingen üppig gefüllte Blumenkästen. Über der Tür stand in barocker Schrift: »Zur Alten Post«. In diesem Moment trat ein Paar aus dem Gasthof auf die Straße. Gedämpfte Volksmusikklänge waren zu hören, ehe die Tür wieder zuschlug. »In der Post sollte es kein Problem sein, ein Bett zu bekommen. Jetzt in der Nachsaison schon gar nicht. Die Wirtsleut sind sehr um ihre Gäste bemüht.«

Ich schüttelte den Kopf und drehte den Zündschlüssel im Schloss. Mit lautem Nageln sprang der Dieselmotor an. »Danke, aber der Jagawirt ist mir von Freunden empfohlen worden. Ich hab dort auch schon ein Zimmer bestellt.« Der Pfarrer kniff den Mund zusammen, und seine Schnabelnase schien noch weiter hervorzustechen. War er etwa beleidigt, weil ich seinen Rat nicht annehmen wollte? »Ich wohne gerne außerhalb. Wenn Sie mir jetzt vielleicht den Weg erklären …?«

Vielleicht hatte ihn meine forsche Art verärgert, denn sein Ton war deutlich reservierter. »Ja, sicher. Also, dann folgen S' am besten der Straße links vom Gemeindeamt, dann aus dem Ort hinaus, immer geradeaus zwischen den Wiesen bis zu einer Weggabelung. Dort biegen S' rechts ab. Und dann können S' den Jagawirt nicht mehr verfehlen.« Er räusperte sich. »Es ist eine Sackgasse.« Damit trat er vom Wagen zurück.

Ich winkte ihm zum Abschied und drückte das Gaspedal nieder. Im Rückspiegel blähte sich seine Soutane im Fahrtwind des startenden Wagens. Eine Weile konnte ich ihn noch auf dem Dorfplatz stehen und mir nachschauen sehen. Dann machte die Straße eine Biegung und entzog ihn meinen Blicken.

Der Himmel hatte aufgerissen, und der Herbstmond, der wie ein überreifer Kürbis zwischen kupferfarbenen Wolken hing, spiegelte sich in den Wasserlachen auf der Straße. Nach knapp zehnminütiger Fahrt mündete die Straße auf einen kopfsteingepflasterten Vorplatz. Ich umrundete einen ausladenden Baum, der aus einem Rondell wuchs, und fuhr an ein paar parkenden Autos vorbei. Den Landrover stellte ich vor der breiten Eingangstür des Gasthofes ab und stieg aus.

Der Jagawirt war ein mächtiger Bau, dessen Ursprünge sicher bis ins Mittelalter zurückreichten. Das Erdgeschoss war gemauert, und seine sich nach oben verjüngenden Wände waren weiß verputzt. Darüber lagen zwei Holztramgeschosse, über denen ein weites Vordach im Mondlicht seinen Schatten auf die Fassade warf. Die grünen Läden an den kleinen Holzsprossenfenstern waren nicht geschlossen, und durch die zugezogenen Vorhänge im Erdgeschoss sickerte warmes Licht. Eine schmiedeeiserne Laterne über dem Eingang schwang sacht im Wind und beleuchtete die auf die weiße Wand gemalten roten und grünen Buchstaben »Zum Jagawirt«.

Plötzlich fegte ein heftiger Windstoß über den Platz und jagte mir einen kalten Schauer über den Rücken. Aber der Fuchs musste raus aus meiner Wachsjacke und ins Warme. Hastig lief ich auf den Eingang zu.

Ein paar Steinstufen führten zu einer Doppeltür hinauf. Daneben lehnte eine Schiefertafel, wohl die Tageskarte, auf der die Kreideschrift im Regen zerlaufen war. Rasch stieß ich die Tür auf, um mich vor dem kalten Wind in Sicherheit zu bringen. Mit einem trockenen Laut schnappte die Türfalle hinter mir zu.

Im Inneren des Gasthofes herrschte gedämpftes Licht. Ich befand mich in einer Halle, deren Wände halbhoch mit Holz getäfelt waren. Eine Treppe mit geschnitztem Geländer führte in die oberen Stockwerke. Auf den Stufen lag ein abgetretener Läufer, während den Boden der Eingangshalle vom Alter blank geschliffene Steinfliesen bedeckten. Auf der Sitzfläche einer Bank links im Raum reihten sich mit Kreuzstich bestickte Kissen.

Es gab keine Rezeption, sondern nur einen Holztisch, auf dem ein altmodischer Telefonapparat stand. Daneben lagen ein Stapel Zeitschriften und ein großes Heft, wohl das Gästebuch. Darüber war ein mit Messingschlüsseln bestücktes Schlüsselbrett an der Wand befestigt. Es war warm und roch ein wenig nach Staub.

»Hallo …?«, rief ich.

Niemand erschien.

Zwischen zahlreichen Geweihen hing eine ausgestopfte Schleiereule. Ihre Schwingen waren wie im Flug ausgebreitet, und ihr herzförmig gezeichnetes Gesicht schaute auf mich herab. Auf einem Ast saß ein gänsegroßer, blau gefiederter Vogel mit halb geöffnetem Krummschnabel und von feuerroten Augenbrauen überwölbten Glasaugen. Selten hatte ich einen so prächtigen Auerhahn gesehen. Der Jagawirt machte seinem Namen Ehre.

»Hallo!«

Eine Tür, die mir bis jetzt noch nicht aufgefallen war, öffnete sich unter der Treppe, und ein weißhaariger Mann in einem grauen Walkjanker und Kniebundhosen betrat die Halle. Er wirkte zunächst überrascht, doch nach kurzem Zögern kam er mit festen Schritten auf mich zu.

»Guten Abend, Fräulein.« Obwohl er an die siebzig sein musste, klang seine Stimme voll und tief. »Sie müssen schon entschuldigen …«

»Guten Abend«, sagte ich und streckte ihm eilig die Hand entgegen. »Canisius. Aus Wien. Wir haben telefoniert.«

»Ja.« Der Alte nickte. »Weiß schon. Die neue Frau Doktor. Vinzenz Steiner mein Name. Ich bin der Wirt. Herzlich willkommen im Jagawirt.«

Ich ergriff kurz seine knochige Hand, die von Altersflecken gesprenkelt war, aber etwas überraschend Zupackendes hatte. »Herr Steiner, gut, dass ich Sie persönlich antreffe. Ich habe einen verletzten Fuchs im Auto, und man hat mir gesagt, dass Sie uns helfen können.«

»Was – einem Fuchs?« Die Augen meines Wirtes weiteten sich. »Sind Sie da sicher, Fräulein?« Sein penibel gestutzter Schnauzbart schien sich zu sträuben. Obwohl sich ein tiefes Netz von Falten über sein Gesicht spann, war seine gebräunte Haut straff wie bei vielen Menschen, die einen Großteil ihres Lebens im Freien verbrachten.

»Natürlich bin ich sicher, kommen Sie mit.« Ich merkte selbst, wie ungeduldig ich klang, aber mein Patient musste versorgt werden.

Ich drehte mich um und verließ die Halle, ohne mich zu vergewissern, ob mein Wirt mir auch folgte. Doch als ich die Beifahrertür des Landrover öffnete, stand er neben mir. Mit zusammengekniffenen Augen spähte er ins Wageninnere, ehe er mit einem klauenartigen Zeigefinger die Wachsjacke auseinanderzog und deren kläglichen Inhalt musterte.

»Ein Fuchs, ein junger«, stellte er fest.

»Sag ich ja.« Langsam fing ich an, daran zu zweifeln, ob es wirklich eine so gute Idee gewesen war, den Fuchs zum Jaga zu bringen. Ich hätte mir vom Pfarrer die Adresse des Tierarztes geben lassen und direkt in die Praxis fahren sollen.

Vinzenz Steiner nickte. »Ich kümmer mich drum«, sagte er. »Und morgen soll ihn der Schorsch vergraben.«

Ich war nicht sicher, ob ich ihn richtig verstanden hatte. »Wie – vergraben. Wir brauchen einen Tierarzt.«

Steiners Lachen klang asthmatisch. »Das lohnt die Kosten nicht.« Er fuhr mit der Hand an der Seitennaht seiner Bundhose entlang. Aus einer aufgesetzten Tasche ragte ein Hirschhorngriff. Mein Wirt trug ein Jagdmesser.

»Aber wir wissen doch gar nicht, wie schwer der Fuchs verletzt ist«, wandte ich ein.

Seine Mundwinkel zogen sich nach unten. »Der hat die Staupe«, sagte er verächtlich und zeigte auf das arme Tier. »Da, sehen S' die verklebten Augen? Das ist die Staupe. Ein Fuchs weniger, der meinen Birkhähnen das Leben schwer macht.« Ich öffnete schon meinen Mund zum Protest, als Steiner plötzlich einlenkte. Offensichtlich hatte er erkannt, dass er dabei war, seinen neuen Hausgast zu verärgern. Etwas freundlicher fuhr er daher fort: »Also, ich würd vorschlagen, Sie gehen jetzt hinein und bestellen sich ein gutes Abendessen, wir haben Wildwochen, und ich kümmere mich um …«

»Nichts da, wir rufen jetzt den Tierarzt.« Ich wollte das Tier retten und es nicht töten. Sonst hätte ich es gleich am Straßenrand liegen lassen können.

Vinzenz Steiner starrte mich an, ich starrte zurück. Das Licht der

Laterne über dem Eingang fiel auf sein faltiges Gesicht. Er zuckte die Schultern, drehte sich um und ging mit stampfenden Schritten zum Haus zurück. Mit Schwung stieß er die Eingangstür weit auf.

»Schorsch!«, hörte ich ihn in der Halle brüllen. »Schorsch, setz deinen lahmen Arsch in Bewegung. Du fährst jetzt gleich zum Thurner Viktor.«

Kurze Zeit später kam ein alter grüner Puch G auf den Vorplatz gefahren und hielt neben meinem Defender. Ein dicker Mann Mitte sechzig in einem ausgebeulten Trainingsanzug, verfilzten Skisocken und Holzpantoffeln kletterte vom Fahrersitz. Seine Bierfahne war schon von Weitem zu riechen, und sein missmutiger Gesichtsausdruck sollte mir wohl klarmachen, dass er bereits Feierabend hatte. Ungerührt übergab ich ihm den Fuchs mitsamt der Jacke, teilte ihm mit, dass ich alle anfallenden Tierarztkosten übernehmen würde, und sah ihm nach, bis die Rücklichter des Geländewagens hinter der Silhouette des alten Baumes im Dunst verschwammen. Dann kehrte ich in den Gasthof zurück, um mir nun endlich mein Abendessen zu bestellen.

Im Gegensatz zur Halle wirkte die Gaststube des Jagawirt mit ihrer Täfelung aus Zirbenholz behaglich. Eine Holzbank lief um den ganzen Raum, und ein Kachelofen strahlte wohlige Wärme aus. An den Wänden hingen gerahmte Stiche und Hinterglasbilder und zahlreiche Jagdtrophäen. Leinenvorhänge, auf denen Hirsche im Sprung zu sehen waren, verbargen den Blick auf das nasskalte Herbstwetter. Vier oder fünf Tische waren besetzt. Bis auf ein Karten spielendes älteres Ehepaar in Jogginganzügen saßen in der Stube nur Männer.

Ich ließ mich auf der freien Ofenbank nieder und lehnte meinen Rücken an die wohlig warmen Kacheln. Zwei ältere Männer am Nachbartisch, der eine in einer aufgeknöpften Polizeijacke, der andere in halbhohen Bergschuhen, Kniebundhose und an den Ärmeln gestopfter grüner Strickjacke, sahen zu mir herüber. Zwischen ihnen stand eine Platte mit kaltem Braten, Speck und Käse. Ich war mir meines müden Gesichtes und des zerdrückten Karohemdes bewusst, bemühte mich aber um ein möglichst charmantes Lächeln. Doch nur der Polizist erwiderte meinen Gruß, ehe sich die beiden wieder ihrem Essen widmeten. Offenbar waren sie attraktivere Frauen gewohnt. Die Dorfschönheiten trugen wahrscheinlich kurze Röcke und hohe Hacken und waren perfekt geschminkt. Ich konnte einen Seufzer nicht unterdrücken und griff nach der Speisekarte.

»Sie haben schon gewählt?« Neben mir stand eine stämmige Frau im ausladenden grünen Dirndl, einen Block und einen Stift gezückt in der Hand.

»Noch nicht, aber der Wirt hat gesagt, Sie hätten Wildwochen …«

»Sie sind die neue Frau Doktor, stimmt's?« Die Kellnerin tippte mit dem Stift auf ihren Block. »Der Chef hat Sie schon angekündigt. Also, dann bring ich Ihnen mal die Hirschmedaillons. Medium?«

»Klingt gut.« Der Wiener Kollege, der im letzten Winter in Alpbach zum Skiurlaub war und mir den Jagawirt und seine regionalen Spezialitäten empfohlen hatte, schien recht zu behalten. Das Angebot klang verlockend. »Ja – warum nicht?«

»Und einen Zweigelt soll ich dazu servieren.« Die Kellnerin verschwand, ohne meine Antwort abzuwarten, in Richtung Küchentür.

Erst jetzt bemerkte ich die schmale alte Frau, die allein an einem Tisch am anderen Ende des Raumes saß. Sie trug ein gehäkeltes Schultertuch, und ihr kurz geschnittenes Haar schimmerte silbrig im Licht der Lampe. Vor ihr auf dem Tisch lag eine Nadelarbeit. Als ich der Frau zunickte, erschien ein sanftes Lächeln auf ihrem Gesicht. Dann senkte sie den Kopf, erhob sich mit einer anmutig leichten Bewegung und verließ die Stube. Die Handarbeit ließ sie liegen.

Die Hirschmedaillons mit Rotkrautstrudel waren butterzart und innen hellrosa. Ich trank den Zweigelt dazu und fühlte mich mit jedem Schluck besser. Gerade als ich die letzten Bissen in den Mund schob, erschien der Wirt in der Gaststube. Er ging von Tisch zu Tisch und wechselte mit jedem seiner Gäste ein paar Worte. Schließlich blieb er bei mir stehen und stützte die Hände auf die Lehne eines freien Stuhles.

»Und? Schmeckt's?«, erkundigte er sich.

Ich nickte mit vollem Mund.

»Den Hirsch hab ich selbst geschossen. Und ich behalt mir für die Küche nur die besten Stücke.« Er machte eine Pause. »Ihr Fuchs ist tot.«

Ich schluckte das Stück Fleisch hinunter. Dann tupfte ich mir mit der grünen Papierserviette den Mund ab. »Die Staupe?« Ich griff nach meinem Rotweinglas und schwenkte es ein wenig.

»Natürlich.« In seiner Stimme lag eine Spur von Triumph. »Der Thurner Viktor hat ihm die Spritze gegeben. Ich wollt's Ihnen nur sagen.«

Ich trank den Zweigelt aus. »Danke«, sagte ich. »Wenn Sie Auslagen hatten …«

»Machen S' des mit dem Viktor aus.«

»Gut.« Ich stand auf. »Und jetzt würde ich gerne auf mein Zimmer gehen.«

Vinzenz Steiner nahm die Hände von der Stuhllehne. »Ich zeig's Ihnen. Das Gepäck hab ich schon raufbringen lassen. Und Ihre Jacke ist auch zurück.«

Ich folgte dem Wirt in die Halle mit den ausgestopften Tieren. Von dem Schlüsselbrett über dem Holztisch nahm er einen großen Schlüssel von einem der Messinghaken. Der präparierte grauschwarze Kopf einer Gams starrte mit glasäugigem Blick auf uns herab. Ob irgendwer auch den kleinen Fuchs ausstopfen würde?

»Ihr Zimmer liegt im ersten Stock«, sagte Steiner, während er vor mir die knarrende Holztreppe hinaufstieg. »Ganz ruhig, nach hinten raus. Die 11.«

Die Nummer 11 war das erste Zimmer auf dem Gang, gleich neben dem Treppenabsatz. Der Wirt schloss die Tür auf und knipste das Licht an. Die gelben Leinenvorhänge an den Fenstern waren zugezogen, und die Bettdecke in dem riesigen Himmelbett war zurückgeschlagen. Mein mit Abziehbildern aus aller Welt beklebter Aluminiumkoffer wartete bereits vor einem bemalten Bauernschrank. Auf einem Ohrensessel stand die Arzttasche aus abgeschabtem braunem Leder, die schon meinen Vater und Großvater auf ihren Visiten begleitet hatte. Es roch ein wenig nach Putzmittel.

»Sehr schön.« Das Zimmer strahlte genau die alpenländische Ruhe und Gemütlichkeit aus, nach der sich der gestresste Großstädter sehnte. Ich wusste auf Anhieb, dass ich mich hier wohlfühlen würde.

»Nicht wahr? Also, dann wünsch ich Ihnen eine gute erste Nacht. Frühstück gibt es ab halb sieben.« Steiner wandte sich zum Gehen, blieb aber noch kurz vor der geöffneten Zimmertür stehen. Die alten Dielenbretter knarzten, als er sich zu mir umwandte. »Eh ich's vergess – den Bauernschrank im Vorraum können S' nicht benutzen. Da sind alte Buchhaltungsunterlagen drin. Der Kleiderschrank steht neben dem Bad.«

Jemand, den ich nicht sehen konnte, stieg die Treppe hinunter.

»Also, schlafen S' gut«, sagte Steiner noch.

Als er gegangen war, besah ich mir den Bauernschrank, ein bemaltes Ungetüm. In dem geschmiedeten Eisenschloss steckte ein Schlüssel. Ich drückte mit den Fingern probeweise gegen die Tür. Sofort machte der Schlüssel eine Vierteldrehung im Schloss, und die Tür sprang auf. Ich wich einen Schritt zurück, um nicht von einer harten Holzkante getroffen zu werden. Im Inneren des Schrankes lagerten mehrere Reihen abgegriffener schwarzer Aktenordner und ein paar Stapel vergilbten Papiers. Ich versuchte, den Schrank wieder zu verschließen, doch es gelang mir erst, als ich mich gegen die bemalte Tür drückte und den Schlüssel drehte und abzog. Wohin jetzt mit dem Schlüssel? Ich steckte ihn in die Tasche meiner Wachsjacke, die schon an der Garderobe hing, mit dem Vorsatz, ihn anderntags dem Wirt zu geben, weil ich den Schrank ohnehin nicht nutzen konnte.

In der Nacht weckte mich ein lautes Knarzen. Im Halbschlaf lauschte ich dem Geräusch hinterher, doch ich hörte nur das Knacken, Knarren und Ächzen der Holzbalken des alten Gasthofes. Es klang, als atme der Jagawirt im Schlaf.

DREI

Die Gaststube war gut geheizt. Die Lampen über den Tischen verbreiteten warmes Licht, und es roch nach Kaffee und frischem Gebäck. Die Tische waren mit grünweiß geflammter Gmundner Keramik gedeckt, und auf jedem Teller lag eine Papierserviette. Ich setzte mich wieder an den warmen Kachelofen.

Das Ehepaar, das am Abend in der Stube Karten gespielt hatte, saß zwei Tische weiter. Die beiden trugen karierte Holzfällerhemden und Halstücher mit Edelweißmuster und löffelten Müsli aus dickwandigen Keramikschalen. Eine Wanderkarte bedeckte den halben Tisch. Als die beiden mich bemerkten, hoben sie gleichzeitig die Köpfe und nickten mir fröhlich zu. Außer uns nahm nur noch ein alter Mann sein Frühstück ein. Er schien ganz in seine Morgenzeitung vertieft, sein grauer Haarschopf ragte über den Rand des »Alpbacher Wochenblattes«.

Die Stubentür schwang auf, und die stämmige Kellnerin erschien. Sie trug in jeder Hand eine silberfarbene Thermoskanne, die sie auf dem Tisch des Ehepaares abstellte. Die beiden waren jetzt dabei, ihre Gesichter dick mit Sonnenschutzcreme einzureiben.

Die Kellnerin kam zu mir herüber. »Morgen, Frau Doktor. Kaffee oder Tee? Eier?«

»Grünen Tee, bitte.« Sie schien noch keine dreißig zu sein. »Fräulein …?«

»Einfach Wetti, ohne Fräulein«, sagte sie.

»Ach ja?«

»Eigentlich Barbara«, erklärte sie. »Aber bei uns sagt man nicht Babsi oder Bärbel oder so, sondern Wetti, verstehen S' des?« Ihrer Miene nach zu urteilen, zweifelte sie ein wenig daran.

»Natürlich. Also dann grünen Tee, Wetti.«

»Litschi oder Lemongras?«

»Äh, Lemongras, bitte.« Dieses Dorfwirtshaus war ja bestens auf die neuen Gewohnheiten seiner städtischen Gästeschicht eingestellt.

Während ich auf mein Frühstück wartete, schaute ich aus dem Fenster. Der Regen hatte aufgehört. Durch den Dunst, der in Wirbeln von einem Gebirgsfluss unterhalb des Gasthofes aufstieg, konnte ich die Holzbohlen einer Brücke erkennen, an die sich am anderen Ufer ein Pfad anschloss, der über ein Wiesenstück führte, ehe er sich im Bergwald verlor. Zwischen Fichten und Lärchen hingen Nebelschwaden wie Spinnennetze. Die Gipfel der Felswand oberhalb der Baumgrenze waren mit einem Schneeschleier bedeckt. Am Himmel trieben letzte Wolken.

»So, Frau Doktor, da wär Ihr Frühstück«, sagte Wetti neben mir. Sie belud den Tisch mit Schinken, Käse, Butter, kleinen Glasschüsseln mit Marmelade, einem randvoll mit Semmeln gefüllten Brotkorb und einer dicken Teekanne. »Wenn S' noch was brauchen …« Ihr Blick wanderte über meine Figur. »Es wär von gestern auch noch kalter Schweinsbraten da.«

»Ich denke, ich werde satt.«

Der alte Mann am Fenster legte seine Zeitung neben sich auf die Bank, leerte seine Kaffeetasse und griff nach einem Gehstock, der am Tisch lehnte. Er stand auf und tappte, auf den Stock gestützt, an meinem Tisch vorbei. Dabei warf er mir einen flüchtigen Blick zu. Schräg stehende blaue Augen und kleine Haarbüschel über den Ohren verliehen ihm ein luchsartiges Aussehen.

»Guten Morgen«, sagte er höflich und verließ die Stube.

»Servus, Wenghofer«, sagte Wetti. »Wie gesagt, wenn S' was brauchen, einfach nur sagen, gell? Dass Sie uns hier nicht vom Fleisch fallen.«

Das Paar in der Bergsteigerkluft brach auf. Der Mann faltete umständlich die Wanderkarte zusammen. Seine Frau steckte die beiden Thermoskannen und einen Stapel bunter Plastikdosen in einen Rucksack, dessen Größe für eine Himalaja-Expedition ausgereicht hätte. Als die beiden in ihren schweren Bergschuhen an meinem Tisch vorbeistampften, nickte mir der Mann mit ernster Miene zu. Sein Gesicht glänzte wie eine Speckschwarte, und seine Lippen waren mit einer dicken weißen Creme bedeckt.

»Berg Heil«, sagte er. In seiner Stimme schwangen so viel Entschlossenheit und Tatkraft, als läge eine Erstbesteigung vor ihm.

»Einen schönen Tag, die Herrschaften«, sagte Wetti. Sie schenkte mir noch ein Grübchenlächeln und überließ mich meinem opulenten Frühstück.

Wie dicke, runde Noten auf den Notenlinien hockten ein paar aufgeplusterte Raben im Geäst der Linde, die ihre fast kahlen Äste in einen inzwischen stahlblauen Herbsthimmel reckte, als ich vor den Gasthof trat. Hinter ihnen breiteten sich Weiden und Wiesen aus, über denen noch zarte Dunstschleier hingen, und in der Ferne konnte ich Alpbach mit seinem Kirchturm sehen. Die Berge, an deren Hängen versprengte Gehöfte lagen, schienen zum Greifen nah. Ich stellte mir den schmutziggrauen, mit Abgasen gesättigten Montagmorgen in Wien und den überfüllten Parkplatz vor dem Allgemeinen Krankenhaus vor und freute mich über meine Entscheidung für Alpbach. Es fühlte sich wie Urlaub an.

»Guten Morgen«, sagte eine sanfte Stimme hinter mir.

Ich zuckte zusammen und drehte mich rasch um.

»Oje, jetzt hab ich Sie erschreckt.«

Vor mir stand die alte Dame, die ich am Vorabend in der Stube gesehen hatte. Sie trug eine frisch gestärkte Bluse, einen dunkelblauen Walkjanker und einen dicken Rock mit Hahnentrittmuster. Ihre Gesichtshaut war so zart und für ihr Alter so faltenlos, wie man es sonst nur bei Nonnen sieht. Auf eine schlichte Art erinnerte sie an die typische englische Lady vom Land. Ein wenig altmodisch, praktisch veranlagt und mit vernünftigen Schuhen. Sie lächelte und musterte mich dabei aus eigenartig silbrig grauen Augen.

»Na, na.« Sie streckte mir die Hand entgegen. »Ich bin das Fräulein Steiner. Und Sie sind sicher die Frau Canisius.«

Ich hatte noch nie eine ältere Dame gehört, die sich als Fräulein bezeichnet hätte, und so konnte ich ein Lächeln nicht unterdrücken, als ich ihre Hand ergriff. Sie packte überraschend fest zu. Und auf einmal wusste ich, an wen sie mich erinnerte.

»Sie sind eine Verwandte vom Wirt, stimmt's?«

»Die Schwester, ja.« Ein leichter Wind blies über den Vorplatz und ließ aus dem toten Laub zu unseren Füßen den Geruch von nasser Erde und Moder aufsteigen. »Johanna.«

Mir fiel auf, dass Fräulein Steiners feste Schnürschuhe dick mit Lehm verschmiert waren. »Waren Sie schon spazieren?«

Der Blick der hellen Augen war meinem gefolgt. »Ich bin gern in der Natur«, sagte sie etwas verlegen. »Zu jeder Tageszeit.«

»Ich auch«, sagte ich. »Normalerweise laufe ich jeden Morgen mindestens eine Stunde.« Ich sah zu den Wiesen hinter der Linde hinüber. »Vielleicht können Sie mir ja einen Tipp für meine Morgenrunde geben.«

»Natürlich, gern.« Sie schob die Hände in die Taschen ihres Walkjankers. »Heut laufen S' nicht?«

Ich schüttelte den Kopf. »Ich bin um halb zehn in der ... der Kirchengasse 10 verabredet. In der Ordination, meine ich. Ich will die Praxis so schnell wie möglich wieder aufmachen.« Ich räusperte mich. »Hatte Dr. Mooslechner eigentlich viele Patienten? War er im Ort beliebt?«

Fräulein Steiner zuckte die Schultern. »Der Mooslechner Adi konnt mit den Leuten. Aber ich bin beim Dr. Loidl, drüben in St. Bartholomä.« Sie zog einen Schlüsselbund aus der Jackentasche und spielte mit dem großen Silberherz, das mit an dem Ring hing. »Der macht auch die Vertretung, bis der neue Arzt aufsperrt. So, und jetzt muss ich in die Küche.« Sie strahlte mich an. »Ich backe zum Schulbeginn immer die Bauernkrapfen für den Pfarrkindergarten.«

Bauernkrapfen. Ich konnte den warmen Zimt- und Vanilleduft fast riechen. »Lecker«, sagte ich. »Kann man davon eine Kostprobe haben?«

»Ich leg Ihnen zwei Stück zur Seite.« Fräulein Steiner nickte mir noch einmal freundlich zu, dann stieg sie an mir vorbei die Stufen hinauf.

Die schwere Tür fiel mit dem ihr eigenen trockenen Schnappen ins Schloss. Ich ging zu meinem Landrover hinüber und machte mich auf den Weg zu meinem künftigen Arbeitsplatz.

Im Ort herrschte reger Verkehr. Die Fassaden der Häuser strahlten in der Morgensonne, und ihre Balkonkästen verschwanden unter einer leuchtend bunten Blumenpracht. Scharen von Touristen in Wanderkleidung bevölkerten die Gehwege. Vor dem Kirchentor standen zwei ältere Männer und eine Frau mit einem vollen Einkaufskorb schwatzend beisammen. Ein Eichhörnchen sprang von der laubbedeckten Friedhofsmauer und flitzte direkt vor meinem Defender über die Straße.

Die Kirchengasse lag hinter dem Friedhof und gehörte sicher zum alten Kern von Alpbach. Dr. Adolf Mooslechner hatte seine Praxis in einem von mehreren Bauernhäusern eingerichtet, die mit kleinen vergitterten Fenstern, windschiefen grünen Läden und eisenbeschlagenen Türen die Gasse säumten. Auch die Fenster der Ordination waren vergittert. Hinter den Gittern standen Tontöpfe mit roten Geranien, aber zwischen Hausmauer und Straße wucherte Unkraut. Die Holztür hatte einen dicken Stahlgriff und ein modernes Sicherheitsschloss. An der Hausmauer hing ein blankes Messingschild mit den Ordinationszeiten. Ich fasste den Stahlgriff und drückte die Tür auf.

Im Inneren des Hauses brannte Licht, und es war angenehm warm. In dem großzügigen Flur lagen abgetretene Teppiche auf den Holzdielen und verströmten einen muffigen Geruch. An den Wänden reihten sich zu beiden Seiten mit rissigem weißem Kunstleder bezogene Stahlrohrstühle, darüber warben Plakate für Impfungen, Vorsorgeuntersuchungen und gesunde Ernährung.

Rechts befanden sich zwei dicke Eichentüren. An der einen hing ein Messingschild mit der Aufschrift »Anmeldung«, an der anderen stand »Labor«. Auch links gab es zwei Türen mit Schildern. Auf dem ersten stand »Behandlungsraum«, auf dem dahinterliegenden »Privat«. Eine dunkle Holztreppe führte in den ersten Stock.

Das Anmeldezimmer war in gleißendes Neonlicht getaucht. Auf einem abgewetzten roten Kelim stand ein Schreibtisch aus hellem Holz, darauf ein klobiger alter Computerbildschirm samt Tastaturbrett, eine steinzeitliche Telefonanlage und zwei hölzerne Karteikästen. Ein riesiger Gummibaum mit fettglänzenden Blättern verhinderte den Einfall von Tageslicht durch die schönen Holzsprossenfenster. Niemand war zu sehen.

»Hallo?«

Der Gummibaum geriet in Bewegung. Zwischen seinen Blättern tauchte der blonde Kopf einer jungen Frau auf. Sie blickte mich an, klimperte kurz mit ihren getuschten Wimpern, dann erschien ein Lächeln auf ihrem Gesicht.

»Frau Dr. Canisius?«

»Ja, äh, was machen Sie denn da?« War das etwa die langjährige Sprechstundenhilfe?

Die Frau schob eine vom Alter blinde Messingkanne durch das Blattwerk und schwenkte sie auf und ab.

»Der Gummibaum war am Verdursten«, verkündete sie fröhlich.

»Aha«, sagte ich. »Wenn Sie dann fertig sind, kommen Sie doch einfach aus dem Dschungel, damit wir uns bekannt machen können.«

Sie kicherte. »Bin schon da.«

Der Kopf verschwand zwischen den Blättern. Gleich darauf erschien eine überschlanke junge Frau hinter der Topfpflanze und schüttelte ihre langen Locken aus. Sie trug knallenge Jeans, ein noch engeres weißes T-Shirt und maß, zog man ihre Zehn-Zentimeter-Absätze ab, kaum einen Meter sechzig.

Lächelnd streckte sie mir ihre Hand entgegen. »Miranda«, sagte sie. »Stadler.«

In den nächsten zwei Stunden zeigte mir Miranda die Ordination. Angefangen von dem völlig veralteten Computerprogramm über das von Hand geführte Vorbestellbuch und die Diabetikerkartei im Holzkasten bis zu den vorsintflutlichen Geräten. Mir wurde ein wenig flau bei dem Gedanken an die notwendigen Investitionen. Doch die Ordination lag zentral, und die Räumlichkeiten hatten, wie Immobilienmakler es nennen, Potenzial. Außerdem, das wurde mir schon bei der ersten Durchsicht der Unterlagen klar, versorgte die Praxis ein großes Einzugsgebiet und verfügte damit über eine stattliche Anzahl an Patienten. Wenn ich es schaffte, einen Großteil von ihnen zu halten, musste ich mir um mein Auskommen keine Sorgen machen.

Gegen Mittag schickte ich Miranda los, um frischen Zwetschgenkuchen aus der Bäckerei am Dorfplatz zu holen. Wir nahmen unser improvisiertes Mittagessen in Gesellschaft des Gummibaumes ein.

»Was ist eigentlich im ersten Stock?«, fragte ich.

»Gerumpel.« Miranda stach in ihren Kuchen. »Die Räume gehören zur Ordination, werden aber nicht genutzt.« Sie schob das Kuchenstück in den Mund. »Schade eigentlich, denn die sind wirklich hell und sonnig.«

Sofort war mein Interesse geweckt. »Ach ja? Könnte ich sie vielleicht als Wohnung nutzen?« Auf Dauer konnte ich ja nicht im Gasthof bleiben.

Miranda schüttelte den Kopf. »Keine Küche, kein Bad, kein Klo.«

Etwas enttäuscht nahm ich einen Schluck Kaffee. »Aber vielleicht für Behandlungszwecke«, sagte ich, denn kleinere Räume hatte ich im Erdgeschoß nicht gesehen. »Für Infusionen und kurze Eingriffe.«

Miranda zog mit ihrer Gabel Linien über den Zwetschgenbelag. »Also«, sie räusperte sich, »was ich mir so gedacht habe … wir sind doch eine Tourismusregion.«

Ich nickte.

»Skifahren und Snowboarden und Reiten und Wandern … da passiert ja ständig was. Ob man nicht neben der Allgemeinmedizin auch so eine Art sportmedizinische Praxis machen könnte? Viele Wintersportorte haben das jetzt.«

Daran hatte ich noch gar nicht gedacht. Dabei war ich selbst schon während eines Skiurlaubs am Arlberg in einer Arztpraxis gegipst worden. Und ich hatte ziemlich lange warten müssen. Vielleicht war die finanzielle Durststrecke doch überschaubar.

Als ich nichts sagte, fuhr Miranda rasch fort: »Massagen und Physiotherapie, zum Beispiel. Oder Unfallnachsorge für die Gäste. Die müssen jetzt heimfahren oder für jede kleine Behandlung ins Krankenhaus.«

Ich gab noch immer keine Antwort.

Miranda biss sich auf die Unterlippe und schaute an mir vorbei. »Na ja, vielleicht war die Idee ja auch nicht so gut.«

Ich lehnte mich auf dem altersschwachen Stuhl zurück, verschränkte die Arme hinter dem Kopf und sah sie ernst an. »Miranda«, sagte ich. »Das ist genial. Ich hoffe, Sie haben noch keine neue Stelle …«

»Nein, hab ich nicht.« Ein strahlendes Lächeln erschien auf ihrem Gesicht. Ein wenig schüchtern setzte sie hinzu: »Wissen Sie, ich hab Sie mir ganz anders vorgestellt.«

»Wissen Sie«, sagte ich, »ich Sie mir auch.«

Den Nachmittag verbrachten wir damit, die Patientenkartei durchzusehen. Miranda stellte mir eine Liste zuverlässiger Handwerker im Ort zusammen, ich schrieb die Nummern zweier medizinischer Ausstatter dazu, von denen ich Angebote einholen wollte, sowie die des Pharmavertreters, mit dem ich schon am Krankenhaus in Wien zusammengearbeitet hatte. Beim Entrümpelungsunternehmen meldete sich leider niemand. Es war schon gegen fünf, als Miranda mir meinen Praxisschlüssel aushändigte und sich verabschiedete.

Ich wollte gerade gehen, da stach mir die Eichentür mit dem Schild »Privat« ins Auge. Dr. Mooslechner hatte diesen Raum, so hatte Miranda mir erzählt, vor allem als privates Arbeitszimmer genutzt. Ich beschloss, noch einen Blick hineinzuwerfen.

Das Zimmer war mit Zirbenholz getäfelt, und an allen Wänden waren Bücherregale eingebaut, zwischen denen Landkarten hingen. Auf der Holzdecke war ein gemalter Lebensbaum mit Blättern und Früchten zu erkennen, und auf dem Boden lag ein abgetretener Kelim mit einem rot-blauen Muster.

Mitten im Zimmer stand ein mit Papieren bedeckter alter Bündner Tisch. Eine mit Bauernrosen bemalte Henkeltasse, unter deren Goldrand eingetrockneter Kaffee braune Jahresringe hinterlassen hatte, eine halb abgebrannte Kerze und zwei verkohlte Hölzchen auf einer Packung Streichhölzer vermittelten den Eindruck, als habe ihr Eigentümer das Zimmer erst gestern verlassen. Auf allem lag eine dicke Staubschicht, und auch die Heizung hatte man wohl nach dem Tod des alten Arztes im Frühjahr nicht mehr eingeschaltet, denn es war bitterkalt. Anscheinend betraten weder die Putzfrau noch Miranda diesen Raum.

Ich überflog die Titel der medizinischen und geschichtlichen Bücher, die Landschaftsbildbände und Stapel zerlesener Jagdzeitschriften. In einem Regal reihten sich ordentlich mit einer altmodischen Handschrift versehene Aktenordner. Umgeben von den persönlichen Dingen des alten Arztes war mir fast, als spürte ich seine Anwesenheit. Ob er sich wohl gerade mich als Nachfolgerin ausgesucht hätte?

Ich ging zum Tisch hinüber und setzte mich in den roten Sessel, der dahinter stand. In die alte Polsterung hatten sich die Umrisse meines Vorgängers eingegraben. Die fast intime Berührung war mir unangenehm. Den Sessel würde ich so bald wie möglich austauschen oder neu beziehen lassen.

Vor mir lagen etliche Papiere, aber draußen wurde das abendliche Licht diffuser, und ich konnte kaum mehr lesen. Vergeblich drückte ich auf den Schalter der Tischlampe, die Birne war wohl ausgebrannt. Also nahm ich die Packung Streichhölzer, riss ein Hölzchen an und entzündete die Kerze vor mir. Sofort begann die Flamme in der kalten Luft zu flackern.

In ihrem unruhigen Schein überflog ich rasch die Unterlagen auf dem Tisch. Eine Liste medizinischer Neuerscheinungen, ein schmaler, offensichtlich antiquarischer Band mit dem Titel »Die Protestantenverfolgung in Salzburg«, die Rechnung eines Jagdausstatters über Munition und einen Gewehrriemen und mit unleserlichen Kürzeln versehene Notizzettel. Unter einem Prospekt für eine Jagdreise nach Ungarn fand ich ein in Leder gebundenes Notizbuch. Zwischen eilig notierten Adressen und Telefonnummern steckte darin als Lesezeichen ein liniertes Blatt, darauf in der mir nun schon bekannten altmodischen Schrift ein Gedicht.

So geh ich heut von meinem Haus,
Die Kinder muss ich lassen;
Mein Gott, das treibt mir Tränen aus,
Zu wandern fremde Straßen.

Stammte dieses Gebet vom verstorbenen Eigentümer dieses Hauses? Hatte er vielleicht Kinder gehabt und sie früh verloren? Und hatte er Hilfe bei seinem Gott gefunden?

In den Zimmerecken der Stube hatten sich bereits Schatten eingenistet, und das unruhige Kerzenlicht zuckte über die Holztäfelung. Direkt vor mir konnte ich mehrere Löcher auf einer verblichenen Stelle im Holz erkennen. Etwas musste dort lange Zeit gehangen haben, ehe man es abgenommen hatte. Die Kerze begann zu blaken, ihr Docht war fast heruntergebrannt. Allmählich wurde mir in dem ungeheizten Zimmer kalt. Ich legte das Blatt mit dem Gebet wieder in das Notizbuch zurück und zog die Haustürschlüssel aus der Jackentasche. Dann blies ich die Kerze aus.

Als ich auf die Kirchengasse hinaustrat, war der Abend bereits hereingebrochen, und die Umrisse des gegenüberliegenden Hauses waren kaum noch zu erkennen. Hinter einer dünnen Nebelwand schimmerte das gelbe Licht der Straßenlaternen matt wie hinter einem feuchten Schleier.

Der kalte Dieselmotor des Landrover sprang nur widerwillig an. Als ich an der hell erleuchteten Bäckerei vorbeifuhr, konnte ich die fast leeren Brotregale sehen und die Verkäuferin, die die Tageseinnahmen zählte. Vor dem Gasthof Zur Post entließ ein holländischer Reisebus eine Schar Touristen in Wanderausrüstung. Die Kirchenglocken läuteten die volle Stunde. Ich zählte sieben Schläge. Dann verließ ich Alpbach und folgte der unbeleuchteten Landstraße zwischen dunklen Weidezäunen, hinter denen milchige Wiesennebel quollen. Endlich tauchten die kahlen Äste der alten Linde und dahinter die Lichter des Jagawirts auf.

Ich ließ den Defender zwischen zwei geparkte Autos rollen und öffnete die Fahrertür. Ein lautstarker Wortwechsel vor dem Gasthof ließ mich innehalten. Ein Mann und eine Frau stritten miteinander.

»Jetzt schau endlich, dass d' weiterkommst!« Die Männerstimme war unverkennbar die des Wirtes.

»Aber, Vater.« Die Stimme der Frau klang bittend. »Wenn du dem Stefan …«

»Verschwind, sag ich.«

»Wenn du dem Stefan nur noch ein Mal …«

»Aus is', gibt nix mehr! Hast das begriffen, Schaklien? Und deinem Stefan, diesem Verbrecher, kannst von mir bestellen …«

Lautstark schlug ich die Autotür zu. Sofort verstummten die Stimmen. Dann hörte ich das Aufheulen eines Motors, und im nächsten Augenblick schoss ein kleiner Sportwagen an mir vorbei und verschwand in Richtung Alpbach.

Vinzenz Steiner stand, die Hände in den Taschen seiner Lederbundhose vergraben, breitbeinig im unruhigen Schein der Laterne auf der oberen Eingangsstufe und schaute den kleiner werdenden Rücklichtern nach.

»Guten Abend«, sagte ich. »Was für ein Wetter.«

Ich wollte schon an ihm vorbeigehen, als mich ein unheimlicher Ton auf der Treppe erstarren ließ. Ein raues Brüllen, gefolgt von mehreren abgehackten Lauten, spöttischem Gebell nicht unähnlich, stieg hinter dem mächtigen Dach des Jagawirts empor. Es schien von einer Stelle aus dem Bergwald zu kommen und wurde von einer anderen Stelle mit einem drohenden Grunzen beantwortet. Erschrocken schaute ich Steiner an. Doch der starrte zum sternklaren Himmel hinauf.

»Kalt is'«, knurrte er. »Die Hirschbrunft fängt an.«

»Sie meinen … das eben waren Hirsche?«

Steiner nickte. »Die haben auf die Kälte gewartet.«

Ich hatte noch nie Hirschröhren gehört und lauschte, ob sich die Tiere noch einmal melden würden. Doch es war wieder alles still.

»Diese verdammten Janssens sind noch nicht zurück«, sagte Steiner.

Ich nahm an, dass er das Ehepaar meinte, das am Morgen in Wanderkleidung aufgebrochen war.

»Auf den Bergen schneit's«, fuhr er fort. »Und dann is' immer das Gleiche. Der Gast geht morgens aus dem Haus, hinterlässt keine Route oder Handynummer und wenn er abends nicht heimkommt von der Tour, dann kannst die Bergrettung rufen, weil er dir sonst droben erfriert.« Er schüttelte den Kopf. »Dabei saufen sie meistens nur auf der Hütte. Und dann geht der Streit um die Kosten los.« Er vergrub die Hände noch tiefer in den Hosentaschen, stapfte die Eingangsstufen hinunter und verschwand im Herbstdunkel.

Später, als ich die Holzläden an meinem Zimmerfenster schloss, fingen die Hirsche wieder an zu röhren. Während ich ihnen fasziniert lauschte, fiel mir eine menschliche Gestalt auf, die sich vom Waldrand abhob. Sie schien ein wenig hin und her zu schwanken und zu mir herüberzuschauen. Ich machte das Licht aus, um im Dunkeln besser sehen zu können, aber als ich zum Fenster zurückkehrte, war die Erscheinung verschwunden. Trieb sich dort jemand herum und beobachtete den Gasthof? Ob es die Kälte war oder doch ein Gefühl von Bedrohung – ich spürte, wie sich die Haare auf meinen Unterarmen aufrichteten. Rasch schlug ich die dicken Fensterläden zu.

VIER

Voller Vorfreude auf meinen ersten Morgenlauf in Alpbach ging ich in Kapuzenpulli und Jogginghose in die Halle hinunter. Die ausgestopften Tiere starrten mir entgegen, und der Staubgeruch kitzelte meine Nase. Gerade als ich mir unter dem Auerhahn Mütze und Handschuhe anziehen wollte, hörte ich aus der Wohnung des Wirtes unter der Treppe erst Poltern, dann einen Aufschlag.

»Herr Steiner?« Ich drehte mich um und lauschte. »Herr Steiner?« Auch ein kräftiger alter Mann wie der Wirt konnte gestürzt sein und nun hilflos am Boden liegen. Ich ging zur Wohnungstür und klopfte. »Herr Steiner!«

Ein erstickter Laut war die Antwort. Rasch drückte ich die Klinke herunter. Die Tür war nicht verschlossen. Im Flur stand der alte Wenghofer und stützte sich auf eine bemalte Bauerntruhe. Er sah mir erschrocken entgegen und bebte am ganzen Körper. Auf dem Boden lag ein zwei Meter langer, dicker Holzstock mit einer eisernen Spitze. Ich stieg über den Stock und fasste den alten Mann am Ellenbogen.

»Herr Wenghofer«, sagte ich laut und deutlich. »Geht es Ihnen nicht gut? Ist Ihnen schwindlig geworden?« Er atmete schwer, aber ich spürte, wie das Zittern nachließ. »Haben Sie öfter Kreislaufprobleme?«

Wenghofer hob den Kopf und starrte auf die Wand über der Bauerntruhe. Zwischen auf Holzschilder montierten Geweihen hing dort der ausgestopfte Kopf einer schneeweißen Gams. Ihr kräftiger Hals wuchs aus einem schweren, barock geschnitzten Ebenholzschild. Den Kopf hielt sie in stolzer Geste nach rechts gewandt und starrte hochmütig mit glänzenden Glasaugen über uns hinweg. Wie eine Krone trug sie ihre schwarzen Hörner auf der seidigen Stirn. Ich hatte noch nie eine Albino-Gams gesehen und konnte mich kaum von dem Anblick losreißen. Am unteren Rand des Schildes stand in silberner Schreibschrift: »Geieralm 1968«.

»Der Fallott.« Wenghofer blickte mit seinen Luchsaugen hin und her. »So ein Fallott.«

»Herr Wenghofer …« Ich fasste seinen Arm fester und versuchte, den alten Mann in Richtung Wohnungstür zu ziehen. Aber der stand wie angewurzelt und fixierte den Gamskopf.

»Der elende Hund.« Seine Stimme klang, als könnte er sich nicht zwischen Wut und Tränen entscheiden.

»Herr Wenghofer, kommen Sie doch …«

»Den, wenn ich erwisch!«

»Ist ja gut, jetzt beruhigen Sie sich erst einmal.« Ich zeigte auf den langen Stock am Boden. »Gehört der Ihnen?«

Der Alte folgte meinem Blick. »Das ist der Bergstecken vom … vom Vinzenz.«

Offenbar war dem alten Mann schwindlig geworden und er hatte versucht, sich daran festzuhalten. Ich lehnte den Stock gegen die Truhe.

»So, Herr Wenghofer«, sagte ich. »Jetzt kommen Sie mit, und wir messen zur Sicherheit Ihren Blutdruck. Nehmen Sie irgendwelche Blutdruckmedikamente?«

Wenghofer schüttelte den Kopf.

»Na, dann liegt's vielleicht auch nur am Wetterumschwung. Ich gebe Ihnen auf alle Fälle Kreislauftropfen.«

Der Alte entwand mir seinen Arm. Er funkelte mich mit seinen schrägen Luchsaugen an, als wollte er gleich auf mich losgehen. Jetzt wurde ich stutzig.

»Was tun Sie hier eigentlich?«, fragte ich. »Suchen Sie den Wirt?«

Erst dachte ich, er hätte die Frage nicht verstanden, doch dann antwortete er, auf einmal ganz ruhig. »Das Warmwasser in meinem Bad funktioniert mal wieder nicht.« Ohne mir weitere Beachtung zu schenken, humpelte er an mir vorbei und verließ die Wohnung.

Ich folgte ihm. Etwas wackelig auf den Beinen durchquerte er die Halle und klammerte sich an das geschnitzte Geländer, als er mühsam die Treppe hochstieg. Plötzlich wurde die Eingangstür aufgestoßen, ein kalter Luftzug fuhr durch die Halle. Holzpantinen klapperten über den Steinboden. Wenghofer drehte sich langsam um.

»Schnüffelst wieder rum, Alter? Soll ich dir helfen?« Mitten in der Halle stand breitbeinig der dicke Mann, dem ich am ersten Abend den kranken Fuchs übergeben und den der Wirt Schorsch genannt hatte. Er war eigentlich weniger dick als kräftig gebaut. Sein Gesicht unter dem dichten kastanienbraunen, an den Schläfen grauen Haar war gerötet, sein starker Hals verschwand in dem abgestoßenen Kragen eines Flanellhemds, und sein mit Flecken übersäter dunkelgrüner Pullover spannte über breiten Schultern. In den klobigen Händen hielt er einen Schraubenzieher. Er starrte zu Wenghofer auf der Treppe hoch.

Der umklammerte mit beiden Händen das Geländer. »Verreck'n sollst, Kaml«, krächzte er. »Mit dir red ich nicht.« Er wedelte mit dem linken Arm in unsere Richtung und setzte seinen Aufstieg fort.

Schorsch Kaml sah ihm mit unbewegter Miene nach. Als er sich schließlich umdrehte, fiel sein Blick auf die noch immer offene Wohnungstür. Sofort zog er die Brauen zusammen und runzelte die Stirn. »Ist der Wirt da drin?«, fragte er.

»Nein«, sagte ich. »Keine Ahnung, wo der ist.« Ohne ihm weitere Beachtung zu schenken, verließ ich die Halle.

Die Landschaft vor dem Jagawirt war mit einer dünnen Reifschicht überzogen. Sonnenstrahlen tasteten sich wie Finger über das Tal, und die Nachtnebel über den Wiesen stiegen als goldene Schleier in den kühlen blauen Himmel. Ich zog meine Handschuhe an, setzte die Mütze auf und lief los.

Hinter dem Jagawirt nahm ich den Pfad, der zum Bergwald führte. Die leuchtenden Lärchen züngelten wie Flammen aus ihrem Bett aus Latschenkiefern, der schartige Grat der Felswand war mit noch mehr Schnee bestäubt, und die Luft war klar und scharf. Bei jedem Schritt hörte ich das gefrorene Herbstlaub unter meinen Füßen rascheln, eine geflüsterte Ankündigung des kommenden Winters. Ich lief über die Brücke und dann weiter den stetig ansteigenden, von Geröll bedeckten Weg hinauf. Während ich meinen Rhythmus fand, hörte ich nichts außer dem leisen Trab meiner Schritte. Der Wald schien eine eigene Kraft und Persönlichkeit zu besitzen, die mich umfing und trug und die Alltagsgedanken von mir nahm. Ich rannte über dürres Geäst und loses Geröll und durchbrach die Eispanzer in den gefrorenen Erdmulden. Nicht ein einziges Mal kam mir der Gedanke, ich könnte straucheln oder ausrutschen.

Mit der Zeit veränderte sich meine Umgebung. Es wurde heller, die Sonne stach durch die Zweige, dann wurden die Bäume spärlicher. Schließlich blieb der Wald ganz hinter mir zurück.

Der Pfad schlängelte sich nun zwischen Latschenfeldern und verblühten Almrauschstauden über abgeweidete Wiesen bergan.

Die Hufspuren von grasenden Kühen waren noch deutlich zu erkennen, und grauer Dung sprenkelte den Almboden. Rundgeschliffene Findlinge lagen in weitem Kreis herum, als hätte ein Riese mit ihnen Murmeln gespielt und sie dann achtlos liegen gelassen. Einmal hörte ich den warnenden Pfiff eines Murmeltiers, sah aber nur noch sein dickes Hinterteil unter einem Felsen verschwinden. Ein scharfer, trockener Knall ließ mich zusammenfahren. War das etwa ein Schuss gewesen? Außer mir waren anscheinend auch Jäger unterwegs.

Der Weg endete auf einer ausgefahrenen Forststraße, die sich quer über den Hang zog. Verschwitzt und ziemlich außer Atem blieb ich stehen. Inzwischen war es richtig warm geworden. Es ging schon auf Mittag zu, ich war länger unterwegs gewesen als geplant und bereute, keine Wasserflasche mitgenommen zu haben.

Zur einen Seite fiel die Forststraße ein kurzes Stück ab, machte dann eine Kurve und verschwand hinter einem Bergrücken. In die andere Richtung verlief sie noch etwa hundert Meter zwischen den Weiden und endete vor einer Almhütte, die direkt an einer Geländekante stand, hinter der es steil ins Tal hinabging. Neben der Hütte parkte ein schwarzer Pick-up. Ich verstaute Mütze und Handschuhe in den Taschen und lief hinüber.

Die Almhütte war eher ein Bergbauernhof denn eine Hütte. Silbrig grau verwitterte Holzschindeln bedeckten die Außenwände. An einem Hauseck war eine überdachte Veranda angebracht, den ersten Stock zierte ein windschiefer Balkon. Das Dach war mit Steinen beschwert, und die geschlossenen Läden an den Fenstern waren mit armdicken Balken gesichert. An der Vorderfront hing ein großes Holzkreuz mit einer in der Sonne weiß leuchtenden Christusfigur. Hinter dem Kruzifix steckte ein vertrockneter Blumenstrauß. Darunter stand die Hausbank. Ich zog die Jacke aus, ließ mich darauffallen und genoss den Ausblick.

Von der Bergflanke auf der anderen Talseite leuchteten Schneefelder herüber. Ein großer Schatten löste sich aus einer Felswand, und ein mächtiger Steinadler ließ sich mit ausgebreiteten Schwingen, von unsichtbaren Winden getragen, den Hang hinabgleiten. Das Schlagen einer Autotür riss mich aus meinen Gedanken. Ein hochgewachsener Mann kam um die Ladefläche des Pick-up herum. Er schleifte ein totes Tier an den Vorderläufen hinter sich her, das ich auf den ersten Blick für eine Ziege hielt. In der Hand hielt er ein Jagdmesser. Er legte den Kadaver auf dem Wiesenstück vor der Hütte ab und warf das Messer daneben. Dann drehte er sich um und wollte offenbar noch einmal zum Wagen zurückgehen, als er mich an der Hüttenwand sitzen sah und abrupt stehen blieb. Er kam mit schnellen Schritten auf mich zu. Direkt vor mir blieb er stehen und starrte auf mich herab. Sein blondes Haar war verschwitzt. Die blauen Augen verengten sich. Ich schätzte ihn auf Anfang dreißig.

»Grüß Gott«, sagte ich. »Sitze ich etwa auf Ihrer Bank?« Unter seinem Blick fühlte ich mich als Eindringling.

»Was machen Sie denn hier?«

Ich verschränkte die Arme und drückte den Rücken an die warmen Holzschindeln. »Wonach sieht's denn aus?«

Sein Mund wurde schmallippig. »Nach Ruhestörung in meinem Revier«, sagte er. »Danach sieht's aus.«

Das wurde ja immer schöner. »In Ihrem Revier?« Ich deutete zu dem Steinadler hinunter, der noch immer seine Kreise über dem Tal zog. »Sie meinen wohl in seinem Revier.«

Der Mann schaute auf den Vogel. Als er sich mir wieder zuwandte, lag ein widerwilliges Lächeln auf seinem Gesicht. »Na gut, is' schon recht – irgendwann wird man halt allergisch gegen die ganzen Touristenmassen.« Er kniff die Lippen zusammen. »Also, wenn Sie nicht auch noch ein Mountainbike mithaben, mit dem Sie hier durch die Natur gerast sind, das Wild beunruhigt und den Almboden umgepflügt haben ...«

»Hab ich nicht.« Ich hob die Hand zum Schwur. »Heiliges Indianerehrenwort. Und ich bin auch keine Touristin. Ich wohne in Alpbach.«

»Ach ja?« Er zögerte, dann hielt mir seine Hand hin. »Viktor Thurner. Ich bin in Alpbach der ...«

»Tierarzt«, sagte ich und ergriff seine Hand. »Emma Canisius, die neue praktische Ärztin. Sie waren so freundlich, meinen Fuchs einzuschläfern.«

»Ihren Fuchs? Ach so, genau, die Staupe.« Thurner schüttelte den Kopf. »Der erste Fuchs in meiner Praxis.« Er drehte sich um zu dem toten Tier auf dem Wiesenstück. »Jetzt muss ich aber die Gams aufbrechen. Ich hab sie vor fast einer halben Stunde geschossen, und es ist schon verdammt heiß.«

Dann hatte ich also doch einen Schuss gehört.

Thurner holte eine blaue Plane und einen Wasserkanister von der Ladefläche des Geländewagens. Ich folgte ihm zu dem kräftigen Körper der Gams. Die Sonne malte Lichtkreise auf das fahlgelbe Fell und die schwarzen Läufe. Auf dem Kopf verlief ein dunkelbraunes Band zwischen Stirn und Wangen. Gebogene Hörner ragten zwischen weichen Ohren empor, und im Maul steckte ein Nadelzweig. Der Blick der vorstehenden Augen war starr. Auf der Schulter zeichnete sich ein stumpfer braunroter Fleck ab.

Thurner faltete die blaue Plane auseinander und warf sie auf die rechte Seite des Tieres. Er fasste die Hinterbeine der Gams und drehte sie mit einer einzigen Bewegung auf den Rücken, stach mit der Spitze seines Messers in das dichte Fell und schlitzte es bis zum Hals auf, ehe er mit einem zweiten Schnitt die Bauchmuskulatur durchtrennte. Dann schob er vorsichtig Zeige- und Mittelfinger in die Öffnung, hob die Bauchdecke an und führte mit der anderen Hand das Messer zwischen den vorgeschobenen Fingern entlang bis zum Brustbein. Die Bauchhöhle der Gams öffnete sich wie ein dunkelroter Mund, aus dem stinkender Atem entwich. Thurner vollführte noch ein paar rasche Schnitte und Griffe, dann warf er das blutige Messer weg, fasste mit beiden Händen in die Bauchhöhle, hob die Eingeweide heraus, legte sie auf das blaue Plastik und schlug die Plane darüber.

»Fertig.« Er richtete sich auf und hielt mir seine blutbesudelten Hände hin. »Wasser, bitte.«

Ich schraubte den Deckel des Kanisters auf und goss ein wenig in seine Handflächen. Wässriges Rosa färbte das Gras. Thurner nahm mir den Kanister ab und spülte mit dem Restwasser die Bauchhöhle der Gams. Dann fasste er das ausgeweidete Tier an Vorder- und Hinterläufen, trug es zum Pick-up und legte es auf die Ladefläche. Ich hob die blaue Plane auf und schleppte sie hinterher. Durch das Plastik konnte ich die Lebenswärme der Innereien spüren.

»Legen Sie's einfach daneben.« Thurner deutete auf die Ladefläche.

Ich schob das steife Paket zwischen das tote Tier und einen alten Leinenrucksack. Zwischen dem struppigen Fell und dem verblichenen Stoff wirkte das grelle blaue Plastik künstlich.

»Steigen S' ein, ich nehm Sie mit hinunter.« Er riss die Fahrertür auf. Über das Autodach hinweg setzte er hinzu: »Oder wollen Sie noch weiter gehen?«

Ich schüttelte den Kopf. »Dafür reicht meine Ausrüstung heute nicht.« Ich war froh, nicht noch zu Fuß ins Tal absteigen zu müssen, und kletterte auf den Beifahrersitz.

Thurner ließ den dröhnenden Dieselmotor an, und wir rumpelten im Schritttempo die holperige Forststraße bergab. Die Luft im Inneren des Wagens war stickig. Auf der Rückbank herrschte ein Chaos von Jagdjacken, Handschuhen, kleinen Mineralwasserflaschen, einem Fernglas und Schachteln mit rot-weißem Aufdruck. Quer darüber lag ein Bergstock mit Metallspitze, wie ich ihn in Steiners Wohnung gesehen hatte. Hinter dem Fahrersitz klemmte ein Gewehr mit nach oben gerichtetem Lauf.

»Kann ich eine Wasserflasche haben?«, fragte ich.

»Nur zu.« Thurner nickte. »Ich hätt auch noch irgendwo eine Jause.«

»Ich esse später«, sagte ich und angelte nach einem der Fläschchen.

Die unbefestigte Straße wand sich in engen Serpentinen talwärts. Unter uns breiteten sich die Baumkronen des Bergwaldes aus.

Thurner legte die Geländeuntersetzung ein. »Sie sind aus Wien, oder?«

»Mmm.« Ich nahm einen Schluck. »Hört man das?«

»Daran sollten Sie arbeiten.« Es klang etwas boshaft.

Ich setzte die Mineralwasserflasche ab. »Woran? An meiner Sprache?«

Er nickte.

»Und warum, bitteschön?«

Thurner gab keine Antwort, er war aufs Fahren konzentriert. Wir tauchten in den Wald ein, und es wurde dunkler. Kleine Bäche rannen über die Moospolster, die an den fast senkrechten Felswänden hafteten.

»Mit ein wenig Dialekt täten Sie sich in Alpbach leichter.« Er warf mir einen Seitenblick zu. »Wie kommt denn jemand wie Sie überhaupt auf die Idee, Ärztin bei uns zu werden?«

Ich zuckte die Schultern. »Mein Großvater war Landarzt, in Tirol. Und mein Vater hat auch als praktischer Arzt angefangen.«

»Was heißt angefangen? Was macht er jetzt?«

Ich zögerte. »Jetzt arbeitet er am AKH.« Es war mir peinlich, von der Privatordination für plastische Chirurgie an der Ringstraße zu erzählen. Er würde mich für eine überkandidelte Großstadttussi halten. »Er ist Primararzt für … egal.« Mein Vater war Schönheitschirurg.

»Oha.« Die Straße machte eine enge Kurve.

»Und außerdem halt ich's in der Stadt nicht aus«, fuhr ich fort und schaute aus dem Beifahrerfenster. »Ich bin ein Naturmensch.« Vor mir fiel der felsige Hang steil ab. So viel Natur brauchte ich nun auch nicht. Ich hielt unwillkürlich die Luft an.

Thurner schien mein Unbehagen nicht zu bemerken. »Und da hast kurzerhand beschlossen, ab jetzt die Eingeborenen zu heilen?« Er war zum auf dem Land üblichen Du übergegangen. Ich ertappte mich dabei, dass ich mich geschmeichelt fühlte. »Weißt du auch, was das heißt?«

»Dass es anstrengend wird. Das, äh, willst du doch sagen, oder?« Ich stolperte noch ein wenig über das Du. Aber ich fand, dass ich Fortschritte machte. Zumindest, was die Sprachgewohnheiten der Einheimischen betraf.

»Du darfst dich halt nicht vor Nähe fürchten, hier bei uns. Das ist was anderes als im Krankenhaus.« Der Wagen holperte durch ausgewaschene Spurrinnen. »Du hast Patienten vom Säugling bis zum Hundertjährigen. Krankheiten von Husten über Krebs bis Alkoholismus und Alzheimer. Und kein Facharzt um die Ecke.«

»Ich war drei Jahre am Krankenhaus. Meiner Erfahrung nach passieren Fehler vor allem dann, wenn Ärzte übermüdet oder überarbeitet sind. So wollte ich nicht arbeiten.«

Thurner nickte. »Dein Vorgänger, der Mooslechner Adi, war einer vom alten Schlag. Der hatte kein Privatleben, den haben die Patienten auch mitten in der Nacht aus dem Bett geholt.«

»Das macht mir nichts aus«, sagte ich. »Und was den fehlenden Facharzt betrifft – ich finde, dass die fortschreitende Abschottung der Medizin in Einzeldisziplinen sowieso nicht im Sinne der Patienten ist.«

»Aha.« Hörte ich da einen Anflug von Ironie? Wir rumpelten über ein Gitter, das die Kühe davon abhalten sollte, ihre Almwiesen zu verlassen. »Was heißt das für schlichtere Gemüter?«

»Wir verlassen uns doch immer mehr auf technisch ermittelte Werte statt auf Untersuchungsverfahren. Aber der Mensch ist ein ganzheitliches Wesen.« Ich dozierte wie mein Vater.

Thurner warf mir einen Blick zu. »Oje«, sagte er. »Soll das heißen, wir bekommen die erste Arztpraxis für ayurvedische Medizin? Und Qigong?« Er schüttelte den Kopf. »Na, dann wünsch ich dir hier viel Spaß.«

»Keine Sorge, ich bin eine überzeugte Schulmedizinerin.« Na prima, eine Unterhaltung, und schon sah der hiesige Tierarzt eine alternativ angehauchte Großstädterin in mir. Wahrscheinlich würde er seine Erkenntnis dem ganzen Dorf mitteilen.

»Dann wünsch ich dir erst recht viel Erfolg in Alpbach. Obwohl«, sagte er, »durchsetzungsfähig bist du ja. Wie der Kaml Schorsch da am Abend mit dem Fuchs bei mir aufgetaucht ist … Ich hab gedacht, jetzt ist der Steiner völlig verrückt geworden. Normalerweise dreht der 'nem Fuchs einfach den Hals um.« Ich konnte das Lächeln in seiner Stimme hören. »Dem musst ja ordentlich zugesetzt haben.«

Ich grinste. »Ja, doch, ich bin hartnäckig. Was ich mir einmal in den Kopf gesetzt hab, zieh ich auch durch. Da kann mich nichts bremsen.«

»Freut mich zu hören«, sagte Thurner. »Wirst es in Alpbach brauchen.«

Wir verließen den Forstweg und fuhren auf der asphaltierten Straße weiter, die zwischen Weidezäunen in den Ort führte. Braun gescheckte Kühe beobachteten uns wiederkäuend. Vor ihren Häusern saßen die Leute beim Sonntagsbraten. Ich hatte den ganzen Tag noch nichts gegessen, und nun spürte ich, wie hungrig ich war. Hoffentlich war die Küche des Jagawirt geöffnet.

»Dieser Kaml«, sagte ich, »ist irgendwie ein komischer Typ. Was macht der eigentlich im Jagawirt?«

»Der Schorsch?« Vor uns fuhr ein Traktor, und wir mussten uns dem Tempo anpassen. Thurner schaltete die Untersetzung aus. »Das ist eine arme Sau. War Holzarbeiter bis zu seinem schweren Unfall. Jetzt hat er's mit dem Rücken und ist eigentlich arbeitsunfähig. Aber der Steiner Vinzenz kennt ihn schon von Jugend an und hat ihm halt den Hausmeisterjob im Gasthof gegeben.«

So viel Menschenfreundlichkeit hatte ich dem Wirt gar nicht zugetraut. »Und der alte Wenghofer?«

»Dem Wenghofer ist vor ein paar Wochen die Frau gestorben. Jetzt hat er den Hof an seine Nichte übergeben, und die baut groß um.« Thurner bog in den Weg zum Jagawirt ein. »Schätze, wenn der Umbau fertig ist, wird er zu ihr ziehen. Aber bis dahin wohnt er halt beim Steiner.«

»Hat er denn keine Kinder, die sich um ihn kümmern?« Ich war mit der Vorstellung von ländlichen Mehrgenerationenfamilien nach Alpbach gekommen.

Thurner runzelte die Stirn und schwieg einen halben Kilometer, dann kratzte er sich an der Nase. »Nein.«

»Dann ist er auch ein alter Freund vom Wirt?«

Er lachte. »Eher nicht, nein.« Die Vorstellung schien ihn zu amüsieren.

Wir fuhren um die alte Linde herum und hielten direkt vor den Eingangsstufen.

»So, da wären wir.« Thurner schaute mich an. »Sieht man sich mal wieder? Beim Aufbrechen kann ich jederzeit eine Medizinerhand gebrauchen. Oder ich nehme dich gleich mit zum Jagern.«

»Bitte?« Ich hatte schon die Beifahrertür geöffnet.

»Ich sag ja, du musst an deiner Sprache arbeiten.«

»Nie und nimmer!« Ich kletterte aus dem Auto und lief die Stufen zum Gasthof hinauf. Neben der Treppe war ein schweres, schwarz und silbern glänzendes Motorrad abgestellt. Ich drehte mich um und winkte Thurner zum Abschied zu. Der drückte dreimal auf die Hupe, deren Lautstärke es mit jedem Alphorn aufnehmen konnte. Über mir schlug ein Fenster zu. Damit waren also sämtliche Bewohner des Gasthofes über meine Bekanntschaft mit dem örtlichen Tierarzt informiert.

Auf der Truhenbank in der Halle stand ein prall gefüllter Rucksack. Daneben lagen eine dicke Lodenjacke, ein Fleecepullover, ein mit Anstecknadeln gespickter Hut und ein Fernglas. Über der Lehne hing ein zerknautschter Wetterfleck, und vor der Bank standen zwei Paar Bergschuhe mit verschieden hohen Schäften. Der Bergstecken, über den ich am Morgen in Steiners Wohnung fast gestolpert wäre, lehnte unter dem Auerhahn an der Wand.

Am Fuß der Treppe stand ein Mann, offenbar der Besitzer des Motorrads vor dem Gasthof. Er trug eine schwarze Lederjacke, deren Ärmel mit Fransen besetzt waren, und schien auf jemanden zu warten. Dunkle Haare hingen in fettigen Strähnen um sein schlecht rasiertes Gesicht. Als er mich bemerkte, wandte er sich ab und hastete zum Ausgang. Ich sah ihm nach und konnte gerade noch auf dem Rücken seiner Jacke den Aufdruck »Harley Davidson« lesen, dann fiel die Eingangstür hinter ihm ins Schloss. Gleich darauf heulte der Motor der schweren Maschine auf und entfernte sich.

In der Gaststube setzte ich mich auf meinen Platz am Ofen. Als Wetti erschien und nach meinen Wünschen fragte, erkundigte ich mich nach dem Gepäck in der Halle.

»Ach, Frau Doktor«, sagte sie. »Der Chef geht doch morgen in aller Herrgottsfrüh auf die Jagd. Das macht er immer zur Hirschbrunft. Drei Tage auf die Jagdhütte. Mit seinem Spezi, dem Holzinger Matthias.« Sie schüttelte den Kopf. »Da bricht er Punkt fünf Uhr auf. Und wehe, wenn dann nicht schon alles hergerichtet is'.« Sie hob die Brauen und seufzte. »Möchten S' was essen? Der Topfenstrudel wär noch warm.«

»Oh, ja, bitte. Und einen schwarzen Tee dazu.«

Zehn Minuten später servierte sie mir den besten Topfenstrudel meines Lebens.

Während ich ihn mir auf der Zunge zergehen ließ und die in Rum getränkten Rosinen am Gaumen zerdrückte, betrachtete ich die Bilder, die an der Stubenwand hingen. Es waren ausnahmslos alte Stiche, die allesamt Jagdszenen aus dem Hochgebirge darstellten. Da verharrte eine Gams im steilen Gelände, während unter ihr ein Wasserfall über die Felsen stürzte. Ein Jäger, den langen Stecken in der Hand, kämpfte sich mit seinem treuen Hund durch knietiefen Schnee. Ein Wildschütz griff sich ans Herz und sank sterbend unter einer Tanne zu Boden. Gerade als ich die naturgetreue Darstellung einer Gams mit seltsam hellem Fell betrachtete, wurde ich durch eine Bewegung neben mir abgelenkt. Fräulein Steiner stand neben meinem Tisch und war meinem Blick gefolgt.

»Zlatorog«, sagte sie sanft.

Ich hatte sie schlecht verstanden. »Slato…?«

»Das Goldkrickerl, da.« Sie zeigte auf die weiße Gams. »Wer eine solche Gams schießt, den holt der Tod noch im gleichen Jahr, sagt man.«

»Ach, wirklich?« Sie musste doch wissen, dass ihr Bruder eine ausgestopfte Albino-Gams im Flur hängen hatte, die an die vierzig Jahre alt war. Und Vinzenz Steiner konnte man nur als sehr vital bezeichnen. »Das ist doch Aberglaube.«

Fräulein Steiner musterte mich. Sie trug einen karierten Schottenrock und eine weiße Bluse. Um ihren Hals hing ein schweres Medaillon aus altmodischem Rotgold. In den Händen hielt sie eine Handarbeit aus hellblauer Wolle. Sie deutete auf den freien Stuhl mir gegenüber. »Darf ich mich ein wenig dazusetzen?«

»Natürlich, gern.«

Sie ließ sich auf dem Stuhl nieder und legte ihr Strickzeug auf den Tisch. Es war ein Babyjäckchen, dem noch ein Ärmel fehlte.

»Für die Waisenkinder in Rumänien«, sagte sie und streichelte die weiche Wolle. »Unser Herr Pfarrer veranstaltet jedes Jahr einen Basar, und wir sammeln auch Spenden.« Ihr Ton schwankte zwischen Tugendhaftigkeit und Stolz. »Man muss diesen armen Menschen ja helfen.«

Ich nahm einen Schluck Tee. »Wenn ich in meiner Praxis etwas tun kann, Fräulein Steiner …« Vielleicht konnte ich ja auf diese Weise bei den Einheimischen Punkte sammeln.

Sofort erschien ein Strahlen auf ihrem Gesicht. »Das ist wirklich nett von Ihnen. Ich werde mit unserem Herrn Pfarrer darüber sprechen, wie S' uns helfen können. Und nennen S' mich ruhig Hansi, wie alle anderen auch.«

Na bitte. Ich erwiderte ihr Lächeln. »Gerne, Hansi.«

Hansi schaute wieder zu dem Stich mit der weißen Gams hinauf. »Unser Herr Großvater war im Ersten Weltkrieg«, sagte sie. Sie fasste nach ihrem Medaillon und fing an, damit zu spielen. »Und wissen S' auch, warum?«

»Weil er eingezogen wurde, nehme ich an?«

Hansi schüttelte den Kopf. »Nein. Weil der Ferdinand eben die weiße Gams geschossen hat, deshalb.«

»Welcher Ferdinand?«

Hansi neigte den Kopf ein wenig zur Seite und betrachtete mich mit hochgezogenen Brauen. »Der Franz Ferdinand, natürlich. Der Erzherzog. Wissen S' das denn nicht? Im August 1913 war das. Da hat der Franz Ferdinand die weiße Gams geschossen. Im Blühnbachtal in Salzburg. Unser Herr Großvater war auch dabei. Der war damals der Aufsichtsjäger, müssen S' wissen.« Sie runzelte die Stirn. »Alle, die dabei waren, haben's gewusst. Dass ein Unglück geschehen wird, alle.«

Solche Geschichten gingen nie gut aus. »Welches Unglück?«

Hansi starrte auf das Bild an der Wand, als hätte sie meine Frage nicht gehört. »Der Jäger, der die weiße Gams schießt, stirbt binnen Jahresfrist«, sagte sie. Ihre Hand umklammerte das Medaillon. Dann fixierte sie mich mit ihren silbern schillernden Augen. »Die Kugel hat den Erzherzog im Juni 1914 getroffen. Nur zehn Monate nach der Jagd. In Sarajevo. Haben S' das denn nicht gewusst?«

»Doch«, sagte ich. »Doch, das natürlich schon.« Dass der Tod einer weißen Gams den Ersten Weltkrieg ausgelöst haben sollte, war eine interessante Theorie. Wenn auch unter Historikern sicher umstritten.

»So eine Torheit.« Hansi seufzte, nahm das Babyjäckchen und stand auf. »Und dem Simon ist es nicht anders ergangen«, sagte sie. »Sie dürfen nie eine weiße Gams schießen, hören Sie?« Der Blick ihrer seltsamen Augen ruhte forschend auf mir.

Ich dachte an das tote Tier, das ich erst vor wenigen Stunden auf dem Almboden hatte liegen sehen. An das gestockte Blut auf seinem schwarzbraunen Fell und die warmen Eingeweide in meinen Händen. »Keine Sorge«, sagte ich. »Ich habe kein gesteigertes Interesse an der Jagd.«

»Sehr vernünftig.« Hansi nickte. »Sie wollen ja auch noch nicht sterben«, schloss sie unser Gespräch in heiterem Plauderton ab. Sie hielt das Babyjäckchen hoch. »Ich spreche also mit unserem Herrn Pfarrer, wenn's Ihnen recht ist.«

»Ja … tun Sie das.« Ich schaute ihr nach, wie sie durch die Stube schritt und dann durch die Küchentür. Ich griff nach der Teetasse und wollte einen Schluck nehmen. Aber der Tee war kalt geworden, und auf seiner Oberfläche schwammen Hautfetzen. Stumpf und grau. Feldgrau.

FÜNF

Der Adler zog seine Kreise in der Luft. Mit ausgebreiteten Flügeln, die langen Federn an den Enden seiner Schwingen aufgebogen, ließ er sich vom Wind über das Tal tragen. Im immer gleichen Takt drehte er seinen hellen Kopf von der einen zur anderen Seite. Nichts konnte ihm entgehen. Plötzlich stockte der träge Rhythmus seiner Bewegungen. Der Adler öffnete den Schnabel und schlug mit den Flügeln. Etwas riss ihn in die Höhe und ließ ihn im nächsten Augenblick in die Tiefe stürzen. In immer engeren Kreisen wirbelte er durch die Luft, bis er nur noch ein kleiner Punkt über den Wiesen war. Mit einem dumpfen Laut prallte er auf die Erde.

Ich schreckte aus dem Schlaf hoch. Mein Traum war so echt gewesen, dass das Geräusch des Aufschlags noch in meinen Gedanken nachhallte. Da hörte ich es wieder. Ein Rumpeln, als wenn etwas zu Boden fiele. Es kam aus der Wohnung des Wirtes unter meinem Zimmer. Draußen war es noch dunkel. Ich griff nach meinem Wecker und schaute auf das Zifferblatt. Erst fünf Uhr. Vinzenz Steiner brach zu seinem angekündigten Jagdausflug auf. Anscheinend war er es nicht gewöhnt, allzu viel Rücksicht auf seine Hausgäste zu nehmen. Unter mir fiel die Wohnungstür ins Schloss. Vinzenz Steiner war gegangen.

Ich verbrachte den halben Tag im Jagawirt, wo ich mich mit Unterlagen zur Kassenabrechnung herumschlug. Gegen zwei läutete mein Handy.

»Hausbesuch«, sagte Miranda. Da die Praxisräume noch nicht fertig waren, hatte ich mich entschlossen, das Telefon besetzt zu halten, um für meine Patienten in Notfällen erreichbar zu sein. Anscheinend hatte sich der Service der neuen Ärztin herumgesprochen. »Rotter Alois, 78. Seit über einer Woche hohes Fieber, Husten, Atemnot, starker gelblicher Auswurf. Seine Frau, die Fanny, hat gerade angerufen. Sonnleiten 1, wissen S', wo das ist?«

»Seit über einer Woche?« Eigentlich sollte doch jedem klar sein, was eine Lungenentzündung für einen alten Menschen bedeutete. »Wieso rufen die jetzt erst einen Arzt?«

»Der Alois hat Bronchitis«, sagte Miranda. »Hat er jeden Herbst. Die Leute versuchen's halt immer erst mal mit Hausmitteln.«

»Verstehe.« Diese Auffassung kannte ich zur Genüge aus meiner Krankenhauszeit. In der Regel zogen Hausmittel schwerere Krankheitsverläufe und mehr Medikamente nach sich. Ich ließ mir von Miranda den Weg beschreiben, schob erleichtert den Papierkram auf dem Schreibtisch zusammen und fuhr los.

Die Frau, die mir die Tür des kleinen Einfamilienhauses am Sonnleitenweg öffnete, war um die siebzig. Die rosafarbene Trachtenjacke spannte über ihrem gewaltigen Bauch, die ausgewaschene Jeans war zu eng, und die breiten Füße steckten in Gesundheitssandalen. Sie musterte mich kurz aus schiefergrauen Augen, die mich an Kieselsteine erinnerten, dann nickte sie und führte mich durch einen langen Gang in ein holzgetäfeltes Zimmer, eine Mischung aus Landhausküche und rustikalem Wohnzimmer. Auch im schwachen Licht einer Hängelampe konnte ich sehen, dass sich das ganze Familienleben der Rotters hier abspielte. Auf der Bank am Kachelofen stapelten sich Zeitschriften neben einem Korb mit Strickzeug, an der Wand hing ein Flachbildschirm, und auf dem Herd simmerte eine Suppe und verbreitete einen süßlich riechenden Dampf, durch den ich vor dem Fernseher eine große Couchgarnitur erkennen konnte. Es war unerträglich heiß und stickig.

»Da isser«, sagte die Frau und deutete in Richtung der Couch. »Mein Mann.« Sie machte keine Anstalten, näher zu treten.

Ich wusch mir die Hände über einem Waschbecken, in dem eine halb leere Kaffeetasse stand, dann begann ich die Untersuchung meines Patienten. Alois Rotter war nur noch Haut und Knochen, und sein Zustand zeugte nicht gerade von bester Krankenpflege. Sein Schlafanzug war verschlissen, er war unrasiert, und seine Fingernägel mussten dringend geschnitten werden. Immer wieder hustete er und spuckte zähen gelben Schleim auf ein zerknülltes Taschentuch. Nach jedem Anfall rang er pfeifend nach Luft. Ich horchte seine Lunge ab und versuchte durch Abklopfen die Ausbreitung der Entzündung zu lokalisieren, aber die Lunge war frei. Eine Blutuntersuchung oder ein Röntgen waren nicht nötig.

»Ihr Mann hat eine schwere Bronchitis«, sagte ich zu der Frau, die breitbeinig am Kachelofen lehnte. »Anzeichen von Lungenentzündung kann ich keine erkennen, aber der gelbe Auswurf macht mir Sorgen.« Ich griff in meine Arzttasche und suchte den Rezeptblock und eine Packung Tabletten heraus. Dann wandte ich mich an den Patienten. »Ich verschreibe Ihnen jetzt ein Antibiotikum, Herr Rotter, und lasse Ihnen für heute ein Arztmuster da.«

Der Alte drehte den Kopf auf dem schmierigen Kissen zu seiner Frau. Anscheinend war sie in diesem Haus die Entscheidungsinstanz.

»Das braucht's nicht«, sagte Frau Rotter. »Geben S' ihm einfach was Hömöpatisches. Das hat der Mooslechner Adi auch immer gemacht.«

»Etwas Homöopathisches?« Ich hatte mich wohl verhört. »Frau Rotter, Ihr Mann ist nicht mehr der Jüngste und hat eine bakterielle Infektion. Da sind ein paar Zuckerkügelchen zu wenig.«

Sie verlagerte ihr Gewicht von einem Bein aufs andere. »Er kriegt eh auch noch Hausmittel.« Sie deutete mit dem Kinn in Richtung der schwach kochenden Suppe. »Des hilft immer. Und was Hömöpatisches.«

»Meinen Sie einen Auszug aus Kapland-Pelargonie?« Ein derartiger Extrakt konnte die Symptome akuter Bronchitis lindern. Manche Kollegen setzten ihn auch anstelle einer Antibiotikatherapie ein, aber bei dem Alter und Zustand meines Patienten wollte ich eigentlich kein Risiko eingehen.

Frau Rotter zuckte die Schultern. »Hat der Adi nicht gesagt.«

Ich wickelte langsam das Stethoskop auf. Hier war mein erster Patient, und meine ärztliche Kunst stand schon auf dem Prüfstand. Wie immer ich mich jetzt verhielt, es würde im Dorf die Runde machen und über meinen Start als neue Ärztin von Alpbach entscheiden. Ich schaute in die fiebrigen Augen des alten Mannes und auf die Hand mit den zu langen Fingernägeln. Im Grunde gehörte er in ein Krankenhaus. Und zwar weniger wegen der Bronchitis, sondern wegen der nötigen Pflege. Allerdings hatte Miranda gesagt, er hätte jeden Herbst Bronchitis. Wenn ich jetzt auf einem Antibiotikum bestand, würde er es nicht bekommen und ich würde auch nicht mehr gerufen werden. Vielleicht hatte Mooslechner die homöopathischen Globuli nur gegeben, um wenigstens Zugang zu seinem Patienten zu haben.

»Also gut«, sagte ich zu Frau Rotter. »Dann gebe ich Ihnen heute nur etwas, um die Entzündung zu hemmen und das Fieber zu senken.« Das würde den Kreislauf des alten Mannes wenigstens entlasten. »Zusätzlich können Sie ihm Brustumschläge mit Eukalyptussalbe machen. Und Thymiantee geben. Der wirkt krampflösend und fördert den Auswurf.« Feuchte Tücher auf der Heizung schienen mir in dieser dampfgefüllten Küche überflüssig. »Und Hühnersuppe ist natürlich auch gut.«

Mein Patient krümmte sich in einem plötzlichen Hustenanfall. Seine Frau schaute ihm wortlos zu. In ihren Kieselsteinaugen konnte ich keine Gefühlsregung erkennen. Er keuchte, dann sagte er: »Das is' Hundssuppe.«

»Ach, ja.« Ich wusste nicht, welche Suppe man in Alpbach als Hundssuppe bezeichnete, wollte aber zum Abschluss etwas Verbindliches sagen und wandte mich daher an Frau Rotter. »Woraus macht man denn Hundssuppe?«

Sie schürzte nur die Lippen und verschränkte ihre dicken Arme vor dem ausladenden Busen.

»Schäfer«, krächzte mein Patient.

Ich war sicher, dass er die junge Frau Doktor auf den Arm nehmen wollte, und freute mich, dass seine Lebensgeister zurückkehrten. »Ach ja?« Ich lachte höflich über seinen Scherz. »Schäferhund? Geht Dackel auch?«

»Geht auch«, meinte er. »Aber das da is' Schäfer.«

Sein Ton war so sachlich, dass er offenbar die Wahrheit sagte. Ich drehte mich zu seiner Frau um. Vielleicht hatte ich mich ja doch verhört. Aber sie stieß sich nur vom Kachelofen ab und schob die Hände wieder in die Jackentaschen.

»Is' ein altes Hausmittel«, meinte sie. »Hundefleisch hilft gegen viele Krankheiten. Aber lassen S' die Tabletten ruhig da.« Sie deutete mit dem Kinn auf das Antibiotikum. Ich hatte die Prüfung offenbar bestanden. »Wie oft soll er sie einnehmen?«

»Zweimal täglich eine.« Ich hoffte, sie hörte nicht, wie schockiert ich war. Aber ihre Steinaugen blieben ausdruckslos. »Morgens und abends. Und geben Sie mir morgen Bescheid, wie's Ihrem Mann geht.«

Auf einmal spürte ich ein Würgen im Hals. Keine Sekunde länger konnte ich es in dem Dampf aushalten. Schnell stand ich auf, drückte meinem Patienten die heiße Hand und verließ die Küche, wobei ich mich bemühte, nicht zu dem Suppentopf hinzuschauen.

Erst auf der Heimfahrt, wenige Kilometer vom Jagawirt entfernt, verließ mich das Gefühl von Unwirklichkeit.

Hundefleisch hilft gegen Husten. Es war später Nachmittag. Ich saß in dem Ohrensessel in meinem Zimmer und starrte die Wand an. Draußen brach bereits die Dämmerung herein, aber ich hatte noch kein Licht gemacht. Mehrmals hörte ich von unten die Eingangstür schlagen, laute Stimmen und Gelächter in der Halle. Der Jagawirt schien heute ungewöhnlich viel Besuch zu haben. Ich hatte noch den Geruch des Wohnzimmers der Rotters in der Nase, das Gemisch aus schmutzigen Putztüchern, aufgewärmtem Essen und dem ungelüfteten Bettzeug.

Ich kuschelte mich noch tiefer in meinen Ohrensessel. Worauf hatte ich mich da bloß eingelassen? Landärztin! Ausgerechnet ich, die nur die sterilen Arbeitsbedingungen im Krankenhaus kannte. Die perfekten Arbeitsabläufe und die geteilte Verantwortung. Und jetzt? Jetzt sollte ich Menschen behandeln, die mich zwar riefen, aber nur schwer zu überzeugen waren, meinen ärztlichen Rat auch zu befolgen. Menschen, die eher die Schulmedizin als alternative Heilmethode betrachteten. Ich dachte an die Privatordination meines Vaters an der Wiener Ringstraße, seine parfümierten und gelifteten Patienten. Lauthals hatte ich meinen Widerwillen gegen die Zweiklassenmedizin kundgetan. *Und deswegen willst du in den Busch*?, hatte mich mein Vater gefragt und mich von da an nur noch *unsere Frau Buschdoktor* genannt. Ich spürte ein Brennen hinter meinen Lidern. *Hundefleisch.*

Der eingebildete Küchengeruch wurde unerträglich. Ich ging zum Fenster und riss beide Flügel auf. Vom Fluss stieg kalter Dunst auf und verhüllte den Herbstwald. Nur hier und da tauchten Baumwipfel wie Speerspitzen aus dem weißen Meer. Hinter der wallenden Nebelwand ertönte der sehnsuchtsvolle Ruf der Hirsche. Irgendwo da draußen war Vinzenz Steiner. Der Jäger, der lauschte und wartete, um einen von ihnen zu töten.

Der feuchte Nebel quoll ins Zimmer, legte sich über meinen Mund und meine Nase und umspielte meinen Hals. Da klopfte es an der Zimmertür. Die wirbelnden weißen Schwaden zogen an mir vorüber.

»Frau Doktor?«

»Komme schon.« Rasch schlug ich die Fensterflügel zu. Auf dem nur schwach erhellten Gang stand Wetti, ein Holztablett mit Teegeschirr und einen Teller mit Bauernkrapfen in den Händen.

Grübchen erschienen auf ihren Wangen, als sie mir das Tablett hinhielt. »Schaun S', Frau Doktor, ich bring Ihnen Ihren Tee.«

»Danke, aber …«

»Nix aber.« Sie drängte sich an mir vorbei ins Zimmer und stellte das Tablett auf den Schreibtisch. »Das Fräulein Hansi hat gemeint, Sie hätten sicher gern was von ihrem Selbstgebackenen. Und weil S' ja gar so durch die Halle gestürmt sind …« Sie zwinkerte mir zu.

»Sehr nett …« Mir war nicht nach Essen zumute. Wetti griff nach dem Schalter der Schreibtischlampe, aber ich sagte schnell: »Lassen Sie das Licht ruhig aus. Es ist gerade so gemütlich.« Ich wollte nicht, dass sie mir meine Verfassung ansah.

»Wie S' meinen.« Wetti nickte. »Heute is' Pfarrgemeinderatssitzung in der Stube. Soll ich Ihnen Ihr Essen später raufbringen?«

Das war also die Erklärung für die Stimmen und das Gelächter in der Halle. Auf die Gesellschaft der Kirchenmitglieder konnte ich heute gut verzichten. Ich schüttelte den Kopf. Aus der Tülle der Teekanne stiegen Rauchkringel auf, und die Krapfen dufteten nach Vanille und einer Spur Zimt.

»Haben Sie schon mal Hundefleisch gegessen?« Die Frage rutschte mir heraus, ehe ich darüber nachdenken konnte.

»Hundefleisch?« Wetti hob die Brauen. »Wie kommen S' jetzt auf des?«

»Ach, nur so.« Ich tippte auf den Deckel der Teekanne. »Ich hab mal gelesen, dass es ein … ein Hausmittel sein soll.«

Wetti nahm die Kanne und schenkte Tee ein. »Kann sein.«

Dann schaute sie auf, und ich erhaschte einen Ausdruck auf ihrem Gesicht, den ich im Dämmerlicht nicht deuten konnte.

»Ach ja? Wo bekommen die Leute die Hunde denn her?« Hoffentlich nicht unter einem Vorwand aus dem Tierheim.

Wetti zuckte die Schultern. »Ach wissen S', wenn so ein alter Hund stirbt, dann wird er halt abgeholt. Aus dem Fett kann man Salbe machen und … so.«

Sofort fiel mir Molly, der Mops meiner Großtante Sophie, ein.

Wetti räusperte sich. »Hab ich zumindest gehört.«

»Und wer tut so was?«

Sie stellte das Teegeschirr und den Krapfenteller vom Tablett auf den Schreibtisch. Dann hielt sie sich das leere Tablett vor die Brust. »Keine Ahnung.« Sie ging zur Tür. »Wenn S' Ihr Abendessen doch aufs Zimmer wollen, melden S' sich. Gute Nacht.« Damit ließ sie mich allein.

Ich kuschelte mich wieder in den Ohrensessel. Nachdenklich trank ich den Tee in kleinen Schlucken. Er schmeckte eigenartig bittersüß nach Kräutern, aber er war warm und tröstlich. Irgendwann musste ich eingeschlafen sein.

Mitten in der Nacht erwachte ich schweißgebadet.

Auf dem Gang knarrten die Dielen. Es musste dieses Geräusch gewesen sein, das mich geweckt hatte. Ein Lichtschein tastete sich unter meiner Zimmertür hindurch, erlosch, flackerte wieder auf und leuchtete dann hell und konstant. Etwas raschelte, dann klapperte metallisch ein Schlüsselbund. Jemand war vor meiner Tür.

Ich sprang auf, wodurch die Beine des Ohrensessels über den Holzboden schabten. Sogleich erlosch der Schein unter dem Türspalt. Ich knipste das Licht an, stürzte durchs Zimmer und riss die Tür auf.

Aus dem Augenwinkel erhaschte ich rechts von mir einen großen Schatten. »Was …?« Von oben traf mich ein Schlag. *»Hilfe …«* Meine Knie gaben nach. Ein reißender Schmerz durchzuckte meine Schultern. *Hilfe* … Ich stürzte in einen finsteren Abgrund.

»Frau Doktor! Frau Doktor!«

Wie durch Watte drangen die Worte in mein Bewusstsein. Mein Kopf schmerzte wie verrückt, aber ich erkannte Georg Kamls Stimme.

»Alles in Ordnung? Hören Sie mich? Hallo, hallo!«

Jemand schlug mir unsanft auf die Wange. Ich riss die Augen auf. Über mir schwebte Georg Kamls besorgtes Gesicht. Schweißgeruch strömte aus seinem blauen Trainingsanzug. Vorsichtig drehte ich den Kopf zur Seite. Ich lag auf dem Teppich vor dem Bauernschrank in meinem Zimmer. Um mich herum standen die Bewohner des Gasthofs mit bestürzten Mienen und in Morgenmänteln, die sie sich übergeworfen und in der Hast zum Teil nicht einmal zugebunden hatten. In der ersten Reihe konnte ich den alten Wenghofer in einem blau-weiß gestreiften Frotteemantel erkennen. Sein Kopf zitterte hin und her, als könnte er nicht glauben, was er sah.

Der Mensch lebt in seinen Gewohnheiten, und gerade in beängstigenden Situationen klammert er sich an sie. Ich war da keine Ausnahme. Also ging ich in Gedanken routinemäßig meine Diagnoseliste durch. Weder war ich schläfrig, noch war mir schlecht. Und ich wusste, wo ich mich befand. Also hatte ich wohl keine Gehirnerschütterung.

»Was ist denn passiert?«, flüsterte ich.

»Sie sind überfallen worden.« Herr Janssen hockte neben mir. Er trug einen schwarzen Pyjama. Im Ausschnitt des Oberteils glänzte ein tibetischer Silberanhänger an einer geflochtenen Lederkette. »Herr Kaml hat Ihnen das Leben gerettet.« Er nickte Kaml zu, der an meiner anderen Seite kniete.

Ich hob den Kopf. Sofort stützten mich die beiden Männer, und es gelang mir, mich aufzusetzen. Unter meinem Schädeldach pochte der Schmerz, und meine Arme fühlten sich an, als hätte jemand versucht, sie auszureißen.

»Haben S' Ihren Angreifer gesehen?«, fragte Kaml. »Das wär wichtig.«

Ich versuchte zu antworten, aber meine Kehle war wie ausgedörrt. Der alte Wenghofer tappte in mein Badezimmer, und ich hörte Wasser laufen. Gleich darauf war er wieder da und reichte mir einen Zahnputzbecher. Dankbar trank ich die kalte Flüssigkeit.

»Ja … nein … ich weiß nicht«, murmelte ich. »Vielleicht erinnere ich mich später.«

Kaml brummte.

»Wo … haben Sie mich denn gefunden?«

»Na hier, in Ihrem Zimmer.«

Mein Angreifer hatte mich also am Gang zu Boden geschlagen und dann ins Zimmer zurückgezerrt. Um mich vor den anderen Hausbewohnern zu verbergen? Mir wurde kalt.

Eine schmale Gestalt schob sich von hinten durch die Umstehenden. Es war Hansi. Sie trug einen weißen Morgenmantel, den sie mitsamt dem Spitzenkragen ihres Nachthemds am Hals zusammengerafft hielt. Mit ausdrucksloser Miene starrte sie auf mich herab. Dann erst schien sie den neben mir knienden Kaml wahrzunehmen. Ihre Augen weiteten sich verblüfft. Sie nickte mehrmals und bewegte den Mund, als wollte sie etwas sagen. Doch es kam kein Ton über ihre Lippen.

Janssen wandte sich an Kaml. »Sie müssten den Täter doch gesehen haben.«

»Gar nix hab ich gesehen«, sagte Kaml. »Wie ich angerannt gekommen bin, lag's schon da, die arme Frau Doktor.« Er tätschelte mir die Schulter. »Aber jetzt lassen wir Sie erst einmal in Ruh. Das war sicher ein Hoteldieb, dieses elende Gesindel. Gottlob, dass ich Sie hab schreien hören.« Hansi gab einen überraschten Laut von sich, aber Kaml nahm keine Notiz von ihr. »Das hätt jedenfalls bös ausgehen können.« Er stützte die Hände auf die Knie und stemmte sich ächzend hoch. »So, und wer ruft jetzt die Polizei?«

Niemand rührte sich.

»Die Polizei?«, flüsterte Hansi. »Du willst … die Polizei rufen?«

»Was denn sonst?« Kamls Stimme klang herausfordernd. Er schob die Hände in den Bund seiner ausgebeulten Trainingshose. An den Füßen trug er dicke Skisocken. »Glaubst vielleicht, bloß weil der Vinzenz nicht da is', dass man so einen Vorfall einfach übergehen sollt'?« Er wippte vor und zurück. »Tot hätt 's sein können, die arme Frau.« Er wandte sich an die Runde. »Vielleicht is' ja auch was gestohlen worden.«

Unter den Anwesenden erhob sich unruhiges Gemurmel, das vom alten Wenghofer jäh unterbrochen wurde.

»Wir brauchen keine Polizei«, sagte er mit unerwartet fester Stimme. »Und schon gar nicht um drei in der Früh.«

Es war also schon weit nach Mitternacht. Kein Wunder, dass ich so müde war. Außerdem dröhnte mein Kopf.

»Vielleicht hat Herr Wenghofer recht«, sagte ich. »Warten wir doch bis morgen, und dann …«

»Nix.« Kaml war offenbar entschlossen, sich durchzusetzen. »Ich ruf jetzt die Polizei. Inzwischen überlegt jeder, ob ihm was Ungewöhnliches aufgefallen ist. So verlieren wir keine Zeit. Wir treffen uns in der Halle – womöglich ist der Täter noch im Haus.« Er zog den Bund der Trainingshose hoch und stapfte auf Socken aus meinem Zimmer.

Hansi rührte sich als Erste. Sie beugte sich zu mir hinunter und fasste meinen Ellenbogen mit festem Griff. »Kommen S'«, sagte sie. »Ich helf Ihnen.«

Dankbar für die Zuwendung rappelte ich mich folgsam auf.

Inzwischen schienen sich auch die anderen Hausbewohner unter das Oberkommando von Georg Kaml gefügt zu haben, denn alle zogen wie eine Karawane die Treppe hinunter und versammelten sich in der Halle unter dem Auerhahn, um auf das Eintreffen der Polizei zu warten. Hansi und ich stellten uns dazu. Von irgendwoher war Kamls laute Telefonstimme zu hören.

»Ziemlich kalt«, sagte Frau Janssen und rieb sich die Oberarme. Sie trug ein rosafarbenes Nachthemd mit dazu passendem Frotteebademantel und rosa Plüschpantoffeln. Die anderen murmelten zustimmend. Herr Wenghofer band seinen Morgenmantel fester zu. Nur ich trug als Einzige meine Tageskleidung. Obwohl ich nichts dafür konnte, fühlte ich mich irgendwie verantwortlich.

Direkt mir gegenüber hing die wie im Flug an die Wand genagelte Schleiereule. Ihr schwarz gesprenkeltes Gefieder glänzte, und ihre orange glühenden Augen starrten mich an. Erst jetzt bemerkte ich, dass ihr der Präparator eine Maus in die linke Kralle gesteckt hatte.

Hansi hielt noch immer meinen Arm umfasst. Ein zarter Lavendelduft ging von ihr aus. Plötzlich fand ich ihre Fürsorge überflüssig und löste meinen Arm aus ihrem Klammergriff.

Draußen war Motorengeräusch zu hören, Autotüren schlugen. Zwei Polizisten, der eine um die fünfzig, der andere Anfang zwanzig, betraten die Eingangshalle. Der ältere der beiden hatte sich nicht einmal die Mühe gemacht, seine Uniformjacke zuzuknöpfen. Es war der Mann, der an meinem ersten Abend im Jagawirt am Nebentisch gesessen hatte. Sein Kollege trug dagegen sogar Gel im Haar. Beider Mienen ließen jedoch keinen Zweifel daran aufkommen, wie wenig sie darüber erfreut waren, mitten in der Nacht gerufen worden zu sein.

»Also.« Der Ältere hatte eindeutig das Kommando. »Wo is' die Frau Dr. Canisius?«

Ich machte einen Schritt nach vorn.

Sein Blick glitt rasch über mich. »Und Sie sind also überfallen worden, Fräulein?«

»Allerdings.« Unter anderen Umständen hätte ich ihm Paroli geboten, aber angesichts der fortgeschrittenen Stunde bemühte ich mich nur um eine möglichst sachliche Schilderung der Ereignisse, angefangen von den Geräuschen vor der Tür bis zu meiner Rettung durch Georg Kaml. »Herr Kaml hat auch darauf bestanden, die Polizei zu rufen.«

»Hat der Kaml Schorsch gesehen, wer's war?«

»Ich glaube nicht ...«

»Aha.« Er wandte sich an seinen Kollegen. »Dann werden wir Nachschau halten müssen. Viel Zweck wird's ja nicht mehr haben. Gemma!« Er steuerte auf die Tür unter der Treppe zu und drückte die Klinke hinunter. Erwartungsgemäß war Steiners Wohnung versperrt. »Wo is' der Vinzenz?« Er klopfte gegen das Türblatt. »Wieso hat den niemand geweckt?«

»Der Wirt is' auf der Jagd.« Kaml drängte sich durch die Hausbewohner nach vorn. Er hatte sich inzwischen Holzpantinen angezogen.

»Ich glaube, wir sollten dann mal wieder ins Bett gehen.« Frau Janssen hatte ihren Mann am Arm gefasst. »Komm, Reinhold.«

»Quatsch, du hast doch gehört, was Herr Kaml gesagt hat.« Janssen schüttelte die Hand ab, ohne seine Frau dabei anzusehen. »Der Täter könnte noch im Haus sein. Vielleicht braucht die Polizei Hilfe.« Er zog seine schwarze Schlafanzughose hoch.

»Ha, ausgerechnet ...«

»Nix, das geht uns alle an.« Janssen stellte sich zu den Polizisten, die dem ehelichen Geplänkel keine Beachtung geschenkt hatten. Offenbar wollte er sich dieses Urlaubsabenteuer nicht entgehen lassen.

»Der Wagen vom Vinzenz steht aber vor dem Haus.« Der jüngere Polizist hakte die Daumen in den Gürtel. »Der grüne Puch G, Walter.«

»Der Steiner is' mit dem Holzinger Matthias hinauf zur Hütte«, sagte Kaml. »Mit dem is' er auch mitgefahren. Vor morgen is' der nicht zurück.« Er fuhr sich mit der Hand durchs Haar.

Die Polizisten gaben sich mit dieser Auskunft zufrieden, und unsere Gruppe, einschließlich Frau Janssen, setzte sich wieder in Bewegung. Bei Gefahr drängt sich die Schafherde zusammen. Wir trabten durch den ganzen Gasthof, vom riesigen alten Dachboden bis zum neu angelegten Weinkeller, doch nirgends fand sich eine verdächtige Spur. Irgendwann standen wir alle in der Gaststube.

»Und jetzt?« Walter hob die Brauen.

»Bleibt nur noch die Küche«, sagte sein Kollege.

Die Küche strahlte sauber und aufgeräumt im Licht der Deckenlampen. Die Arbeitsplatten glänzten genauso wie die riesigen Töpfe und Kasserollen. Vom Abzug über dem Herd hingen Pfannenheber, Suppenkellen und Kochlöffel herab. Über der Spüle stapelten sich in einem in die Wand eingelassenen Regal blau karierte Küchentücher. Daneben befand sich eine Stahltür. Eine große Espressomaschine mit schwarz-rotem Gehäuse verbreitete italienische Eleganz. In einem Holzblock steckten mehrere unterschiedlich lange Messer.

»Hier is' auch nix, Walter«, sagte der jüngere Polizist.

Aber Walter steuerte schon auf die Metalltür neben der Spüle zu. »Wo führt die Tür hin?« Er rüttelte an dem Stahlgriff.

»In den Zerwirkraum«, sagte Kaml. »Und dahinter is' die Kühlkammer.«

»Ach, ja?« Walter drehte sich sofort zu ihm um. »Und was habt's drinnen?«

Kaml zuckte die Schultern. »Keine Ahnung, was der Wirt zuletzt so geschossen hat. Da müßt's den Koch fragen …«

Der Polizist trat einen Schritt zurück. »Öffnen.«

Kaml kramte einen Schlüsselbund aus der Tasche und schloss auf. Sofort schlug uns kalte Luft entgegen. Als das Licht anging, betraten wir einer nach dem anderen den Raum. Er war bis unter die Decke gefliest. In der Mitte befand sich ein Stahltisch, auf dem ein harter Putzschwamm kreisförmige Schleifspuren hinterlassen hatte. Neben einem an der Decke befestigten Seilzug baumelte ein aufgerollter Wasserschlauch, und über unseren Köpfen verlief eine armdicke Metallstange, an der mehrere Fleischerhaken befestigt waren. Über dem Stahltisch hing eine Kreissäge. Ihr gezacktes Sägeblatt strahlte im kalten Neonlicht wie ein Stern.

Die Luft roch metallisch, wie in Wasser gelöstes frisches Blut, das noch nicht mit Sauerstoff in Berührung gekommen war und seinen fauligen Fischgeruch entwickeln konnte. Frau Janssen zog scharf den Atem ein und hakte sich bei ihrem Mann unter. Auch den anderen war anzusehen, dass sie sich in dieser Umgebung unbehaglich fühlten. Nur Hansi hing offenbar ihren eigenen Gedanken nach. Den Kopf zur Seite geneigt, sodass ihre Wange die Spitzen ihres Nachthemdkragens berührte, die Hände gefaltet, lag ein entrücktes Lächeln auf ihrem Gesicht. In ihrem weißen Morgenmantel wirkte sie wie eine Erscheinung.

Kaml ging auf eine weitere Tür mit einem Hebelverschluss zu und öffnete sie. »Die Kühlkammer«, sagte er und schaltete das Licht ein.

Der Kammer entwich ein Gestank nach Fäulnis und Zerfall, der mich nach Luft schnappen ließ. Auch wenn mir der Geruch in der Pathologie nie etwas ausgemacht hatte, in dieser Umgebung hatte ich ihn nicht erwartet. Frau Janssen gab einen unterdrückten Laut von sich und hielt sich die Hand vor den Mund. Die beiden Polizisten betraten den Raum. Ich blieb an der Tür stehen und drehte mich zu den anderen um, doch niemand machte Anstalten, sich zu rühren. Also folgte ich den beiden Polizisten allein. Zimperlichkeit hatte nie zu meinen Charakterschwächen gehört. Außerdem war ich das Opfer des Anschlags gewesen. Sollte sich der Täter hier versteckt halten, wollte ich bei seiner Ergreifung unbedingt dabei sein.

In der Kammer hing im Fellkleid, die Beine steif von sich gestreckt und mit offener Bauchhöhle, an eisernen Fleischerhaken das geschossene Wild, das auf seine Verarbeitung wartete. Dunkelrot klafften die leeren Leiber der gehenkten Tiere. Lebende Tiere wirken unschuldig und schützenswert, tote Tiere immer wie die Opfer eines Verbrechens.

Kaml zeigte auf ein Reh, in dessen Maul noch ein Fichtenzweig steckte. »Schaun S', so reift das Fleisch in der Decke.«

»In welcher Decke?« Ich schaute mich um.

»So nennt der Jäger das Fell.«

Die Polizisten gingen in der Kühlkammer umher. Walter schüttelte den Kopf. »Ich mein, wir lassen's, Schorsch. Wenn's ein Einbrecher war, is' der längst dahin.« Er wandte sich an mich. »Sie können ja morgen auf dem Postenkommando eine Anzeige …«

Da ertönte ein Schrei.

War der Täter etwa gefunden worden? Einen irren Moment lang sah ich ihn schon wie in einem Horrorfilm zwischen den toten Tieren hängen. Langsam drehte ich mich um. Mit vor Entsetzen geweiteten Augen, die Hände auf die Ohren gepresst, stand Hansi vor einem großen Hirsch, dem man den Kopf abgeschnitten hatte.

Wie die anderen Tiere hing er an den Hinterläufen auf einem

Fleischerhaken von der Decke. Eine schwarze Kruste aus gestocktem Blut, das aus dem Halsstumpf gequollen war, zog sich wie eine Teerspur über seine Brust. Das glatte Fell aber schimmerte noch immer in makellosem weißem Glanz.

SECHS

Der junge Mann in der Tracht des neunzehnten Jahrhunderts umklammerte mit einer Hand sein Gewehr, dessen Schaft er auf einen Felsvorsprung gestützt hatte. Die andere streckte er einem Ast entgegen, der über ihm aus der Felswand ragte. Noch fanden seine Füße in den genagelten Bergschuhen Halt, doch sein Gesicht war nach hinten gerichtet, auf eine schwebende Frauengestalt im weißen Gewand. Mit beiden Armen umfing sie seine Mitte. Wollte sie ihn stützen oder in den Abgrund ziehen? Die Frau verbarg ihr Gesicht am Rücken des Mannes, ihr langes blondes Haar flatterte im Wind, und ihren Kopf schmückte ein Kranz aus Edelweiß.

Es war nur ein Druck in einem schmalen Holzrahmen, doch er passte in das spartanische Krankenzimmer. Vom Bett her kam ein leises Murmeln. Ich drehte mich um. Hansi hatte die Augen geschlossen und schien zu schlafen. Ich schlenderte zum Fenster und lehnte die Stirn gegen das kalte Glas.

Der Himmel hing tief über dem Tal. Den ganzen Tag waren Regenschauer niedergegangen, die sich gegen Nachmittag in Eisregen verwandelt hatten. Wenn eine Windböe die winzigen Körner gegen die Scheiben trieb, prasselte es, als würfe eine unsichtbare Hand Kieselsteine gegen das Glas.

Ich stützte mich auf das Fensterbrett. Unter mir lag der Parkplatz, und an der Laterne über dem Eingang zerrte der Wind. Das Quietschen der schmiedeeisernen Aufhängung drang bis zu mir herauf. Durch die grauweißen Schleier starrte ich in die Krone der alten Linde gegenüber. Auf ihren Ästen hockten aufgeplusterte Raben. Die Szene erinnerte mich an ein Bild von Paul Flora, das in der Praxis meines Vaters hing. Raben waren darauf und die venezianischen Pestärzte mit ihren Schnabelmasken. Ihr Anblick musste den Todgeweihten in den Gassen von Venedig wie ein Vorgeschmack auf die Hölle erschienen sein. Ein Rabe gegenüber zog seinen Kopf unter dem Gefieder hervor und schien mich anzusehen. Was sollten diese düsteren Gedanken? Außer einer Beule war nichts mehr von dem Schlag auf meinen Kopf zu spüren. Hinter meinem Rücken hörte ich ein Stöhnen.

Mit drei Schritten war ich neben dem Bett. »Hansi? Fräulein Steiner?« Über dem Kopfende hing ein mit Herbstblumen geschmücktes Kruzifix.

»Was …?« Hansis Kopf lag halb verborgen zwischen dicken Kissen. Das Silber ihres dichten Haares verschmolz mit dem Weiß des Leinens, ihr Gesicht wirkte wie eine körperlose Maske.

Nach ihrem Zusammenbruch im Kühlraum hatte ich ihr ein leichtes Beruhigungsmittel gegeben. Trotzdem hatte sie seither fast nur geschlafen, kaum getrunken und in ihren wenigen wachen Momenten wirr geredet, was sicher dem zunehmenden Flüssigkeitsmangel geschuldet war. Wenn sie heute von sich aus nichts trank, musste ich ihr eine Infusion geben.

»Können Sie mich hören, Hansi?« Ich griff nach ihrer Hand. Sie fühlte sich knochig und kalt an. »Möchten Sie vielleicht eine Tasse heißen Tee?« Wetti hatte mehrmals die noch volle Thermoskanne gegen eine frische ausgetauscht.

»Nein«, flüsterte Hansi. »Wer sind Sie?«

»Ich bin Emma«, sagte ich. »Emma Canisius. Die Ärztin. Erinnern Sie sich nicht?«

Ein zögerliches Nicken war die Antwort. Langsam schlossen sich ihre pergamentdünnen Augenlider. Ich fasste nach ihrer Schulter, schüttelte sie leicht und sagte: »Ein schönes Bild haben Sie da.« Sie musste wach bleiben.

Hansi öffnete die Augen. »Schönes Bild …?«

»Wer ist denn die Dame mit dem Edelweiß im Haar?«

Langsam drehte Hansi das Gesicht zu dem Druck an der Wand. »Die Edelweißfee, die Bergfee.«

»Die Bergfee?« Ich griff nach der Thermoskanne und schenkte ein wenig Tee in die bereitstehende Tasse. »Und ich dachte, das wäre ein Schutzengel.«

Hansi bewegte den Kopf auf dem Kissen. »Die Bergfee bringt kein Glück.« Sie machte eine Pause. »Nur Blumen.«

»Ach.« Nach der weißen Gams, die den Ersten Weltkrieg ausgelöst haben sollte, war ich auf den nächsten Unheilbringer gestoßen. Gab es eigentlich auch positive Alpensagen? »Aber Blumen sind ja auch was Schönes, nicht?«

»Die Edelweißfee erscheint den Jägern und Wanderern im weißen Gewand«, flüsterte Hansi. »Um ihren Hals liegt eine Kette aus den schönsten Bergkristallen. Und sie singt die schönsten Lieder, wenn's den jungen Männern winkt, damit's näher kommen.« Sie hob ihre Hand vor mein Gesicht und krümmte den Zeigefinger wie eine Märchenerzählerin, die die Hexe gibt. »Aber wenn einer wagt, nach ihr zu greifen«, sie hob die Stimme, »dann schleudert 's ihn hinab. In den tiefen Abgrund.«

»Ach, wirklich?« So etwas hatte ich schon befürchtet. »Schauen Sie, Hansi, hier ist Ihr Tee. Sie müssen unbedingt mehr trinken.«

Aber sie hatte mir gar nicht zugehört. »Dann muss die Alpenbraut weinen.« Ein seltsames Lächeln verklärte ihr Gesicht. »Und wo ihre Tränen auf die Felsen fallen, da wachsen die Edelweiß.«

Ich hielt ihr die Tasse hin. »Schöne Geschichte.«

Hansis Lider flatterten. »Das ist doch keine schöne G'schicht«, sagte sie. »Wieso ist das eine schöne G'schicht? Die jungen Männer kommen doch nicht wieder.« Sie schniefte leise. »So wie der Vinzenz.« Eine Träne quoll aus ihrem Augenwinkel und lief über ihre glatte Wange.

»Der Vinzenz?« Ihre Verwirrtheit machte mir jetzt doch Sorgen. »Meinen Sie Ihren Bruder?« Ich legte meine Hand unter ihren Hinterkopf und stützte sie. Mit der anderen hielt ich ihr die Tasse an den Mund. »Aber der Vinzenz ist doch nicht tot.« Ich drückte den Tassenrand ein wenig an ihre Unterlippe. »Heute Abend ist er wieder da. Oder spätestens morgen. Ganz bestimmt.«

Sie heftete den Blick auf mein Gesicht. Ihre Augen glänzten. Dann trank sie in großen Schlucken die halbe Tasse leer.

»Na sehen Sie. Wenn Ihrem Bruder etwas passiert wäre, dann hätte sich sein Freund doch schon gemeldet, nicht wahr?«

Unten auf dem Parkplatz schlug eine Autotür zu. Absätze klapperten die Steinstufen hinauf. Dann hörte ich das Schnappen der Eingangstür.

»Der Vinzenz kommt nicht wieder«, sagte Hansi. »Den hat der Teufel geholt.« Ihre Augen funkelten im letzten Tageslicht. Sie schien sich über ihre eigene Formulierung zu amüsieren.

Der Wind schleuderte Hagelkörner so heftig gegen die Fenster, als wollte er die Scheiben zerbrechen. Die Laterne über dem Eingang schwang hin und her und warf wilde Schatten an die Decke.

»Unsinn«, sagte ich. »Morgen ist er wieder da.«

»Nein …« Hansis Hände fuhren über die Bettdecke. »Aber er ist selber schuld, ist selber schuld … der Vinzenz.« Auf einmal griff sie nach meinem Arm und krallte sich fest. Ihr Atem ging stoßweise. Sie glaubte tatsächlich, ihr Bruder sei einem alten Jägeraberglauben zum Opfer gefallen, nur weil er einen Albino-Hirsch getötet hatte. »Der Vinzenz …«

»Jetzt beruhigen Sie sich.« Ich legte meine Hand über ihre kalten Finger. So plötzlich, wie sie außer sich geraten war, sank Hansi in sich zusammen. »Alles wird gut.«

»Nein«, murmelte sie und entwand mir ihre Hand. »Das ist seine Strafe.« Dann schloss sie die Augen, und auf einmal lächelte sie. »Gott ist gerecht.« Es klang sehr zufrieden.

»Hansi?«

Aber die alte Frau schien eingeschlafen zu sein und reagierte nicht mehr. Ihr zartes Gesicht wirkte entspannt und friedlich. Die feinen Linien auf der weißen Haut waren im Dämmerlicht kaum mehr zu erkennen. In ihrer Jugend musste sie eine sehr schöne Frau gewesen sein. Noch keine Schneekönigin, aber eine Schneeprinzessin. Sicher war ihr Haar blond gewesen. Ich zog ihr die Bettdecke bis unter das Kinn.

Noch einmal drehte ich mich zu dem alten Druck um. Wie wohl diese Edelweißfee aussah? Auf dem Bild verbarg sie das Gesicht hinter dem Rücken ihres Opfers. Ich schaute zurück zu meiner Patientin. Hansi lächelte im Schlaf. Es schien mir im Raum kühler geworden zu sein. Ich ging zum Heizkörper und drehte den Thermostat ein wenig höher. Dann verließ ich leise das Zimmer.

Auf dem Treppenabsatz hielt ich inne. Von dieser Stelle aus hatte man meine Zimmertür direkt im Blick. Hansis Zimmer lag im zweiten Stock und ging auf die Vorderseite des Gasthofes hinaus, meines befand sich ein Stockwerk darunter auf der Rückseite. Doch beide Zimmer lagen der Treppe am nächsten. In der Nacht des Überfalls musste Hansi meine Schreie als eine der Ersten gehört haben. Aber sie war als Letzte gekommen. Womöglich hatte sie meinen Angreifer gesehen. Warum hatte sie dann nichts gesagt? Vielleicht, weil es sich um jemanden handelte, den sie kannte. Meine Mitbewohner waren erstaunlich schnell bei mir gewesen. Und wie war der Täter überhaupt in den Gasthof gekommen? Nirgends gab es Einbruchsspuren. Nachdenklich stieg ich die Treppe hinab. Im ersten Stock hielt mich eine aufgebrachte Stimme auf, die aus dem Erdgeschoss kam.

»… gestern wieder der ganze Vorplatz voll Öl.« Wetti stritt offenbar mit jemandem. »Wenn diese stinkende Maschine …«

»Das ist eine Harley, und die gehört meinem Gatten.« Die Frauenstimme kam mir bekannt vor.

»Das is' mir gleich, verstehen S'?« Wettis Stimme war ungewöhnlich hoch. »Fahren S' gefälligst zurück in die Stadt und kommen S' wieder, wenn der Wirt da is'.«

»Was erlauben Sie sich eigentlich, Sie Trampel?«

Ich beschloss zu warten, bis die beiden ihren Disput beendet hatten. Für Streitereien war ich nicht in der Stimmung.

»Sie nennen mich nicht Trampel, Sie nicht!« Wettis Stimme zitterte. »Der ganze Ort red ja schon über Sie und Ihren feinen Ehemann. Harley – ha. Hat Ihr Gatte eigentlich Freigang, oder is' der wieder draußen aus'm Häfn?«

»Also das ist doch die Höhe. Gleich morgen …«

»Für Sie gibt's hier nix zu holen, verstanden? In den nächsten Tagen kommt sowieso der Herr Notar wegen dem Testament, hat der Chef gesagt. Und da wird sicher die Frau Johanna versorgt, jawohl.« Wetti klang, als wäre der Streit damit entschieden. »Jetzt schaun S' …«

»Lassen Sie meine verrückte Tante aus dem Spiel.«

An diesem Punkt entschied ich mich, laut polternd die Treppe hinunterzusteigen. Zur Mitwisserin von Familiengeheimnissen wollte ich dann doch nicht werden.

»Sie, Sie … warten S' nur, bis der Wirt wieder da is'. Der schmeißt Sie raus wie immer.« Wettis Genugtuung war nicht zu überhören. »Sie sind nix anderes als eine …«

Ich hatte den unteren Treppenabsatz erreicht und trat auf die Steinfliesen in der Halle.

Wetti hielt kurz in ihrer Tirade inne, doch dann vollendete sie ihren Satz: »Erbschleicherin.«

Beide Frauen standen vor Vinzenz Steiners Wohnungstür. Wetti hielt ihre Hände unter der weiten grünen Dirndlschürze verborgen, und ihr Gesicht war rot angelaufen. Die Frau ihr gegenüber hatte so dickes Make-up aufgetragen, dass keine Rückschlüsse auf ihre seelische Verfassung möglich waren. Sie war eher hager als schlank, und ihr glattes hellblondes Haar fiel lang über ein sehr kurzes schwarzes Lederkostüm. Ich schätzte sie auf etwa vierzig. Ohne ein weiteres Wort drehte Wetti sich um und stapfte in Richtung Gaststube.

»Die ist ihre Stelle los«, meinte die Blonde. »Wenn das mein Vater erfährt.«

Da wusste ich, wo ich diese Frauenstimme schon einmal gehört hatte. Vor mir stand die Fahrerin des Sportwagens, die mit dem Wirt eine Auseinandersetzung vor dem Gasthof gehabt hatte. Sie hatte ihn Vater genannt. Anscheinend war der Typ in der Lederkluft, der mir vor zwei Tagen in der Halle begegnet war, ihr Mann.

»Ihr Vater ist auf der Jagd«, sagte ich.

»Ja, verdammt, das weiß ich«, entgegnete sie und schüttelte ihre Mähne. »Das gibt's doch nicht, dass in diesem Haus kein zweiter Schlüssel zu der Wohnung zu finden is'!«

»Vielleicht fragen Sie den Hausmeister, Frau Steiner.«

»Seywald«, sagte sie. »Jacqueline Seywald. Seit wann gibt's denn hier einen Hausmeister?« Die falschen Wimpern, die wie Fliegenbeine um ihre Augen standen, bewegten sich hin und her, als hätten sie ein Eigenleben. »Und wieso hat der einen Schlüssel? Seit wann lässt mein Vater hier überhaupt jeden rein?«

»Der Hausmeister heißt Kaml und hat, soweit ich weiß, Schlüssel fürs ganze Haus.«

»Ach – Sie kennen sich ja hier gut aus.« Die Blonde verschränkte die Arme vor der Brust. »Sie sind wohl auch so ein komischer Dauermieter, was?«

»Wahrscheinlich ist es wirklich besser, Sie warten, bis Ihr Vater zurückkommt.« Ich wollte an ihr vorbei zur Gaststube gehen, aber sie versperrte mir den Weg. »Sie entschuldigen mich …?«

Doch Frau Seywald war noch nicht fertig. »Höchste Zeit, dass sich hier einiges ändert.« Sie ließ ihren Blick über Schlüsselbrett und Hirschgeweihe wandern. »Geputzt wird in diesem Haus auch nicht. Gibt es hier überhaupt eine Putzfrau?«

Erwartete sie etwa von mir eine Antwort?

»Mein Vater ist einfach zu alt für den Laden hier.« Sie warf ihr Haar mit einem Schwung über die Schulter und schritt zur Eingangstür. Dort drehte sie sich noch einmal zu mir um. »Und sagen Sie der Putzfrau, wer immer das ist, dass es hier erbärmlich stinkt.« Sie riss die Tür auf. Ein eisiger Luftzug fuhr durch die Halle, und glitzernde Hagelkörner hüpften über die Steinplatten. Dann schlug die Tür hinter ihr zu.

Ich schnupperte ein wenig, und zuerst konnte ich nicht feststellen, was Frau Seywald so gestört hatte. Mir stieg nur der etwas stechende Duft nach Wäschestärke, den die Leinenkissen auf der Truhenbank verströmten, in die Nase. Doch dann roch ich es. Ein unangenehmer Hauch von Fäulnis, den man noch nicht direkt als übel riechend beschreiben würde, zog als feine Geruchsspur durch die Halle. Konnte das von den ausgestopften Tieren kommen? Was lag eigentlich unter der präparierten Haut?

Das Telefon auf dem alten Holztisch klingelte. Auch beim vierten Läuten war noch niemand erschienen, um das Gespräch anzunehmen. Also ging ich hinüber und hob den Hörer ab.

»Gasthof Zum Jagawirt?«

Keine Antwort.

»Hallo?«

Am anderen Ende der Leitung hörte ich erst schweres Atmen, dann eine asthmatische Männerstimme. »Wetti? Bist du's? Hier ist der Hias. Geh, sag dem Wirt, er soll an den Apparat kommen.«

»Canisius«, sagte ich. »Ich bin hier Gast.«

»Wer?«, fragte die schnaufende Stimme. »Hier is' der Holzinger Matthias. Wo is' der Steiner denn wieder?«

Offenbar war der Wirt schon heute von seinem Jagdausflug zurückgekehrt. Denn hatte Kaml nicht gesagt, er wäre in Begleitung eines Matthias Holzinger aufgebrochen? So wie der Mann am Telefon klang, zählte er auf jeden Fall zu meinen künftigen Patienten.

»Ach ja, der Herr Holzinger«, sagte ich und bemühte mich um einen guten ersten Eindruck. »Wie war's denn auf der Jagd? Waidmannsheil gehabt?« Ich schaute zu einem Hirschgeweih mit mächtiger Krone hinauf. Irgendwie roch es jetzt doch aufdringlich.

»Freilich, gut is' gewesen, einen Einsergams hab ich gestern am Geiereck geschossen. Aber verdammt kalt is' schon droben …« Ein trockener Husten unterbrach seine Worte. »Wo is' denn nun der Steiner? Es wär wichtig.«

Vielleicht hatte sich der Wirt gleich nach seiner Rückkehr hingelegt und schlief nach den Strapazen der letzten Tage so fest, dass er vorhin seine Tochter gar nicht gehört hatte. Oder er wollte einfach nicht mit ihr sprechen, was mir noch wahrscheinlicher schien.

»Moment, ich hole ihn ans Telefon.« Ich legte den Hörer neben den Apparat.

Als ich durch die Halle ging, knarrte eine Treppenstufe. Der alte Herr Wenghofer stand auf der Mitte der Treppe. Mit einer Hand hielt er sich am Geländer fest, mit der anderen stützte er sich auf seinen Gehstock. Sein Gesicht lag im Schatten. Das Läuten des Telefons hatte ihn wohl alarmiert. Er hätte ja auf sich aufmerksam machen können. Da ich es nicht schätzte, belauscht zu werden, ging ich grußlos weiter.

Ich klopfte an die Wohnungstür. »Herr Steiner?«

Niemand antwortete.

»Herr Steiner, Telefon für Sie!«

Wieder blieb alles ruhig. Entweder war der Wirt nicht zu Hause, oder er lag wirklich im Bett. Nach drei Tagen in den Bergen schlief er sicher wie ein Murmeltier. Ich kehrte zum Telefon zurück.

»Herr Holzinger? Ich kann den Wirt leider nicht wecken«, sagte ich. »Aber sobald ich ihn sehe, sage ich ihm, dass Sie angerufen haben.«

Am anderen Ende war Schweigen, sodass ich schon dachte, Holzinger hätte in der Zwischenzeit aufgelegt. Doch dann sagte er: »Der soll sich gefälligst gleich melden, hören S'?« Er klang ziemlich verärgert.

»Das wird er sicher …« Ich hörte nur noch den Besetztton.

Wenghofer stieg bedächtig die Treppe herab, die Gummispitze seines Stockes pochte dumpf auf die Holzstufen. Unten angekommen, tappte er in Richtung Gaststube. Sein Schritt war unsicher, und die Hand, mit der er sich auf seinen Stock stützte, zitterte.

Der Auerhahn reckte seinen Krummschnabel über dem gesträubten Kehlbart, das blaugrüne Brustschild schillerte, und die breiten Schwanzfedern waren zum Rad geschlagen, als ob der Vogel noch im Tode seinen Balztanz fortsetzte.

SIEBEN

»*Hey.*« Ich hatte meinen Landrover gerade auf dem Vorplatz abgestellt, als Viktor Thurner hinter dem Heck des Wagens auftauchte. Er wedelte mit einem Paar Handschuhe. Die Mittagssonne zauberte Goldreflexe auf sein blondes Haar, er trug Jeans und ein kariertes Flanellhemd. In der anderen Hand hielt er eine grüne Daunenweste. »Du bist ja noch am Leben.«

»Oh, äh, ja … klar.« Ich wünschte, ich hätte mir heute Morgen mehr Mühe mit meinem Haar gegeben. Mein dicker Pullover und die ausgebeulte Jeans waren voller Staub. Seit acht Uhr in der Früh hatten Miranda und ich in der Ordination herumgeräumt. Die Sport-Ambulanz war beschlossene Sache, und ich trieb den Ausbau der Praxisräume voran. Hastig versteckte ich meine schmutzigen Hände in den Hosentaschen. »Was machst du denn im Jagawirt?«

»Mittags esse ich meistens im Wirtshaus.« Viktor schlüpfte in die Steppweste. »Meine Kochkünste sind eher bescheiden. Kannst dich gern bei Gelegenheit davon überzeugen.« Er hob die Brauen. »Ich hab übrigens bei der Gemeinderatssitzung von deinem Überfall gehört. Was war denn da los?«

»Aha, ich bin also schon ein Thema im Gemeinderat.« Ich schlug die Fahrertür zu, zog die Fernbedienung aus der Tasche und drückte auf die Zentralverriegelung. »Alles halb so schlimm.« Wenn schon in der Alpbacher Amtsstube über den Vorfall geredet wurde, war es wohl besser, sich bedeckt zu halten. Gerüchte machten im Ort schnell die Runde, und als neue Ärztin und Respektsperson konnte ich mir keine Opferrolle leisten. Mein Verdacht, ein Mitbewohner könnte es auf mich abgesehen haben, kam mir bei Tageslicht betrachtet wie ein Hirngespinst vor. Ich zuckte die Schultern. »Ein Einbrecher, meint die Polizei.«

Viktor klopfte mehrmals mit dem Schuh auf den Asphalt. Er trug braune Wildlederstiefel, die ziemlich teuer aussahen. »Ein Hoteldieb«, sagte er. »Ja, das habe ich auch gehört.« Sein Blick glitt über meine Arbeitskluft. »Wie geht's dir eigentlich bei uns? Hast du schon Anschluss gefunden?«

»Zurzeit hindert mich meine Arbeit etwas am aufregenden Gesellschaftsleben von Alpbach.« Es sollte wie ein Scherz klingen. Doch tatsächlich hatte ich keine Ahnung, wie ich die Mauer aus freundlicher Distanz, auf die ich überall im Ort stieß, durchbrechen könnte. Von privaten Kontakten wagte ich nicht einmal zu träumen. »Aber ich habe schon eine vielversprechende Einladung zum nächsten Kirchenbasar bekommen. Rumänische Waisenkinder.« Ich hörte selbst, wie gezwungen mein Lachen klang.

Viktor brummte etwas. Dann grinste er. »Hast du heute noch was vor?«

Ich schüttelte den Kopf. Warum hatte ich bloß den alten irischen Aranpullover angezogen? Damit würde ich mich sogar im Alpbacher Dorfcafé Guglhupf blamieren.

»Dann komm doch einfach mit zum Schießstand«, sagte Viktor.

In der alten Linde waren zwei Raben in Streit geraten. Ihr lautstarkes Gezeter überlagerte seine letzten Worte.

»Was?« Ich war nicht sicher, ob ich ihn richtig verstanden hatte. Hatte er wirklich Schießstand gesagt?

»Ich bin auf dem Weg ins Jagdzentrum«, sagte Viktor und nickte eifrig. Es schien sich um einen netten Ausflug zu handeln. »Ich hab ein neues Gewehr und will ein paar Probeschüsse machen.« Er zog den Reißverschluss seiner Weste hoch. »Na los, komm mit. Ich lass dich auch mal schießen.«

Das keckernde Gezänk der Raben klang wie Gelächter. Willkommen im Wilden Westen von Österreich. Lud man hier eine Dame statt zum Kaffee zu einem Probeschuss ein? Dies war Alpbach, das alte Dorf in den Bergen, in dem die erholungsbedürftigen Großstädter Urlaub machten. Wo die Landschaft idyllisch und die Welt noch heil war.

Und wo man des Nachts vor seiner eigenen Tür erschlagen werden konnte.

Ich zögerte, aber außer Viktor hatte mir noch kein Einheimischer seine Freundschaft angeboten. Ich wollte ihn daher nicht vor den Kopf stoßen. Außerdem, so gestand ich mir ein, sehnte ich mich nach einem persönlichen Gespräch. Vielleicht war dies die Gelegenheit.

»Okay«, sagte ich. »Ich hole nur schnell meine Jacke.«

Einer der zankenden Raben stieß sich von seinem Ast ab und segelte im Tiefflug über uns hinweg. Grauweißer Vogelkot klatschte vor meine Füße. Die Wiener Innenstadt mit ihren Geschäften und Lokalen schien mir so weit weg wie noch nie.

Der Schießstand befand sich wenige Kilometer außerhalb des Ortes. Gleich hinter Alpbach bogen wir nach rechts in eine schmale Straße ab, die an ein paar Bauernhöfen und einem Reitstall vorbeiführte. Vor uns breitete sich der Herbstwald wie ein bunter Teppich über die Bergflanken aus.

Die Sonne schien durch das Seitenfenster, und im Radio sang John Denver. Ich summte mit. *Country roads, take me home, to the place I belong* … Die Anspannung der letzten Tage fiel langsam von mir ab.

Viktor pfiff eine Weile mit und behielt dabei die Straße im Auge. Dann wandte er seine Aufmerksamkeit mir zu. »Und?«, fragte er. »Hast du schon Anzeige erstattet?«

»Nein. Ich weiß auch nicht, ob ich's überhaupt tue.« Ich hatte darüber nachgedacht, aber wenn nicht einmal Georg Kaml eine Täterbeschreibung abgeben konnte, schien mir eine Anzeige reine Zeitverschwendung. »Ich war gestern in Hansis Zimmer und … also, ich frage mich, ob sie nicht etwas gesehen haben könnte.« Aber sie hatte nichts gesagt. »Was ist eigentlich mit ihr los?«

»Mit der Hansi?« Er hob die Brauen. »Nichts. Wieso?«

»Sie wirkt ein wenig … seltsam auf mich.« Ich suchte nach den rechten Worten. »Sie scheint nicht dement zu sein. Vielleicht zeitweise verwirrt, aber … Ach, ich weiß auch nicht.« Wahrscheinlich lebte Hansi in ihrer Märchenwelt und wirkte deswegen so geheimnisvoll auf mich. »Vergiss es.«

Eine heruntergelassene Schranke versperrte den Weg. Viktor ließ das Seitenfenster herab, beugte sich vor und drückte auf einen Schalter neben dem als Abziehbild ein stilisierter Auerhahn klebte. Eine kleine Kamera blinkte rot auf, dann hob sich die Schranke und gab den Weg frei.

Viktor fuhr an. »Die Hansi ist völlig harmlos«, sagte er. »Sie ist halt so eine typische alte Jungfer. Ein bisschen scheu, immer Angst, was falsch zu machen oder irgendwen zu kränken.« Er beschleunigte den Wagen. »Ihre Hochzeit hat sich vor vielen Jahren zerschlagen und jetzt – kein Mann, keine Kinder und die ganze Befriedigung aus wohltätigen Werken.«

Ich dachte an die Häkeleien für die rumänischen Waisenkinder und die Bauernkrapfen für den Kirchenbasar und musste ihm recht geben. Vielleicht wurde man durch so ein Leben wunderlich. »Hat sie denn keine Freundinnen?«

Viktor schüttelte den Kopf. »Sie hätte sicher keine Probleme, welche zu finden«, meinte er. »Solche netten alten Damen wirken ja immer etwas hilflos und werden oft verhätschelt. Aber sie lässt kaum jemanden an sich heran. Im Grunde ist die Hansi eine Eigenbrötlerin.« Er lachte und nahm damit seinen Worten die Schärfe. »Aber eine von den netten.«

»Verstehe«, sagte ich. Alte Leute litten ja oft unter Einsamkeit und in der Folge unter Realitätsverlust.

Links und rechts der Straße hatte man in gleichem Abstand Tannen gepflanzt, dazwischen lagen sehr dekorativ verschieden große Findlinge. Unter den Felsbrocken schauten Latschenkiefern hervor, an deren Zweigen kleine braune Zapfen hingen. Dahinter breitete sich bis zum Waldrand ein kurz gehaltener, von Herbstlaub gesprenkelter Rasen aus. Es war eine perfekt gepflegte Anlage, eine künstlich geschönte Alpenwelt, die nichts mit der umliegenden Natur zu tun hatte, die mich so faszinierte und berührte.

»Was ist das hier?«, fragte ich. »Der Alpbacher Country Club?«

Viktor lachte. »Das ist unser neues Jagdzentrum«, sagte er. »Schießstände, Seminarzentrum, Gasthaus ... die Forstverwaltung ist hier auch untergebracht.«

Vor uns tauchte ein Gutshof auf, der aus drei lang gestreckten Gebäuden mit mächtigen Walmdächern bestand, die sich um einen mit Natursteinen gepflasterten Hof gruppierten. Die weißen Hausfassaden zierten Hirschgeweihe und Schießscheiben, und an den Fenstern hingen Blumenkästen mit leuchtend gelben Herbstastern. Vor dem linken Haus standen kleinen Tische, an die man Gartenstühle gelehnt hatte. Eine Schiefertafel mit einem Brauereiaufdruck hing neben der Eingangstür. Das rechte Gebäude war zum Hof hin offen und bot überdachte Autoabstellplätze. Neben einem ferrariroten Traktor mit mannshohen Stollenreifen standen Geländewagen in allen Größen. Wir parkten neben einem Suzuki Jimny, der bequem auf die Ladefläche des Pick-ups gepasst hätte.

Ich stieg aus und schaute zu, wie Viktor einen langen, flachen Plastikkoffer von der Rückbank nahm. Darunter kam eine Ledertasche zum Vorschein, die er sich über die Schulter hängte. Er schlug die Autotür zu und bedeutete mir, ihm zu folgen.

Auf dem Hof kam uns ein Mann in Bergschuhen, Bundhose und grünem Pullover entgegen. An seinem Hut steckten die spatelförmigen Schwanzfedern eines Auerhahns. Er nickte Thurner zu und tippte kurz an die Hutkrempe.

»Servus, Vickerl«, sagte er.

»Grüß dich, Sepp.« Viktor blieb stehen. »Wie geht's deiner Senta?«

Der Mann zuckte die Schultern. »Mal schauen«, meinte er. »Ich denk, dass es heut losgehen könnt. Frisst seit gestern nix mehr und ist ziemlich unruhig. Könnt aber auch erst in der Nacht sein.«

Viktor nickte. »Ich lass mein Handy an.« Er hob die Hand. »Alles Gute.«

Der Jäger ging zum Parkplatz weiter und wir in Richtung des Haupthauses.

»Der Sepp hat eine gute Deutsch-Drahthaar-Hündin«, sagte Viktor und hielt mir die Eingangstür auf. »Ist ihr erster Wurf, und sie ist über dem Termin. Ich fürchte, sie braucht einen Kaiserschnitt.«

Kaiserschnitt. Ich dachte an den jungen Fuchs, dessen Todesurteil ohne Zögern verhängt und vollstreckt worden war. Aber der Fuchs war ja nur ein krankes Wildtier gewesen und kein teurer Jagdhund. »Na, hoffentlich nicht.«

Wir gingen an einem Pförtner und einer Anschlagtafel mit Fotos von Blockhütten, Geländewagen und schlappohrigen Hunden vorbei. Dann bogen wir in einen langen Gang ein, dessen eine Seite zur Hälfte verglast war. Dahinter konnte ich mehrere hell erleuchtete Kabinen sehen, in denen Männer mit Gewehren hantierten. Hin und wieder hörte ich einen dumpfen Knall durch die schallgedämpften Scheiben. Zwei Männer verließen gerade einen Schießstand und hielten uns die Tür auf.

In der Kabine war es kalt, und ein schwefeliger Geruch lag in der Luft. Viktor stellte die Tasche und den Koffer auf einen Holztisch gleich neben der Tür. Sonst war der Raum leer, bis auf zwei Hocker vor einem Ablagebrett an der gegenüberliegenden Seite. Die obere Hälfte der Wand fehlte. Dahinter lag ein langer dunkler Korridor, aus dem kühle Luft strömte.

»Kennst du dich ein wenig mit Gewehren aus?« Viktor öffnete

den Koffer. Auf einem Polster aus grauem Schaumstoff lag darin ein Jagdgewehr.

»Nein«, sagte ich. Die Holzteile der Waffe glänzten wie poliert, und über den Schaft zog sich das dunkle Adernetz der Maserung. Ein geflochtener Lederriemen schlängelte sich um den lang gezogenen Lauf. »Mein Großvater war Jäger.«

»Der Tiroler Landarzt?« Er nahm das Gewehr aus seinem Bett. »Und dein Vater? Oft haben die Herren Primare doch eine Eigenjagd.« Sein Ton hielt genau die Waage zwischen Spott und Interesse. Wahrscheinlich überlegte er, ob sich ein gewisses Engagement bei mir lohnte, im Hinblick auf unsere Eigenjagd.

»Leider nicht«, sagte ich. »Meine Familie hat nur immer am Sonntag das Wild vom Opa verspeist. Sonst lieben wir Tiere.«

Thurner grinste. »Ich doch auch«, sagte er. »Schließlich bin ich Tierarzt.«

Zwei Männer kamen den Gang entlang und blieben hinter unserem Fenster stehen. Einer der beiden deutete auf mich und sagte etwas zu seinem Nachbarn. Der lachte daraufhin. Ich drehte den beiden den Rücken zu.

»Das ist eine 2.70er.« Thurner ließ die Hand über den Schaft gleiten. »Steyr Mannlicher.« Ein Lächeln lag auf seinem Gesicht.

»Die Marke kenne ich.« Mein Großvater hatte mir die verschiedenen Modelle erklärt. Den Sonntagmorgen verbrachte er regelmäßig auf der Jagd oder mit dem Putzen seiner Gewehre, während meine Großmutter ebenso regelmäßig ohne ihren Mann zur Kirche gehen musste. Die Bemerkungen des Pfarrers und der anderen Dorfhonoratioren waren ein unerschöpfliches Thema beim selbst geschossenen Sonntagsbraten. Aber die Praxis meines Großvaters war immer voll gewesen. »Ziemlich großes Kaliber … für Hochwild?«

Viktor nickte. »Hirsche, Wildsauen, alles, was du willst. Probier mal.« Er hielt mir die Waffe hin. »Na los.«

Die beiden Männer auf dem Gang stützten sich mit verschränkten Armen auf das Fensterbrett und spähten durch die Scheibe. Ich nahm das Gewehr. Kalt und überraschend schwer lag es in meinen Händen. Die Kälte schien sich auf mich zu übertragen, und ich spürte, wie sich meine Muskeln verhärteten. Ich musterte den leicht in sich gedrehten Lauf. Auf der Mündung saß eine Lederkappe. Ich schwenkte die Waffe ein wenig hin und her.

»Halt.« Viktor streckte schnell die Hand aus und nahm mir das Gewehr wieder ab. »Du darfst damit doch nicht auf Menschen zielen.«

»Das Ding ist doch nicht etwa geladen?«

»Natürlich nicht.« Viktor fasste an die Unterseite des Gewehrs, zog ein kastenförmiges Magazin heraus und hielt es mir hin. »Leer. Aber das kannst du nie wissen. Könnte ja auch noch eine Patrone im Lauf sein. Merk dir – die Mündung muss immer weg von dir oder anderen Personen zeigen.«

Ich nickte. Ich hatte sowieso nicht vor, jemals ein Jagdgewehr zu benutzen.

Viktor knöpfte den Mündungsschoner ab. »Gib mir mal eine Schachtel Munition.« Er deutete auf die Ledertasche. »Und einen Gehörschutz. Da muss auch noch ein zweiter für dich drin sein.«

In der Tasche waren zwei gelbe Ohrenschützer, die wie Kopfhörer aussahen, und mehrere kleine Pappschachteln. Ich zog eine Schachtel heraus. »Winchester« stand darauf. *Large, heavy game.* Für ihre Größe war die Schachtel ziemlich schwer. Ich reichte sie Viktor, der ihr einen kleinen Plastikcontainer entnahm, in dem zwei Reihen silberne Patronen steckten. Sie sahen wie mehrstufige Raketen mit roter Spitze aus.

»Los, komm mit.« Viktor ging, das Gewehr in der einen, die Patronen und die Ohrenschützer in der anderen Hand, zu den Hockern hinüber und setzte sich neben einen altertümlichen Computer.

Dann drückte er auf einen Knopf auf dem Ablagebrett. Sofort flammte ein Licht in dem dunklen Korridor auf. An seinem Ende wurde eine Zielscheibe mit einem Reh sichtbar. Auf der Schulter des Tieres waren konzentrische Kreise aufgedruckt. Darüber lag ein Fadenkreuz. Viktor setzte sich auf einen Hocker und legte den Gewehrlauf auf ein abgeschabtes Lederpolster. Dann beugte er sich über die Waffe, kniff ein Auge zusammen und schaute mit dem anderen durch das Zielfernrohr.

»Hat dich der Einbrecher eigentlich recht verletzt?« Er richtete sich wieder auf und drückte eine Taste am Computer. Ein Display leuchtete auf. Das gleiche Reh wie auf der Zielscheibe erschien auf dem Monitor. Und das gleiche Fadenkreuz.

»Nein«, sagte ich. »Meinem Dickschädel ist nicht so leicht beizukommen.« Die Luft, die aus dem Korridor kam, roch muffig und war eiskalt. Ich zog die Wachsjacke enger um mich. »Vielleicht war es gar kein Einbrecher.«

Viktor hob den Kopf. »Wieso? Wer soll es denn sonst gewesen sein?«

»Weiß ich nicht«, sagte ich. »Vielleicht war ich auch kein Zufallsopfer.«

Ich berichtete ihm von den nächtlichen Geräuschen vor meiner Tür und meinem Entschluss, den Störenfried zu stellen. Nur ein Hausbewohner konnte Nacht für Nacht vor meiner Tür herumschleichen. Allerdings wohnte ich noch nicht lange genug im Jagawirt, um dort jemandem in die Quere zu kommen. Ich schaute zu dem Reh am Ende des Korridors. Das Fadenkreuz hatte mehrere Ringe.

»Jemand aus dem Jagawirt?« Viktor schüttelte den Kopf. »Ist das dein Ernst?«

Ich zuckte die Achseln. »Möglich wär's doch, oder?«

»Hast du denn einen Verdacht?«

Ich zögerte. »Nein, eigentlich nicht …«

Viktor klappte einen seitlichen Hebel an der Waffe hoch, zog die Patronenkammer heraus und lud das Gewehr. »Dann häng's nicht an die große Glocke«, sagte er. »Jetzt denkt der Typ, die Sache geht als missglückter Einbruch durch und macht keinen neuen Versuch. Aber wenn du mit deiner Mordtheorie hausieren gehst …« Er legte den Hebel mit einem Ruck wieder nach unten. Dann drehte er am Schaft ein Rädchen, bis ein roter Punkt aufleuchtete.

»Vielleicht war's ja auch jemand aus dem Ort.«

Thurner schaute hoch. »Sag bloß, du hast dir hier schon Feinde gemacht.«

Darüber hatte ich auch schon nachgedacht. Wollte mich jemand aus Alpbach vertreiben? Oder sollte ich die Stelle des alten Mooslechner nicht übernehmen? Sein Büro fiel mir ein, das von Büchern und alten Unterlagen überquoll. Verbarg sich in diesem Chaos etwas, auf das ich früher oder später stoßen musste? Oder glaubte der Täter am Ende, ich hätte bereits etwas gefunden?

»Und wenn es was mit meinem Vorgänger zu tun hat? Es könnte doch irgendwelche belastenden Aufzeichnungen geben, über … über Dorfgeheimnisse zum Beispiel.«

Viktor starrte mich an. »Was für Dorfgeheimnisse denn?«

»Eine falsche Vaterschaft zum Beispiel«, sagte ich. »Laut Statistik ist jedes dritte Kind ein Kuckuckskind. Vielleicht wollte Mooslechner eine Frau schützen, und ein Mann hat jahrelang zu Unrecht Unterhalt gezahlt. Oder ein alter Mensch ist ganz unerwartet zu Hause gestorben.« Ein Familienarzt forderte keine Obduktion. Nicht, wenn er seine Patienten im Ort behalten wollte. Es waren schon Leichen beim Bestatter gelandet, in deren Rücken noch das Messer steckte. »Erklär mal den trauernden Angehörigen, dass du jetzt die Oma nackt ausziehen und untersuchen willst, weil du die Todesumstände irgendwie verdächtig findest.« Natürlich ging es immer ums Geld.

Ein dicker Mann in grauer Lodenjoppe gesellte sich zu den Zuschauern hinter der Scheibe. Einer der beiden deutete mit dem Kinn in meine Richtung und schien den Neuankömmling über mich aufzuklären. Der Dicke blieb bei den anderen stehen.

Viktor kniff die Augen zusammen und fixierte das Reh am Ende des Tunnels. »Das sind zweihundert Meter Entfernung«, sagte er. »Darauf sollte die Waffe eingeschossen sein. Das heißt, wenn ich mitten draufhalte, verläuft die Flugbahn der Kugel so, dass ich genau ins Zentrum treffe.«

Er nahm einen Gehörschutz, reichte ihn mir und setzte sich selbst einen auf. Dann schob er den Lauf noch ein wenig weiter nach vorne. Er presste das rechte Auge ans Zielfernrohr und legte sich über das Gewehr. Waffe und Mann schienen miteinander zu verschmelzen.

Plötzlich blendete mich ein Feuerstoß. Der nachfolgende Knall war so laut, dass ich trotz meines Ohrschutzes zusammenfuhr. Schwefelgestank breitete sich aus. Viktor rührte sich nicht. Sekundenlang schaute er der Kugel nach. Ich wollte ihm schon auf die Schulter tippen, als er sich langsam aufrichtete, den Gehörschutz abnahm und auf den Knopf des grauen Kastens drückte. Eine Zehn leuchtete auf, daneben stand ein schwarzer Punkt. Ich zog mir meinen Schutz von den Ohren.

»Und?«, fragte ich.

»Genau in die Mitte, besser geht's nicht.« Er drehte sich zu den Zuschauern hinter dem Fenster um und reckte den Daumen nach oben. Vom Lachen und Applaus der drei Männer drang kein Laut zu uns. Viktor hantierte mit dem Hebel am Gewehr. Aus einer Kammer sprang eine leere Patronenhülse, die er geschickt mit einer Hand auffing und in einen weißen Plastikeimer unter der Ablage warf.

»Kannst du dich an zweifelhafte Fälle in Mooslechners Praxis erinnern?«, fragte ich. »Falsche Diagnosen? Ungeklärte Todesfälle?«

»Beim Adi?« Viktor lachte. »Nein. Aber wissen kann man's nie. Und wie meine Großmutter immer sagte – wenn Gott mit dem Tod kommt, naht der Teufel mit den Erben.«

»Sehr witzig.« Der Schwefelrauch brannte in meinen Augen. »Dann werde ich mich selbst mal ein wenig umhören.«

»Umhören? Wozu?«

»Vielleicht, weil mir eine Beule am Kopf reicht?«

»Du meinst, er wird es wieder versuchen?« Viktor legte eine neue Patrone ein.

Ich zuckte die Schultern. »Bis jetzt hat der Täter sein Ziel ja nicht erreicht, oder? Aus meinem Zimmer fehlt nichts, und ich bin auch noch am Leben. Ich muss ihn finden, sonst versucht er es wieder. Und dann vielleicht mit mehr Erfolg.«

Viktor warf mir einen scharfen Blick zu. »Mach's nicht schlimmer, als es ist. Auch moderne Dorfgemeinschaften mögen keine Einmischung von außen. Gerüchte kann hier im Ort keiner gebrauchen.«

Ich spürte, wie eine Hitze mein Gesicht überzog. »Hier geht's schließlich um mein Leben. Und was deine moderne Dorfgemeinschaft betrifft – weißt du eigentlich, dass mir einer meiner Patienten erklärt hat, dass Hundefleisch gut gegen Bronchitis ist? Besser als Antibiotika. Was sagst du als Tierarzt dazu?«

Viktor zögerte mit seiner Antwort. Dann sagte er: »Unsinn.«

»Nein, wirklich …«

»Quatsch, da hat man dich auf den Arm genommen.« Er schüttelte den Kopf. »Heute ist jeder Hund mindestens einmal geimpft, entwurmt und gegen Zecken behandelt. Den kann man nicht mehr essen, der ist … Sondermüll.« Viktor nahm das Gewehr und richtete den Lauf wieder auf das Reh.

Die Tür ging auf, und der dicke Mann in der grauen Jacke steckte den Kopf herein. »Servus, Vickerl«, sagte er und schaute dabei mich an. »Braucht's ihr noch lang?« Seine Stimme klang asthmatisch.

Viktor ließ das Gewehr sinken. »Bin schon fertig, Hias.« Dann schien er es sich anders zu überlegen. Er machte eine Kopfbewegung in meine Richtung. »Die Frau Dr. Canisius macht nur gerade noch einen Probeschuss.«

Der Dicke nickte wortlos und ging wieder hinaus.

»Ich mache doch keinen Probeschuss«, sagte ich.

Viktor stand auf. Er wandte sich an die Zuschauer, hob das Gewehr wie ein Zauberkünstler und hielt es mir dann demonstrativ hin. »Na los, nimm schon.«

»Ich schieße nicht.«

»Ich denke, du willst es uns Dörflern zeigen?«

»Aber doch nicht mit der Knarre in der Hand.«

»Wenn du jetzt schießt, gewinnst du mehr Ansehen als mit jeder Wunderheilung.« In seinen Augenwinkeln saßen Lachfältchen. »Oder hast du etwa Angst?«

Feigheit hatte mir noch niemand vorwerfen können. Ich packte das Gewehr am Schaft. Sofort kippte der Lauf nach vorn, und fast wäre mir die Waffe entglitten. Instinktiv griff ich unter das Magazin. Jetzt war das Gewehr ausbalanciert und lag so gerade wie ein Waagbalken in meiner Hand.

»Na bitte, geht doch.« Viktor zog den Patronencontainer zu sich heran. »Völlig wurscht, ob du triffst. Ich stell mich vor die Anzeige.« Er drückte eine Patrone heraus und wog sie in der Hand. »Also, was ist?«

Die Münder der Männer hinter dem Fenster bewegten sich nicht mehr, alle Augen waren auf mich gerichtet. Niemand wollte sich das Spektakel entgehen lassen. Viktor hatte recht. Hier konnte ich gleich Kompetenz in einer Männerdomäne demonstrieren. Wenn ich jetzt kniff, war meine Chance vorbei. Ich wandte mich an mein Publikum und lächelte so charmant und siegesgewiss wie möglich. Dann hielt ich Viktor das Gewehr zum Laden hin.

»Du musst das Sicherungsrad drehen, bis der rote Punkt aufleuchtet«, sagte er. »Erst dann ist die Waffe scharf, und du kannst schießen.« Er legte den Zeigefinger an den Lauf. »Dieses Gewehr hat einen Druckpunktabzug. Beim Abziehen wirst du einen kleinen Widerstand spüren. Einfach weiter durchdrücken, klar?« Er richtete den Lauf auf das Reh. »Und ziel, um Gottes willen, nicht wieder auf mich.«

Viktor steckte das Kinn in den Kragen seiner Daunenweste. Hatte ihn unser Gespräch verletzt? Schließlich war auch er ein Teil der modernen Dorfgemeinschaft. Er reichte mir den Gehörschutz, setzte selber seinen auf und lehnte sich mit verschränkten Armen gegen die Ablage. Sein Mund war gespitzt, als wollte er pfeifen.

Ich setzte mich auf den Hocker, legte den Lauf auf das Lederkissen und schob ihn nach vorn, so wie ich es bei Thurner gesehen hatte. Ich drehte das Sicherungsrad auf Rot. Dann beugte ich mich über das Gewehr und spähte durch das Zielfernrohr. Vor mir verschwamm die Linse in Weiß und Grau wie in einem Zerrspiegel. Wo war das Reh? Mein altes Fernglas fiel mir ein, an dem man die Schärfe mittels eines kleinen Rades einstellen konnte. Ich tastete ein wenig herum, fand das Rädchen auf dem Zielfernrohr und drehte daran. Aus dem Nebel tauchte das Reh auf. Es stand so nah vor mir, dass ich meinte, es greifen zu können. Aus großen Augen schaute es mich an. Ich legte das Fadenkreuz im Sucher und das Kreuz auf seiner Schulter exakt übereinander.

Die Blicke der Zuschauer brannten in meinem Rücken, aber ich ignorierte sie. Ich dachte an den Mann, der mehrere Nächte vor meiner Tür herumgeschlichen war. Der mir am Gang aufgelauert, mich zu Boden geschlagen und halb bewusstlos in mein Zimmer zurückgezerrt hatte.

Ich legte den Zeigefinger an den Abzug. Er war kalt und glatt und schmiegte sich angenehm an meine Haut. Ich atmete langsam und entspannte mich, um jede unkontrollierte Muskelbewegung zu vermeiden. Dann zog ich die kleine Metallzunge bis zum Druckpunkt, hielt die Luft an und drückte den Abzug durch. Die Stärke des Rückstoßes und der darauf folgende Knall trafen mich unvorbereitet. Ich blieb wie gelähmt über das Gewehr gebeugt. Das Blut in meinen Ohren rauschte. Jemand klopfte mir auf die Schulter. Ich hob den Kopf. Viktor.

Ich richtete mich auf und nahm den Gehörschutz ab. »Na?«, fragte ich betont lässig und strich mir eine Haarsträhne aus der Stirn. »Irgendwas getroffen?«

Viktor deutete wortlos auf das Display. Ein Zehner mit einem Punkt dahinter. Er drehte sich zu den Zuschauern und hielt den Daumen hoch. Die Tür ging auf, aber nur der Mann mit der grauen Jacke kam herein. Die beiden anderen lachten und winkten uns zu, ehe sie ihren Beobachtungsposten aufgaben und in Richtung des Ausgangs loszogen. Der Dicke warf einen Blick auf die Anzeige und murmelte anerkennende Worte. Dann hielt er mir seine Pranke hin.

»Holzinger«, sagte er. »Wir haben miteinander gesprochen.«

Sofort fiel mir das Telefonat in der Eingangshalle des Jagawirt wieder ein. »Herr Holzinger, ja klar.«

Ich gab Viktor das Gewehr, der sofort die Patronenhülse aus der Kammer holte und in den Plastikeimer warf. Dann legte er die Waffe mit offenem Schloss neben den Koffer auf den Tisch.

»Muss noch ein wenig auskühlen«, erklärte er.

»Was is' mit dem Vinzenz?« Holzingers Gesicht war gerötet.

»Dem Herrn Steiner?« Ich hatte meinen Wirt seit seiner Rückkehr noch immer nicht zu Gesicht bekommen. »Keine Ahnung. Soll er denn krank sein?« Ich warf Viktor einen Blick zu. »Du warst doch heute Mittag im Jagawirt essen.«

Viktor hob die Schultern. »Erkältet wird er sich haben bei dem Sauwetter, der alte Depp.« Er wandte sich an Holzinger. »Das wirst wohl selbst am besten wissen. Bist doch die letzten Tage mit ihm am Berg herumgekrochen.«

Holzinger zog seine Hose hoch, die trotz des Gürtels über seinen Kugelbauch nach unten gerutscht war. Er zwinkerte ein paarmal, dann sagte er: »Soll das heißen, der Vinzenz war nicht daheim diese Woche? Ja – wo war er dann?«

Viktor tippte mit dem Zeigefinger auf den Gewehrlauf. »Na, auf der Jagd, denk ich.« Anscheinend war die Waffe genügend ausgekühlt, denn er nahm sie hoch und knöpfte den Mündungsschoner fest. »Mit dir.«

»Also, mit mir nicht.« Holzinger schüttelte den Kopf. »Eine ganze Stund' hab ich auf ihn am Treffpunkt gewartet, und wie er nicht gekommen is', bin ich allein aufgestiegen. Ich hab noch gedacht, er hätt mir wenigstens Bescheid geben können, dass er nicht mitgeht. Allein ist's da oben hübsch ungemütlich.«

»Ja, haben Sie denn nicht versucht, ihn auf dem Handy zu erreichen?«, fragte ich. Hinter mir schnappten die Verschlüsse des Gewehrkoffers.

»Hätt ich probiert«, sagte Holzinger. »Aber sein Handy war die ganze Zeit ausgeschaltet.« Er schnaufte wieder asthmatisch. »Das gibt's einfach nicht. Seit bald fünfzig Jahren geh ich mit dem Vinzenz zur Jagd. Der hätt mir Bescheid gegeben.« Sein Blick irrte durch den Raum. »Dem is' was passiert.«

Steiner hatte sich über die sorglosen Janssens aufgeregt, die ohne eine Nachricht zu ihrer Bergtour aufgebrochen waren. »Wer könnte denn etwas über den Verbleib von Herrn Steiner wissen?«

Ich fing einen Blick von Viktor auf, der bereits mit dem Gewehrkoffer in der einen und der Patronentasche in der anderen Hand an der Tür lehnte.

»Niemand«, meinte er. »Der Herr des Jagawirts mag grundsätzlich keine neugierigen Fragen.«

Mir war, als läge ein Doppelsinn hinter seinen Worten, doch ich konnte nicht sagen, welcher.

»Wo habt's euch denn treffen wollen?«, fragte Viktor, an Holzinger gewandt.

Der schluckte. »Beim Geierhäusl.«

Viktor reckte den Kopf vor, als habe er nicht richtig verstanden. *»Wo?«*

»Bei der Hütte halt.« Holzinger trat von einem Fuß auf den anderen. »Um halb sieben. Aber der Vinzenz is' nicht gekommen. Halb acht bin ich dann weiter aufs Geiereck. Bei der Gamsjagd muss man eh nicht so früh dran sein.«

»Halb sieben«, sagte Viktor nachdenklich. »Es sind etwa eineinhalb Stunden Aufstieg. Dann muss er spätestens um fünf vom Gasthof aufgebrochen sein.«

Der Rucksack in der Halle fiel mir ein, die Bergschuhe und der Stecken, der an der Wand lehnte. Das war an dem Tag gewesen, als ich Viktor kennengelernt hatte. Am nächsten Morgen hatte mich lautes Rumpeln in den Privaträumen des Wirtes geweckt. Dann war die Wohnungstür ins Schloss gefallen. Es war fünf Uhr gewesen.

»Ist er auch«, sagte ich. »Ganz sicher. Ich hab gehört, wie er gegangen ist.«

Die Männer sahen sich an. Das Schweigen dehnte sich.

»Vielleicht hat's den Vinzenz jetzt am Ende doch noch erwischt«, meinte Holzinger endlich. »Irgendwo am Berg.«

Ein kalter Hauch schien aus dem nun wieder im Dunkel liegenden Korridor zu kommen. Ich musste an Hansi auf ihrem Krankenlager denken. *Der Vinzenz kommt nicht wieder.* Hatte sie das Verschwinden ihres Bruders geahnt? Ich hörte geradezu ihren Singsang. *Die Edelweißfee erscheint den Jägern und Wanderern im weißen Gewand.* Aber Vinzenz Steiner kannte die Gegend von Kindesbeinen an. Auch Matthias Holzinger war sich offenbar so sicher, dass sein Freund nicht verunglückt war, dass er die Bergrettung nicht verständigt hatte. *Und wenn einer wagt, nach ihr zu greifen, dann schleudert s' ihn hinab. In den tiefen Abgrund.*

»Fahren wir«, sagte Viktor und riss die Tür auf.

Ich drehte mich zu dem dunklen Korridor um, an dessen Ende, jetzt unsichtbar, das Reh auf den nächsten Schützen wartete. »Wohin denn?«, wollte ich wissen.

»Zum Jagawirt. Wohin sonst?«

ACHT

Die Raben in der alten Linde hatten sich zu unserem Empfang besonders zahlreich versammelt. In kleinen Gruppen, zu zweit und zu dritt, bevölkerten sie den Baum und hockten regungslos auf den kahlen Zweigen.

Eine Kette der schwarzen Vögel saß auf einem hoch gelegenen Ast, der im rechten Winkel abstand, Galgenvögel die gierig auf ein Ereignis warteten, das ihren Hunger oder zumindest ihre Neugier befriedigen würde.

Wie in einer einstudierten Choreografie richteten alle ihre Schnäbel auf uns, als Viktor und ich, gefolgt von Matthias Holzinger in einem leicht ramponierten Jeep, vor dem Jagawirt vorfuhren. Der alte Puch G des Wirtes parkte, wie schon die ganze Woche, neben der Eingangstreppe.

Inzwischen hatten wir beschlossen, erst im Gasthof Nachschau zu halten, bevor wir irgendwen alarmierten. Vielleicht war Vinzenz Steiner ja jetzt zu Hause. Oder er hatte einmal mit seiner Gewohnheit gebrochen und über seine Pläne geredet, und jemand im Jagawirt wusste, wo er steckte.

Die Tür zur Wohnung des Wirtes war wie erwartet verschlossen. Ich klopfte mehrmals und rief Steiners Namen. Nichts rührte sich. Nur ein dünner Luftzug strich unter der Tür hervor und umspielte meine Fußknöchel. Ich ging in die Hocke und legte meine Hand auf den Boden. Es zog sogar ordentlich. In der Wohnung musste es eiskalt sein.

Ich stand auf und rieb meine Handflächen aneinander, um den Staub abzustreifen. »Ich denke, er ist verreist«, sagte ich zu den Männern. »Und er hat vorher die Heizung abgestellt.«

Dieses Verhalten sah mir ganz nach unserem Wirt aus. Auch wenn ich nicht am ersten Abend den Streit um Geld mit seiner Tochter gehört hätte – Vinzenz Steiner stand der Geiz ins Gesicht geschrieben.

»Ich weiß nicht.« Viktor zog die Brauen zusammen. Er hatte die Hände in die Taschen seiner Daunenweste gesteckt. »Steiner ist noch nie im Leben verreist. Oder, Holzinger?«

Holzinger verzog das Gesicht. »Wüsst nicht, wohin.«

»Na gut.« Ich hatte nicht die mindeste Lust, den Tag mit der Suche nach einem Mann zu beschließen, der alt genug war, um eigene Entscheidungen zu treffen und niemandem Rechenschaft über seinen Aufenthaltsort schuldig war. Bis vor einer Stunde hatte ihn auch niemand vermisst. »Wir können ja zur Sicherheit noch im Haus fragen, ob jemand den Wirt gesehen hat, oder weiß, wohin er gefahren ist.« Insgeheim war ich davon überzeugt, dass sich die Sache bald aufklären würde.

Zu dritt begaben wir uns auf den Rundgang. Außer mir wohnte nur Georg Kaml im ersten Stock. Wie nicht anders zu erwarten, war er zu dieser Tageszeit nicht in seinem Zimmer. Schließlich war er der Hausmeister und ständig unterwegs. Wir stiegen also in den zweiten Stock hinauf, wo in einem Zimmer eine Fußballübertragung im Fernsehen lief.

Viktor klopfte an die Tür, und die Lautstärke wurde ein wenig heruntergestellt. Der dicke Mann, den ich vom Frühstück kannte, öffnete uns. Er trug einen verwaschenen Trainingsanzug und Hauspantoffeln und stank nach Alkohol.

Im Hintergrund des schummerigen Zimmers konnte ich eine alte Frau erkennen, die in einem Sessel vor dem Fernseher saß und über die Schulter zu uns herüberspähte.

»Servus, Johannes«, sagte Viktor. »Grüß Gott, Frau Stallner.«

Johannes brummte etwas und schob die Hände in die Taschen seiner ausgebeulten Hose. Ein Netz bläulicher Adern zog sich über seine gerötete Gesichtshaut, und die grobporige Nase war knubbelig verformt. Das Bild eines Alkoholikers. Die alte Frau im Sessel war anscheinend seine Mutter.

»Wir suchen den Wirt«, sagte Viktor. »Weißt du, wo der stecken könnte?«

»Ich?« Johannes Stallner glotzte uns an. »Wieso ich?«

Seine Begriffsstutzigkeit ging mir auf die Nerven. »Also, haben Sie Herrn Steiner in den letzten Tagen gesehen?« Ich hatte das Gefühl, gegen eine Wand zu reden. Waren die Stallners etwa auch Dauergäste im Jagawirt? Und wenn ja, wie konnten sie sich das leisten? »Könnten Sie sich vorstellen, wohin er gefahren ist?«

Stallner runzelte die Stirn, aber er drehte sich zu seiner Mutter um, die immer noch zu uns herüberschaute. Über ihre eine Gesichtshälfte huschte das bläuliche Licht des Fernsehers. Sie schüttelte den Kopf, und ihr Sohn wandte sich wieder an uns.

»Na bitte«, sagte er. »Und was geht uns überhaupt der Steiner an?« Er fuhr sich mit dem Handrücken unter der Nase entlang. »Mit uns red der sowieso nix.« Er schwankte ein wenig. »Zur Hölle wird er gefahren sein, endlich.«

Von dem Sessel kam ein erstickter Laut, ob des Protestes oder der Zustimmung war unklar.

Matthias Holzinger, der bis jetzt geschwiegen hatte, drängte sich an mir vorbei. »Nix wie Gesindel seid's ihr, hast mich verstanden, Stallner?« Er reckte den Kopf vor, und Stallner wich auf unsicheren Beinen ins Zimmer zurück. »Der Vinzenz hat euch die längste Zeit durchgefüttert. Der wollt euch ohnehin rausschmeißen, euch Parasiten! Grad letztens hat er's wieder gesagt.«

Viktor legte ihm eine Hand auf die Schulter, aber er schüttelte sie ab.

»Gleich morgen red ich mit dem Vinzenz. Dann seid's wieder auf der Straße, da, wo ihr hingehört …«

Die Tür knallte vor seiner Nase zu.

Hinter uns raschelte es. Ich drehte mich um.

Umrahmt von dem Licht, das aus seinem Zimmer fiel, stand der alte Wenghofer auf dem Gang und starrte zu uns herüber. Er hielt ein Bügeleisen und ein halb fertig gebügeltes weißes Herrenhemd in den Händen.

»Is' was passiert, Frau Doktor?«, fragte er ein wenig beklommen. Er trug seinen gestreiften Morgenmantel, und seine dürren Beine steckten in knöchelhohen grauen Filzpantoffeln. »Doch nicht wieder ein Überfall?«

Ehe ich ihn beruhigen konnte, hörte ich Holzinger nach Luft schnappen. »Wenghofer«, rief er. »Was tust du hier?«

Der alte Mann fuhr zusammen. Seine Augenlider flatterten. Er hätte nicht entsetzter dreinschauen können, wenn wir mit gezücktem Gewehr vor ihm gestanden und die Herausgabe seiner gesamten Barschaft verlangt hätten. Das Hemd sank wie eine weiße Fahne zu Boden.

Mir wurden die unterschwelligen Spannungen in diesem Gasthof zu viel. Entweder wir konnten Steiners Verbleib jetzt klären, oder die beiden Männer mussten ohne mich weitersuchen. Oder die Polizei, die Bergrettung oder den örtlichen Fährtenleser rufen oder wer immer in Alpbach in so einem Fall zuständig war.

»Herr Wenghofer wohnt hier«, erklärte ich.

»Hier?« Holzingers Stimme zitterte vor Unglauben. »Ausgerechnet hier? Ja, seit wann wohnst denn du unter einem Dach mit dem Steiner?«

Ich ging auf den alten Mann zu. »Wir möchten Sie auch gar nicht lange stören, Herr Wenghofer. Es ist nur so ... Also, wir können den Wirt nicht finden.«

»Das versteh ich nicht«, sagte Wenghofer. »Der Steiner is' weg?« Täuschte ich mich, oder sah ich einen Schatten freudiger Überraschung über sein Gesicht huschen? Ein Funken von Genugtuung, ja fast von Triumph, flackerte für den Bruchteil eines Augenblicks in seinen Luchsaugen auf, ehe er wieder erlosch.

Doch nicht nur ich, auch Holzinger hatte offenbar diesen Funken aufglimmen sehen.

»Wenghofer«, sagte er noch kurzatmiger als sonst. »Wenghofer, sag, dass du nichts mit dem Verschwinden vom Vinzenz zu tun hast.«

Die Vorstellung, dieser gebrechliche alte Mann könnte irgendetwas mit dem Schicksal unseres kräftigen Wirtes zu tun haben, war einfach nur lächerlich.

»Du weißt genau, dass ich dem Steiner nur Schlechtes wünsch, Holzinger«, sagte da Wenghofer erhobenen Hauptes. »Aber es ist nicht unsere Aufgabe, zu richten. Vinzenz Steiner wird seiner gerechten Strafe nicht entgehen. Darauf hab ich all die Jahre gehofft und vertraut.« Er schüttelte das Bügeleisen. »Mein ist die Rache, spricht der Herr. Nun ist es so weit.« Er nickte ein paarmal. »Ich werd jetzt beten und Gott danken.« Damit trat er einen Schritt zurück und wollte seine Zimmertür schließen.

Mit zwei Sätzen war Viktor bei ihm. Er packte den Alten am Ärmel seines Morgenrocks. »Wenghofer«, sagte er überraschend sanft. »Du hast dich doch nicht zum Werkzeug des Herrn gemacht, oder?«

Wenghofer sah ihn wortlos an. Schließlich sagte er: »Wir alle sind Werkzeuge des Herrn.« Er befreite seinen Arm mit einem Ruck aus Viktors Klammergriff. Dann schloss er endgültig die Tür.

Mein Wirt war also bei den Menschen, mit denen er zu tun hatte, auffallend unbeliebt. Im Hinblick auf das, was ich bisher von seiner Persönlichkeit kennengelernt hatte, schien es mir nicht verwunderlich.

»Ich glaube, mehr können wir jetzt nicht tun.« Ich hatte mich schon genug in Steiners Angelegenheiten eingemischt. »Wenn Sie sich wirklich Sorgen um Ihren Freund machen, Herr Holzinger, sollten Sie eine Vermisstenanzeige aufgeben.« Vielleicht würden die beiden Dorfpolizisten angesichts des Verschwindens eines angesehenen Alpbachers ja mehr Arbeitseifer an den Tag legen als bei meinem Überfall.

»Gute Idee«, sagte Viktor. »Aber zuerst werfen wir noch einen Blick in seine Wohnung. Vielleicht gibt's ja einen Terminkalender oder eine Telefonnotiz oder so.« Er schaute Holzinger an. »Oder, was meinst du?«

Holzinger hatte die Hände über dem Bauch gefaltet, als wollte er beten. »Dem Vinzenz is' was zugestoßen«, brummte er. »Jetzt weiß ich es genau.«

Ich fing einen genervten Blick von Viktor auf.

»Wer kann uns die Wohnung aufsperren?«, fragte er.

»Der Hausmeister«, sagte ich. »Georg Kaml.« Mir war nicht wohl bei dem Gedanken, in Steiners Privaträume einzudringen. »Warum rufen wir nicht einfach die Polizei?«

Damit hatte ich wohl zu viel weibliche Zweifel an den Fähigkeiten oder der Lösungskompetenz der beiden Männer geäußert, denn sie machten sich, ohne mich eines weiteren Wortes zu würdigen, auf die Suche nach dem Hausmeister.

Es erforderte einige Nachforschungen, um Georg Kaml aufzutreiben.

Wetti, die uns auch nichts über den Verbleib ihres Chefs sagen konnte, fand ihn schließlich hinter dem Haus. Er sortierte gebrauchtes Handwerkszeug in Holzkisten. Sein blauer Arbeitsoverall war staubbedeckt, und in seinen Haaren hingen Spinnweben. Er hatte den Nachmittag mit dem Entrümpeln eines Abstellraums verbracht und reagierte höchst überrascht auf unsere Suchaktion. Den Wirt hatte er noch gar nicht vermisst und zweifelte auch an dessen Verschwinden. Viktor bat ihn, Steiners Wohnung mit dem Zentralschlüssel zu öffnen.

»Nie und nimmer«, sagte Kaml und wedelte mit einer Säge, deren schartiges Blatt mit Rost überkrustet war. Der Gedanke, ungebeten Steiners Reich zu betreten, war ihm eindeutig sehr unangenehm. »Der schmeißt mich raus.«

Viktor streckte die Hand aus. »Dann gibst halt mir den Schlüssel.«

Kaml ignorierte die Geste. Ein Muskel auf seiner rechten Wange zuckte. Sein Blick glitt von Viktor zu mir und blieb schließlich an Holzinger hängen.

Viktor tappte mit dem Fuß auf den Boden. »Na los, Schorsch, ich hab nicht den ganzen Tag Zeit.«

Aber Kamls Entschluss stand fest. »Nein.« Er wandte sich ab und warf die Säge zu einem Haufen alter Messer in eine der Kisten. »Mein letztes Wort. Und jetzt verschwind, ich hab zu tun.« Er bückte sich nach einer verbogenen Eisenkette, die auf dem Schrotthaufen zu seinen Füßen lag.

»Wie du meinst.« Viktor drehte sich zu Holzinger um. »Rufst eben doch die Polizei. Die brechen die Tür auf.«

Kaml hob rasch den Kopf. »Spinnst?«

Viktor zuckte die Schultern. »Ich sag dem Vinzenz einfach, dass du nicht aufsperren wolltest. Die kaputte Tür kannst du ihm ja dann erklären.« Er drehte sich um und machte Anstalten, zum Haus zurückzugehen.

Kaml reckte den Kopf vor. Seine Faust schloss sich um die dicken Glieder der Eisenkette, und eine dunkle Röte überzog sein Gesicht. Wieder fielen mir seine kräftigen Hände und die breiten Schultern auf. Jetzt bebten sie vor unterdrückter Kraft und mühsam beherrschtem Ärger. Seine Halsschlagader pulsierte. *Schorsch, setz deinen lahmen Arsch in Bewegung. Du fährst jetzt gleich zum Thurner Viktor.* Mit diesen Worten hatte Steiner ihn am Abend meiner Ankunft aus dem wohlverdienten Feierabend befohlen. Und er war ohne Widerspruch losgefahren. Wenn er jetzt Steiners Wohnung aufschloss, verletzte er das Vertrauen seines Herrn. Tat er es nicht, wurden seine Probleme womöglich noch größer. Viktor hatte bereits ein paar Schritte zum Haus gemacht. Kaml richtete sich auf. Die Kette fiel klirrend auf den Schrotthaufen zurück.

»Na gut.« Kaml wischte sich die braun verfärbten Handflächen an seinem Overall ab. »Aber auf deine alleinige Verantwortung.«

Viktor wandte sich um und nickte.

»Also, gemma.«

Vinzenz Steiners Wohnung war nicht, wie in einem Gasthof zu erwarten, mit einem normalen Zimmerschlüssel zu öffnen, sondern durch ein Zylinderschloss gesichert. Der Wirt hatte es offenbar für nötig befunden, sich gegen Eindringlinge im eigenen Haus zu schützen.

Kaml drehte den Schlüssel im Schloss, fasste die Klinke aber nicht an. Dann trat er rasch zurück und postierte sich neben der Tür. Sein Gesicht war gerötet. Feine Schweißperlen bedeckten seine Stirn. Offenbar wartete er darauf, dass einer von uns die Initiative ergriff. Sein Blick war gesenkt, und seine Pranken hingen untätig herab. Auf einmal wirkte er nicht mehr wie ein wachsamer Zerberus, sondern eher wie ein verzweifelter Rottweiler, der weiß, dass er den Zorn seines Herrn erregt hat und dafür eine harte Strafe erwartet.

Viktor stieß die Tür auf. »Also, schauen wir mal«, sagte er. Ein Windstoß fuhr uns aus der Wohnung entgegen, und irgendwo klappte ein Fensterflügel. »Herrgott, ist das kalt hier. Da ist irgendwo was offen.«

Holzinger wandte sich ab und hielt sich hustend die Hand vor den Mund. »Geht's ihr schon vor.« Er schien kurz vor einem Asthmaanfall zu stehen.

Ich wollte zu ihm gehen, aber er winkte nur ab. »Passt schon, ich komm gleich nach.« Er griff in die Jackentasche und zog einen Inhalator hervor.

Widerstrebend ließ ich ihn bei Kaml zurück und folgte Viktor in die Wohnung.

Im Flur herrschte ein diffuses Halbdunkel. Licht und Schatten bildeten ein Labyrinth aus hellen und dunklen Streifen, die sich auf dem Teppich kreuzten und ein Spinnennetz auf die Bauerntruhe zeichneten. Ein Stuhl lag quer vor einer Zimmertür, die im kalten Zug hin und her schwang und dabei eine breite Lichtbahn einfallen ließ, in der Staubkörnchen wirbelten. Die Trophäen über unseren Köpfen warfen bizarre Scherenschnitte an die Wände. In den Ecken des Raumes hockten Schatten. Ein paar Zettel auf der Truhe bewegten sich im Luftzug.

Ich drückte die Wohnungstür ins Schloss. Sofort fiel mir der faulige Geruch auf, der in den letzten Tagen auch in der Halle zu spüren gewesen war. Wenn das Fenster nicht offen gestanden hätte, wäre er unerträglich gewesen.

Viktor schnupperte. »Wonach riecht das hier?« Seine Stimme klang zögerlich, aber nicht wirklich unsicher. »Nein, oder?«

Ehe ich etwas erwidern konnte, stieg er über den umgefallenen Stuhl und stieß die Tür ganz auf. Mit einem scharfen Geräusch sog er den Atem ein.

»Oh Gott …« Er stützte die Hände in Schulterhöhe auf den Türrahmen, wie um Halt zu suchen. »Bleib ja draußen.« Sein Körper bildete ein dunkles Kreuz vor dem hellen Hintergrund des Zimmers. »Das darf nicht wahr sein.«

Ich packte den Stuhl an einem Bein und zog ihn beiseite. Dann stellte ich mich hinter Viktor und spähte über seine Schulter.

Trophäen und Fotos in schmalen Holzrahmen hingen an den Wänden. Neben einem grünen Kachelofen stand eine durchgesessene Sitzgarnitur aus den Sechzigerjahren. Tageszeitungen und Jagdzeitschriften stapelten sich auf dem niedrigen Couchtisch. Darauf lag eine Lesebrille. Ein Schreibtisch mit Papieren und offenen Aktenordnern und ein hoher grüner Metallschrank nahmen die andere Seite des Zimmers ein. Eines der beiden Holzsprossenfenster stand einen Spalt offen, der mit Weinblättern bedruckte Vorhang bewegte sich im Wind. Ich stellte mich auf die Zehenspitzen und schaute auf den Boden.

Vinzenz Steiner lag auf dem Rücken. Er hatte keine Schuhe an, sondern nur grüne Stutzen und die Kniebundhose aus Loden, die er gewöhnlich zur Jagd trug. Sein rechtes Bein war abgewinkelt, als hätte er es im Todeskampf angezogen. Seine Hände hatten sich in das grüne Leinenhemd gekrallt. Zwischen den von gestocktem Blut steifen Stofffalten erkannte ich den rauen Horngriff eines Jagdmessers. Es steckte bis zum Heft in der Brust. Wenn die Klinge die Hauptschlagader direkt getroffen hatte, musste Vinzenz Steiner binnen Kurzem bewusstlos geworden und innerlich verblutet sein. Doch das Entsetzliche – das, weshalb Viktor nach Luft geschnappt hatte, und was mein Inneres zu Eis gefrieren ließ – war der Anblick seines Kopfes.

Im Tode schien sich der Jäger in ein Wesen aus Mensch und Tier verwandelt zu haben. Sein Gesicht wurde von einem barocken schwarzen Holzbrett verdeckt. Auf diesem Brett saß, in ewiger Schönheit erstarrt, das ausgestopfte Haupt einer Gams. Das weiße Fell des Tieres schimmerte seidig, die Spitzen der gekrümmten Hörner zeigten auf den Scheitel des Toten, und die vorquellenden Glasaugen starrten blicklos zur Decke empor.

Aus dieser Entfernung konnte ich die Buchstaben nicht lesen, doch ich wusste auch so, wie die Inschrift am unteren Rand des Brettes lautete: »Geieralm 1968«.

NEUN

Der Himmel strahlte in einem unnatürlichen Blau. Scharf gesäumte Wolken fegten darüber hin. Die Berge, dunkel und gezackt wie Schattenrisse, schienen zum Greifen nah. Sogar in der Hauptstraße von Alpbach wehte der Föhn. Gegen zehn betrat ich das Café Guglhupf und musste dabei die Tür festhalten, damit sie mir nicht aus der Hand gerissen wurde.

Ich war aus dem Jagawirt geflüchtet. Die Gaststube wurde von Reportern und Neugierigen bevölkert, und in der Halle wimmelte es von Männern in weißen Overalls. Überall standen Aluminiumkoffer und technisches Gerät herum. Als ich auf dem Weg nach draußen an der geschlossenen Tür zu Steiners Wohnung vorbeiging, hörte ich, wie dahinter etwas zu Boden fiel. Das Geräusch klang genau wie das Rumpeln, von dem ich irrtümlich angenommen hatte, dass es den Aufbruch zur Jagd angezeigt hatte. Die Leiche des Wirtes war noch in den Abendstunden abtransportiert worden, aber sein Geist schien den Gasthof nicht verlassen zu wollen.

Das Café Guglhupf war um diese Uhrzeit nur schwach besetzt. Drei ältere Männer tranken ihren Frühschoppen. Vor der Kuchentheke saßen zwei Frauen beim Kaffee. Ihre vollen Einkaufstaschen standen neben ihnen am Boden. In einer Ecke war ein junger Mann in die Zeitung vertieft. Ich wählte einen Tisch in der Mitte.

Als die junge Kellnerin in Jeans und geblümtem Hemd an meinen Tisch kam, bestellte ich einen doppelten Espresso. Heute brauchte ich etwas Stärkeres als Tee.

»Ich bring Ihnen dann die Zeitung zum Kaffee, oder?« Das Mädchen musterte mich. Natürlich wusste sie, wer ich war und wo ich wohnte. »Die Chefin sagt, da steht schon was über unseren Mord drin.« Der bunte Papagei, der in ihrem großen Ohrring saß, schaukelte voll Eifer.

Die Worte der Kellnerin waren in dem halb leeren Café so deutlich zu hören, dass die anderen Gespräche um mich herum verstummten. Die drei Männer, die vor ihren Biergläsern saßen, starrten herüber.

»Ja, tun Sie das.« Ich ignorierte die Blicke und schaute aus dem Fenster, wo der Föhn die letzten Blätter von den Alleebäumen riss.

Die Kellnerin brachte mir den Espresso. Die Tageszeitung legte sie neben die Tasse. Der Mord stand auf Seite 1.

Alpbacher Wirt mit Jagdmesser erstochen
Tot aufgefunden wurde gestern in den späten Nachmittagsstunden in Alpbach Vinzenz Steiner (72). Der angesehene Wirt des Gasthofes »Zum Jagawirt« und leidenschaftliche Jäger hatte vor ein paar Tagen zu einem mehrtägigen Jagdausflug aufbrechen wollen. Als Steiner entgegen seinen Ankündigungen nicht zur vereinbarten Zeit zurückkehrte, wurde eine private Suchaktion gestartet, an der unter anderem der Tierarzt des Ortes, Viktor Thurner (33), und die seit Kurzem in Alpbach praktizierende Ärztin Emma Canisius (29) teilnahmen. Thurner und Canisius waren es auch, die Steiners Leiche in seiner Wohnung auffanden. Der Wirt war erstochen worden.

Ich nahm einen Schluck Espresso. Da wusste der Reporter ja mehr als die Rechtsmedizin. Die Obduktion hatte sicher noch nicht stattgefunden. Und woher kannte der Typ überhaupt mein Alter? Der Kaffee schmeckte bitter.

Vinzenz Steiner war in den Sechzigerjahren im Zusammenhang mit dem Tod des unter nach wie vor ungeklärten Umständen ums Leben gekommenen Simon Munz (24) in die Schlagzeilen geraten. In dem damaligen Prozess war Steiner freigesprochen worden und führte seither gemeinsam mit seiner Schwester Johanna (66) das elterliche Gasthaus. Von Elisabeth Gassner

Bebildert war der Artikel mit drei Fotos. Eine Vorderansicht des Jagawirts erinnerte an eine Postkarte. Die mächtige Linde stand in voller Blüte, und an den Fenstern des Gasthofs hingen Blumenkästen. Ein Bild wie aus den Zeiten der Sommerfrische. Das zweite Foto zeigte Vinzenz Steiner, der, einen Hut auf dem Kopf, hinter einem toten Hirsch mit mächtigem Geweih kauerte. Seine Augen lagen im Schatten der Hutkrempe, aber sein Mund war in die Breite gezogen. Der Hirsch hatte die Lider halb geschlossen, und aus seinem Maul ragte ein Tannenzweig.

Ich sah mir die Person auf dem dritten Bild an. Die Aufnahme war ein wenig verschwommen, vielleicht, weil es ein Ausschnitt aus einer größeren Fotografie war. Sie zeigte einen jungen Mann mit schulterlangen blonden Locken, wie man sie in den späten Sechziger- und frühen Siebzigerjahren getragen hatte. Die Bildunterschrift lautete: »Simon Munz (24)«. Irgendwie kam mir das Gesicht bekannt vor. Aber die Aufnahme war zu unscharf, als dass ich hätte sagen können, an wen mich der Mann erinnerte.

»Möchten S' vielleicht noch eine Eierspeis?« Die Kellnerin stand neben meinem Tisch.

»Nein, danke, ich lese gerade den Artikel hier.« Ich zeigte auf die Zeitung. »Was war denn der Munz-Fall?« Die drei Männer unterbrachen erneut ihr Gespräch.

»Der Munz-Fall?« Sie zog die Brauen zusammen. »Mei, das is' schon ewig her.« Sie überlegte einen Augenblick. Dann sagte sie: »Der Simon Munz, heißt's, hat sich erschossen. Ja, ich mein, der hat sich erschossen.« Sie betrachtete das Foto. »Dabei war der ein ganz fescher Bursch, eigentlich.«

»Erschossen? Wie ist denn das passiert?«

Die junge Frau zuckte die Schultern. »Na, Selbstmord hat er begangen, was sonst?«

»Ach.« Ich überflog rasch noch einmal den Artikel. »Und was hatte Vinzenz Steiner damit zu tun? Hier steht was von einem Prozess?«

Einer der alten Männer am Nachbartisch hob die Hand. »Christina …«

»Komme gleich.« Die Kellnerin nickte in seine Richtung. »Also, was der alte Steiner genau damit zu tun gehabt hat … puh, keine Ahnung. Mein Opa hat mal erzählt, da wär was mit einem Jäger gewesen, der wo …«

»Christina.« Der Mann am Nachbartisch hielt sein leeres Bierglas in die Höhe. »Wir haben nix mehr zu trinken. Geh, bring uns geschwind drei Seidl.«

Christina seufzte. »Oh Mann, ich muss arbeiten.« Sie drehte sich rasch zu den drei Männern um. Die Blumen auf ihrem Hippiehemd schienen sich im Wind zu wiegen. »Komm eh gleich!« Wieder zu mir gewandt setzte sie mit gesenkter Stimme hinzu: »Zurück in die Gräber, Opas.« Und wieder lauter: »Also, der Munz hat sich erschossen damals. Sagte ich ja schon. Und der Steiner is' jetzt auch hinüber. Das heißt, alle am Friedhof.« Sie stützte sich mit einer Hand auf den Tisch und beugte sich vor. »Wissen S', was mein Opa sagt? Bis auf den alten …«

Mein Nachbar ließ die Hand auf die Tischplatte krachen. »Christina, Herrschaftszeiten, schwatz nicht, wir verdursten.«

»Ja!« Sie verdrehte die Augen. »Bin ja schon da.«

»Einen Moment.« Ich zog die Wachsjacke vom Nebenstuhl und holte meine Geldbörse heraus. »Ich möchte noch schnell zahlen.«

Kurz darauf stand ich wieder draußen vor der Tür. Der warme Wind wirbelte Staubschwaden durch die Hauptstraße. Trockenes Herbstlaub tanzte in der Luft. Den Landrover hatte ich direkt vor dem Café geparkt. Ich zog den Autoschlüssel aus meiner Wachsjacke. Etwas glitt mir durch die Finger und fiel klirrend auf den Asphalt. Ich bückte mich und hob einen alten geschmiedeten Eisenschlüssel auf. Er musste in der Jackentasche gesteckt haben.

Ich brauchte einen Moment, bis ich mich erinnerte, wohin der Schlüssel gehörte. *Eh ich's vergess – den Bauernschrank können S' nicht benutzen.* Steiner hatte das gesagt, an jenem ersten Abend, als er mir mein Zimmer gezeigt hatte. Später hatte ich den Schlüssel zum Schrank eingesteckt und vergessen, ihn dem Wirt zu geben. Jetzt brauchte er ihn nicht mehr. Ich ließ den Schlüssel zurück in meine Jackentasche gleiten.

Der rosa-weiße Zwiebelturm der Kirche am oberen Ende der Straße leuchtete vor dem blitzblauen Föhnhimmel. *Also, der Munz hat sich erschossen damals. Und der Steiner is' jetzt auch hinüber. Das heißt, alle am Friedhof.* Etwas irritierte mich an Christinas Worten. Simon Munz hatte doch angeblich Selbstmord begangen. Seit wann begrub man Selbstmörder denn auf dem Kirchhof? In Wien hatte man heute wahrscheinlich keine Probleme mehr damit. Aber vor über vierzig Jahren? Am Land? Ich ließ den Landrover stehen und spazierte die Straße entlang, bis ich vor der Kirche stand.

Drei ausgetretene rote Marmorstufen führten zum Friedhof hinauf. Das schmiedeeiserne Tor stand offen, und an einem der Flügel hing an einer schweren Eisenkette ein Vorhängeschloss. Offenbar war der Kirchhof während der Nachtstunden geschlossen und die Ruhe der Toten gut gesichert.

Langsam wanderte ich zwischen den Gräberreihen dahin. Überall leuchteten Astern und Chrysanthemen, und zwischen den Blumen flackerten rote Grablichter. Ganze Familien lagen in eingesunkenen Grabstätten, und an den schlichten Holzkreuzen von frisch aufgeworfenen Gräbern hingen noch die vertrockneten Kränze der Beerdigung. Kunstvoll geschmiedete Ranken schlangen sich um schwarze Eisenkreuze. Auf schmalen Tafeln wurden Namen der Toten für die Nachwelt bewahrt. Immer wieder kam ich an den rührenden Porzellanporträts toter Kinder vorbei. In weißen Kleidchen und mit Kränzen auf dem Kopf schienen sie ihrer Bestimmung als Engel im Himmel entgegenzusehen.

In Alpbach, so stellte ich fest, wurde früh gestorben. Wer im letzten Jahrhundert die Kindheit überlebt hatte, verschied oft schon mit gut vierzig Jahren. Die Grabinschriften teilten mir die Gründe mit. *Unser Vater, bei der Holzarbeit heimgeholt ... Ewiges Gedenken an Anna Meier, Mutter von dreizehn Kindern ... Geliebte Söhne, den Heldentod gestorben fürs Vaterland ...* Erst in den letzten Jahrzehnten hatte sich die Lebenserwartung im Dorf erhöht.

Das Grab der Familie Munz befand sich hinter der Kirche, direkt an der Friedhofsmauer. Ich betrachtete das hohe, von einem Strahlenkranz umgebene Eisenkreuz. Eine Tafel besagte, dass vier Mitglieder der Familie in diesem Grab ruhten – nein, eigentlich nur drei. Der Name des vierten stand, noch ohne Zeitangaben, unter denen der anderen.

Auch hier hing das bräunliche Foto eines aufgebahrten Kleinkindes. Es trug ein langes weißes Kleid, und blonde Locken umrahmten ein stilles Gesichtchen mit wie im Schlaf geschlossenen Augen. Ein Rosenkranz war um die auf der Brust gefalteten Händchen geschlungen. Antonia Munz, so las ich, war vor fast fünfzig Jahren gestorben. Sie war nur zwei Jahre alt geworden.

Das Bild darunter kannte ich schon. Es war das Porträt des langhaarigen jungen Mannes aus der Zeitung. Simon Munz war im Alter von vierundzwanzig Jahren von dieser Erde gegangen. Unter dem Sterbedatum, dem 29. Oktober 1968, stand: »Das Gute wiegt das Böse auf. Der Himmel wird mein Lohn.« Vielleicht war dem Selbstmörder im Diesseits Unrecht geschehen, und er hatte auf Gerechtigkeit im Jenseits gehofft.

Ein paar Meter vor mir knirschten Schritte auf dem Kies. Ich schaute auf und sah den Pfarrer durch die Gräberreihen gehen. Hier und da blieb er stehen und musterte ein Grab. Seine Soutane bewegte sich sacht im Wind, der innerhalb der Friedhofsmauer nur mit verminderter Kraft wehte. Es war nicht mehr weit bis Allerheiligen. Vielleicht überprüfte der gute Mann vor dem Feiertag den Zustand der Gräber.

Das letzte Bild an dem Eisenkreuz war eine in Folie eingeschweißte Schwarz-Weiß-Fotografie. Es zeigte eine hübsche, etwa dreißig Jahre alte blonde Frau in schwarzer Tracht. Offenbar handelte es sich um ein Jugendfoto, denn laut Sterbedatum war diese Antonia Munz zweiundachtzig Jahre alt geworden. Die Frau war offenbar die Mutter von Simon und der kleinen Antonia und – sie war erst vor acht Wochen begraben worden. Was für ein Schicksal, erst die Tochter im Kindesalter und dann den Sohn durch Selbstmord zu verlieren.

Die Schritte des Pfarrers kamen näher. Der letzte der vier Namen war Gregor Munz. Doch da noch nicht einmal das Geburtsdatum eingraviert war, konnte dieser Gregor sowohl der Witwer als auch der Sohn der blonden Frau sein. Ob er noch im Ort lebte?

»Grüß Gott, Frau Canisius.« Der Pfarrer ließ seinen Blick über das Familiengrab wandern. »Betreiben Sie Patientengeschichte, oder interessieren Sie sich für die Familie Munz?«

»Weder noch.« Auf einmal kam mir mein Interesse unpassend vor, und ich hatte das Gefühl, mich für meine Anwesenheit rechtfertigen zu müssen. »In der Zeitung wurde heute ein Simon Munz erwähnt.«

Der Geistliche neigte den Kopf ein wenig zur Seite und schaute mich fragend an. Unter seiner Soutane trug er einen schwarzen Rollkragenpullover.

»Im Zusammenhang mit dem Mord an meinem Wirt.«

»Richtig …« Seine Augen verengten sich. Entweder reizte ihn der Föhnwind, oder die Sonne blendete ihn. »Sie wohnen ja im Jagawirt. Erst letztens habe ich mit der Steiner Hansi über Sie gesprochen.« Sein Mund verzog sich zu einem Lächeln. »Sie wollen uns bei unserer Rumänienhilfe unterstützen. Vergelt's Gott!« Er faltete die Hände vor dem Bauch. »Schrecklich, die Sache mit dem Vinzenz, einfach furchtbar. So weit ich mich zurückerinnern kann, hat's in Alpbach kein Gewaltverbrechen gegeben. Und jetzt gleich zwei.«

»*Zwei?*«

»Natürlich.« Er klang ehrlich erstaunt. »Sind Sie nicht selbst überfallen worden? Zumindest wurde bei der letzten Gemeinderatssitzung …«

»Ach so, ja, das.« Ich fragte mich, welche Themen bei diesem Alpbacher Forum wohl nicht besprochen wurden, und schaute demonstrativ zum Kirchturm hinauf, wo die goldenen Zeiger der großen Uhr in der Sonne glühten. »Schon bald Mittag – ich fürchte, ich muss los.« Ich streckte die Hand aus. »Verfügen Sie über mich, was die Rumänienhilfe betrifft.«

Der Pfarrer ergriff meine Hand und hielt sie fest. »Frau Dr. Canisius?«

»Ja? Kann ich sonst noch etwas für Sie tun?«

»Sie sollten nicht im Jagawirt bleiben.« Er ließ meine Hand los. »Wenn Sie wollen, finden wir ein anderes Quartier für Sie.«

»Danke, aber das wird nicht nötig sein.«

»Haben Sie denn keine Angst?«

»Wovor denn? Dass sich wieder ein Einbrecher oder ein Mörder in den Jagawirt verirrt?« Wenn es denn kein Hausbewohner gewesen war. »Oder ein Hoteldieb. Davon geht nämlich die Polizei aus. Das müssten Sie doch auf der Gemeinderatssitzung gehört haben.« Ich konnte nicht vermeiden, dass meine Stimme ein wenig spitz klang.

»Die Leute reden halt, aber … Suchen S' sich doch wenigstens für ein paar Tage ein anderes Zimmer.« Er beugte sich zu mir vor. »Bis der Täter gefunden ist.«

Ich schaute auf das Kreuz der Familie Munz. Die Spitzen des eisernen Strahlenkranzes schimmerten hell. Das Grab der Mutter war noch kaum eingesunken, und auf einmal hatte ich das Gefühl, als warte die Erde nur noch auf das letzte Mitglied. Antonia und Simon Munz schauten mich an.

»Danke für Ihre Sorge, aber ich bleibe im Jagawirt. Bei all der Polizei im Haus gibt es wohl zurzeit keinen sichereren Ort.« Ich deutete mit dem Kinn in Richtung der Fotos. »Was für ein trauriges Familienschicksal. Wo lebt eigentlich Gregor Munz jetzt?«

»Gregor Munz?« Der Pfarrer zwinkerte.

»Ja, er scheint ja keine Angehörigen mehr zu haben.«

»Doch, doch.« Er hüstelte. »Ein Schwesterkind.«

»Und dieser Simon hat sich wirklich erschossen?«

Der Pfarrer wandte sein Gesicht dem Totenbild des jungen Mannes zu und betrachtete es schweigend. Es erweckte den Anschein, als würden die beiden Zwiesprache halten. Ich wollte meine Frage gerade erneut stellen, da sagte er: »Soweit ich weiß, ist Simons Tod damals von der Polizei untersucht worden. Und die Obduktion hat eindeutig Selbstmord ergeben.«

Das Gute wiegt das Böse auf, der Himmel wird mein Lohn. Diese Grabinschrift hatte sicher eine Bedeutung. Jemand oder etwas musste den jungen Munz in den Tod getrieben haben.

»Warum hat sich Simon Munz denn umgebracht?«

Der Pfarrer schüttelte den Kopf. »Wer kennt schon die Gedanken eines Selbstmörders?« Er bückte sich zu dem Grab hinab und riss einen einzelnen Löwenzahn aus, dessen gelbes Köpfchen zwischen gezackten Blättern aus der Graberde wuchs. »Ich war damals noch neu in Alpbach, ein ganz junger Priester«, sagte er. »Ich kenne also die Umstände kaum.« Er richtete sich wieder auf und warf die Blume achtlos auf ein Rasenstück zwischen den Gräbern. »Wenn S' schon wegen des Jagawirts nicht auf mich hören wollen, Frau Canisius, dann nehmen S' wenigstens einen anderen Rat an.« Vom Kirchturm schlug es zwölf. Der Pfarrer wartete, bis das Glockengeläut verklungen war. Dann sagte er: »Lassen S' die Toten in Ruh. Und ihre Angehörigen auch. In Ihrem eigenen Interesse.«

ZEHN

Nicht auf Erden suche mich, von den Sternen grüß ich Dich.

Die Sticknadel mit dem dunkelgrünen Faden fuhr in gleichmäßigen Stichen durch das grobe Leinen. Langsam füllten sich die vorgezeichneten Buchstaben auf dem Tuch mit Farbe. Hansi saß neben mir auf der Ofenbank und hatte den Kopf wie ein eifriges Schulmädchen über ihre Handarbeit gebeugt. Während ich ein spätes Mittagessen einnahm, war sie in der Stube erschienen und hatte sich wie selbstverständlich, wenn auch mit etwas Abstand zu mir, an meinen Tisch gesetzt und ihre Stickerei aufgenommen. Sie trug keine Trauerkleider, wie ich es von einer alten Frau am Land erwartet hätte, sondern einen Flanellrock und einen hellgrauen Pullover.

Die für Ende Oktober noch recht kräftige Sonne fiel durch die Stubenfenster. Ihr Licht ließ Hansis weißes Haar schimmern und lag auf den feinen Fasern, die von dem Leinen im Stickrahmen abstanden. Das grobe Gewebe schien sich in einen glühenden Teppich zu verwandeln, aus dem die Nadel mit leuchtender Spitze auftauchte.

»Das wird aber schön«, sagte ich. »Es ist so entspannend, Ihnen zuzusehen.«

Hansi ließ das so stehen und gab keine Antwort. Ein kurzes Lächeln zuckte über ihr Gesicht, und die Nadel stach erneut ins Gewebe.

Ich kann Handarbeiten nichts abgewinnen, aber an diesem Tag war ich guter Stimmung. Meine Praxismöbel waren endlich geliefert worden, und Miranda und ich hatten den ganzen Morgen mit dem Aufstellen und Einräumen verbracht. Endlich trug unser Pioniergeist Früchte. Die Arbeitsabläufe in der Ordination würden in Zukunft nicht nur einfach und effektiv sein, das neue Eichenparkett und die weißen Wände machten die Atmosphäre in dem alten Bauernhaus auch hell und freundlich. Besonders stolz war ich auf die Sessel im Wartezimmer – mit cremefarbenem Leder bezogene Freischwinger in Alurahmen. Natürlich waren sie viel zu teuer gewesen, doch im Kontrast zu dem alten Gewölbe sahen sie phantastisch aus. Zum Glück hatte ich über eine Anzeige in einer medizinischen

Fachzeitschrift einen zwar gebrauchten, aber noch voll funktionsfähigen Röntgenapparat kaufen können und so Kosten und lange Lieferzeiten gespart. In der folgenden Woche wollte ich den Praxisbetrieb aufnehmen und Anfang Dezember, mit Beginn der Skisaison, die Ambulanz eröffnen. Massage und Physiotherapie sollten im nächsten Jahr folgen. Mein Traum ging in Erfüllung. Meine eigene Landpraxis.

Ich löffelte die letzten Reste der dicken Suppe aus meinem Teller. Die Mittagsgäste waren bereits gegangen und die warme Küche schon geschlossen. Aber es gäbe noch Hasensuppe, hatte Wetti mit einer Stimme geraunt, die jedem Spion Ehre gemacht hätte. Die Suppe bestand aus Kopffleisch, Pfoten und anderen wohlschmeckenden Teilen des gebratenen Hasen. Da sie zu sehr an das niedliche Tier erinnerten, konnten sie Fremden nicht serviert werden. Natürlich hatte ich die Suppe sofort bestellt. Cremig und mit viel Wurzelwerk und Thymian schmeckte sie köstlich und wärmte mein Inneres. Ich hatte zum ersten Mal das Gefühl, dass ich in Alpbach nicht nur angekommen war, sondern zumindest im Jagawirt auch angenommen wurde.

Eigentlich hatte ich gehofft, Viktor im »Jagawirt« zu treffen. Ich sehnte mich nach einem Gespräch mit dem einzigen Vertrauten, den ich in Alpbach hatte. Seitdem wir die Leiche des Wirtes gemeinsam gefunden hatten, hatte ich ihn im Gasthof nicht mehr gesehen. Vielleicht nahm er sein Mittagessen jetzt lieber woanders ein.

»Was sticken Sie denn da in die Mitte?« Ich lehnte mich gegen den gut geheizten Kachelofen. Hansi hatte zwischen den beiden Spruchzeilen einen größeren Abstand gelassen. »Eine Blume?« Ein Edelweiß vorzuschlagen, konnte ich mir gerade noch verkneifen.

Hansi hob den Kopf. »Nein, das ist ein Totentuch«, sagte sie mit Würde. »In der Mitte ist der Platz für das Foto vom Verstorbenen.« Sie senkte den Kopf noch tiefer über ihre Arbeit, als wollte sie ihr Gesicht vor mir verbergen. Obwohl sie eine auffallende Gefasstheit an den Tag legte, schien sie doch sehr um ihren Bruder zu trauern, wenn sie ihm zum Gedenken ein Bild stickte. Das gemeinsame Leben musste die beiden Geschwister, die nie eigene Familien gegründet hatten, eng verbunden haben.

»Wissen Sie denn schon, wann das Begräbnis sein wird?« Vinzenz Steiners Tod lag nun schon zwei Wochen zurück, und der Mord war inzwischen aus den Schlagzeilen verschwunden. Neue Themen waren zum Tagesgespräch geworden.

Hansi schüttelte den Kopf. »Er … die …« Sie schluckte. »Die Leiche ist noch nicht freigegeben. Die Polizei sagt, das kann noch dauern.«

»Aber die Todesursache steht doch schon fest.« Die Obduktion hatte ergeben, dass Vinzenz Steiner an einer Schädelfraktur verstorben war. Das Messer hatte tatsächlich die Hauptschlagader getroffen und ihn bewusstlos gemacht, doch bevor er seinen inneren Blutungen erliegen konnte, hatte ihn der tödliche Schlag mit der Trophäe getroffen. Der Mörder war auf Nummer sicher gegangen. »Soll ich den Kollegen in der Rechtsmedizin mal anrufen?« Ich war überzeugt, dass Hansi erst nach der Beerdigung mit der Tragödie abschließen konnte.

Hansi steckte die Nadel im Leinen fest und legte den Stickrahmen auf den Tisch. Sie zog die Brauen zusammen und schien ihre Worte abzuwägen. Wir waren allein in der Stube. Nur das Knistern des Feuers im Kachelofen war zu hören.

»Glauben Sie, dass der Mörder wiederkommt?«, fragte sie.

Das hatten mich schon mehrere Hausbewohner gefragt. Nachdem ich dem Einbrecher als Erste begegnet war, galt ich sozusagen als Expertin in Sachen Überfälle. Wenn ich über meinen Kopf tastete, konnte ich die Beule immer noch fühlen.

»Nein«, sagte ich und meinte es ehrlich. »Warum sollte er sich dem Risiko aussetzen, gefasst zu werden? Außerdem kann jetzt sowieso kein Fremder mehr herein.«

Georg Kaml hatte den dicken Eisenriegel an der Eingangstür entrostet und einsatzfähig gemacht. Wenn ich spät von meinen Patientenbesuchen nach Hause kam, begegnete ich ihm oft auf seinem letzten Kontrollgang, auf dem er den Riegel vorlegte und die Fenster überprüfte. Ich hielt es nicht für unwahrscheinlich, dass er bald ein täglich wechselndes Losungswort ausgeben würde. Selten hatte ich mich so beschützt gefühlt. »Es ist doch alles abgeschlossen.«

Ein listiger, fast schon hinterhältiger Gesichtsausdruck huschte über Hansis Gesicht. Für einen Moment sah sie ihrem Bruder ähnlich. »Es gibt noch einen Eingang ins Haus. Von der Bachseite her.«

Sie beugte sich über den Tisch und senkte die Stimme. »Das weiß nur keiner.«

Die Holzscheite im Ofen fielen krachend zusammen, und fast hatte ich das Gefühl, als prasselten die aufstiebenden Funken mein Rückgrat entlang. Ich rückte ein Stück vom harten Relief der Kacheln ab. Ich konnte mir nicht vorstellen, warum Hansi so geheimnisvoll tat. Die meisten Gasthöfe hatten mehrere Eingänge.

»Ach, ja?« Ich hatte nicht vor, ihr in ihre Welt der Geheimnisse und Mythen zu folgen, und schaute auf die Uhr. »Was, schon halb drei?«

Hansi griff in die Rocktasche, zog ihren Schlüsselbund hervor und legte ihn auf den Tisch. Der Bund bestand aus vier Schlüsseln, die an einem Ring befestigt waren. Ein großes, flaches Silberherz, auf dem zwei ineinander verschlungene Initialen eingraviert waren, diente als Anhänger. Ich konnte darauf ein großes J erkennen. Der zweite Buchstabe war durch den vielen Gebrauch unleserlich geworden.

»Eigentlich sollte ich jetzt zurück in die Praxis …«

Drei Schlüssel sahen aus wie Zimmerschlüssel. Der vierte war aus schwarzem Eisen, er war schlicht und hatte einen einfachen Bart. Man konnte sehen, dass er sehr alt war. Zu welchem Schloss mochte der passen? Wider Willen war ich neugierig geworden. Ich blieb sitzen.

Hansi tippte den Eisenschlüssel an. »Der is' noch aus der Zeit der Protestantenverfolgung.« Sie fuhr mit dem Finger über das schwarze Metall. »Ist schon dreihundert Jahre her, da hat der Erzbischof in Salzburg die Protestanten aus ihrer Heimat vertrieben. Hier hat's viele gegeben.« Sie schaute aus dem Fenster, als könnte sie die Menschen irgendwo dort draußen sehen. »Die Höfe hat er ihnen genommen. Und die Kinder. Die sind zu katholischen Familien gekommen. Halb Alpbach hat damals gehen müssen.« Ihre Stimme wurde immer leiser. Auch nach drei Jahrhunderten schien das Unrecht nicht vergessen. »Viele haben's nicht geschafft und sind auf der Flucht gestorben.« Sie senkte den Blick. »Der Jagawirt war ein heimlicher Treffpunkt. Damals.«

»Und seit damals … gibt es diesen geheimen Zugang?«

»Ja, genau.«

»Und ich nehme an, die Polizei ist darüber nicht informiert?«

Hansis Mundwinkel zuckten. »Ach, woher denn?« Meine Naivität schien sie zu erheitern. Das Misstrauen der Staatsgewalt gegenüber hatte die Jahrhunderte offenbar ebenfalls überdauert. »Das wissen in jeder Generation immer nur die Familienmitglieder, die den Gasthof führen.« Hansi schob mir den Schlüsselbund hin. »Sie müssen durch den Abstellraum gehen und dann die Stufen hinauf.« Sie nickte eifrig. »Vielleicht war die Tür ja nicht verschlossen, und der Mörder ist von hinten ins Haus gekommen.«

»*Ich* soll nachschauen, ob die Tür verschlossen ist?« Sie konnte doch nicht im Ernst erwarten, dass ich auf den Spuren eines Mörders durch Geheimtüren ging. »Das müssen Sie der Polizei sagen.«

Hansi legte den Kopf auf die Seite. Ein schüchternes Lächeln spielte um ihren Mund. Auf einmal war sie wieder ganz die zarte alte Dame, die auf meine Hilfe rechnete.

»Schauen S'«, sagte sie. »Über so lange Zeit hat die Familie Steiner das Geheimnis des Jagawirts gehütet. Niemand hat je was verraten. Wenn wir jetzt die Polizei rufen, weiß es morgen der ganze Ort.« Sie beugte sich vor und fixierte mich mit ihren hellen Augen. »Dazu haben wir kein Recht nach all der Zeit. Und … vielleicht braucht's die Tür ja eines Tages wieder.«

Mein Hals fühlte sich trocken an. »Warum gehen Sie nicht selber?«

»Ich trau mich nicht.« Sie faltete die Hände im Schoß. »In meinem Alter.«

Im Grunde hatte Hansi recht. Unter den gegebenen Umständen war es sicher sinnvoll, jeden Zugang zum Haus verschlossen zu halten. Seit Tagen musste sie an den geheimen Zugang gedacht und mit sich gerungen haben, ehe sie entschieden hatte, mich um Hilfe zu bitten. Sie vertraute mir eben. Im Grunde ging es ja nur darum, dass eine vernünftige junge Frau wie ich einen Blick auf eine Tür warf. Wenn nötig, würde ich sie eben abschließen und die alte Dame damit von einer Sorge befreien. Fast schämte ich mich meines Zögerns. »Und wenn ich das Geheimnis nun verrate?«

Ihr Lachen klang hell und fröhlich. Sie wusste, dass sie gewonnen hatte. »Jetzt ist es doch ein Arztgeheimnis.« Und dann erklärte sie mir den Weg.

Die Rückseite des Jagawirt und den Bach, der dort vorbeifloss, kannte ich hauptsächlich als Ausblick von meinem Zimmerfenster.

Jetzt sah ich, dass sich hier zwei Türen befanden. Die eine war zur Hälfte verglast. Hinter den Scheiben konnte ich die Küche erkennen. Die zweite bestand aus alten Holzplanken. Ein breiter Grasstreifen, über den ein schmaler Pfad führte, verlief zwischen Bach und Hauswand. Zwischen den Türen war in Augenhöhe ein Eisenring in das steinige Mauerwerk eingelassen. Vor drei Wochen, als ich die Fensterläden öffnete, hatte ich an diesem Ring ein frisch geschossenes Reh mit offener Bauchhöhle hängen sehen. Unbemerkt hatte ich Vinzenz Steiner dabei beobachtet, wie er über die moosbedeckten Felsen zum Bach hinuntergestiegen war. Dort hatte er seine Hände und das Jagdmesser so sorgfältig in dem eiskalten Wasser gereinigt, als vollzöge er eine heilige Handlung.

Ich schaute zum Bach hinunter, und vor meinem inneren Auge sah ich Steiner wie einen Troll im grünen Gewand an den Wasserstrudeln kauern. Nicht den Gastwirt, der mit professioneller Freundlichkeit Touristen begrüßte, sondern Vinzenz Steiner in einer anderen Welt, ganz eins mit sich und seinem Tun. Jetzt hing nichts an dem Eisenring neben der Küchentür.

Feuchte Kälte schlängelte sich vom Bach herauf und kroch unter meinen Pullover. Ich spürte, wie eine Gänsehaut meine Arme überzog. Rasch folgte ich dem Pfad, der direkt zu der Tür aus den alten Holzbalken führte. Sie war unverschlossen. Ich trat in einen klammen Raum, in dem es muffig roch. Die Fugen und Risse in der alten Holztür ließen Kälte und Nässe ungehindert eindringen.

Nach kurzer Suche fand ich einen altmodischen Drehschalter neben dem Türrahmen und machte Licht. Im schwachen Schein einer nackten Glühbirne erkannte ich einen Abstellraum. Auf den grauen Bohlen standen an den Wänden aufgereiht ausgetretene Bergschuhe, mit getrocknetem Schlamm bedeckte Gummistiefel und eiserne Krampen, die man zum Schutz gegen Eisglätte unter die Sohlen schnallt. In zwei Spankörben lagerten Feuerholz und alte Zeitungen – wahrscheinlich Brennmaterial für den Kachelofen, den ich in Steiners Wohnung gesehen hatte. Verschiedene Gerätschaften lehnten in einer Ecke, von denen ich im Halbdunkel nur eine Schneeschaufel erkannte.

An der gegenüberliegenden Wand führten vier Holzstufen zu einem Garderobenbrett hinauf, an dem säuberlich aufgerollt ein blaugelbes Bergsteigerseil, mehrere lange Lederriemen und verblichene

Drillichrucksäcke hingen. Alles war so, wie Hansi gesagt hatte. Ich spürte ein Kribbeln im Magen.

Langsam ging ich auf die Garderobe zu und stieg die Stufen hinauf. Die alten Holzdielen knarrten unter meinen Schritten. Plötzlich stolperte ich. Meine Schuhspitze hatte sich unter einem losen Brett verfangen. Wie ein Maul klappte es auf und schnappte nach meinem Fuß. Ich strauchelte und ruderte mit den Armen. Verzweifelt kämpfte ich um mein Gleichgewicht. Im letzten Moment bekam ich einen Rucksack zu fassen und klammerte mich daran fest. Der raue Stoff kratzte auf meiner Haut.

Etwas bewegte sich unter meinen Händen. Ein kleines Wesen sprang aus einer der aufgesetzten Taschen, landete direkt vor meinen Füßen und huschte über die Stufen davon. Ich schaute der Maus nach, bis sie im Schatten der Schneeschaufel verschwunden war.

Ich nahm einen tiefen Atemzug von der muffigen Luft und versuchte, auch mein inneres Gleichgewicht wieder zu erlangen. Dann befolgte ich Hansis nächste Anweisung.

Ich packte die rechte Seitenkante der Garderobe und zog vorsichtig daran. Das ganze Brett schwang mir so schnell und lautlos entgegen, dass ich überrascht zurückfuhr. Dann starrte ich auf die Tür, die dahinter zum Vorschein kam.

Sie war schlicht und aus hellem Holz, nicht anders als in den Stuben alter Bauernhöfe. Mit einem einfachen Rahmen und vier Fächern, die in einem Holzkreuz saßen. Auffallend waren nur die geschmiedeten Bänder in Form von Dreizacken, die die Tür in den Angeln hielten. Und das eiserne Kastenschloss. Selbst im spärlichen Licht der einsamen Glühbirne war zu erkennen, dass es im Laufe der Zeit einige Kratzer und Dellen davongetragen hatte.

Nachdenklich fuhr ich über die narbige Oberfläche des alten Schlosses. Für wen hatte es sich vor langer Zeit wohl geöffnet? Hoffentlich hatten sich viele der Verfolgten vor den Schergen des Erzbischofs retten können. Durch die offene Tür des Abstellraums hörte ich das Murmeln des Baches, und mir schien, als raunten im Wasser menschliche Stimmen. Früher hatte die Tür Leben gerettet. Hatte jetzt ein Mörder diesen Weg ins Haus genommen? Der schwarze Schlüssel in meiner Jackentasche wog schwer. Ich zog ihn heraus.

Das Schloss ließ sich leicht öffnen. Keine Frage, diese Geheimtür war in Gebrauch. Ich drückte die Klinke. Dahinter lag eine rohe Bretterwand. Wie Hansi gesagt hatte, gab ich ihr einen leichten Schubs. Sofort trat die Wand zurück, und ich blickte in den Flur von Vinzenz Steiners Wohnung. Ich erkannte die bemalte Bauerntruhe, an der der Bergstecken lehnte. Darüber hingen die Trophäen an der Wand. Nur das Haupt der weißen Gams fehlte.

Langsam betrat ich den Vorraum. Der Gestank nach Tod und Verwesung war verschwunden. Die Fenster hatte man geschlossen, mich umgab nur noch der Geruch einer abgewohnten, selten gelüfteten Wohnung eines alten Mannes. Auch von dieser Seite war der Durchbruch durch eine Garderobe getarnt, die von einem starken Magnet an der Wand gehalten wurde. Der Magnet war neu.

Fast hätte ich laut gelacht. Wie oft waren wir alle, einschließlich der Polizei, an den Jacken und Hüten vorbeimarschiert. Jacqueline Seywald hatte ein neues Schloss an der Wohnungstür anbringen lassen, aber wer den geheimen Zugang kannte, konnte diese Räume jederzeit betreten. Kannte der Mörder die Geheimtür? Wohl kaum, sonst hätte er nicht durchs Fenster einsteigen müssen. Und wenn doch? Dann stand er seinem Opfer näher, als wir alle und die Polizei vermuteten. Es war ein neuer und beunruhigender Gedanke.

Ich kehrte in die Stube zurück. Hansi saß noch immer am Ofen. Sie stickte fleißig. Nur Wetti hatte in der Zwischenzeit meinen Teller abserviert und Hansi eine Tasse Tee hingestellt. Ich legte den Schlüsselbund daneben und setzte mich auf die Ofenbank. Hansi schien ganz auf ihre Handarbeit konzentriert.

»Die Tür war verschlossen«, sagte ich. Dass das Schloss gut geölt war, brauchte sie nicht zu wissen.

Hansi hielt den Stickrahmen ein wenig von sich weg und kniff die Augen zusammen, während sie ihr Werk begutachtete. »Das ist gut«, meinte sie. »Dann bin ich beruhigt.« Sie schenkte mir ein Lächeln. »Finden S', dass ich nur grünen Faden nehmen sollt', oder nicht doch auch rot? Oder rosa? Ich mein, das wär vielleicht hübsch. Oder ist das zu wenig trauermäßig?«

Sie schien sich für das Ergebnis meiner Nachforschungen nicht mehr zu interessieren, sondern war wieder in ihre Welt abgetaucht. Doch etwas musste ich noch wissen. »Wird der Durchgang eigentlich noch benutzt?«

Hansi ließ den Stickrahmen sinken. »Benutzt?«

»Ja, auf der Wohnungsseite gibt es ein neues Magnetschloss.«

Hansi seufzte. »Ach so. Ja, das hat der Vinzenz gemacht. Der war halt so praktisch veranlagt.« Sie griff nach ihrer Stickschere und zog einen langen Faden aus einer Docke grünen Garns. »Früher muss das ja sehr lästig gewesen sein, mit dem alten Schrank davor.« Mit einem scharfen Schnitt durchtrennte sie das Garn. »Und nun ist der Vinzenz tot.«

»Ein alter Schrank?«

»Na, ja.« Sie steckte ein Ende des Fadens kurz in den Mund und fädelte ihn dann geschickt durch das Nadelöhr. Trotz ihres Alters schien sie noch keine Brille zu brauchen. »Ich denke, irgendwas musste man ja vor die Tür stellen, nicht? Und hinter so einem großen Schrank hat halt auch niemand einen Durchgang vermutet.« Sie nickte mir zu. »Ich find es immer schön, wenn so junge Leute wie Sie sich für die alten Geschichten interessieren.« Anscheinend hatte sie ganz vergessen, dass sie es gewesen war, die mich auf die geheime Vergangenheit des Jagawirts gestoßen hatte.

»Na gut.« Ich stand auf. »Dann fahre ich jetzt mal wieder in die Praxis …«

»Der Schrank steht übrigens in Ihrem Zimmer.« Hansi stach die Nadel in das Leinen und zog den grünen Faden mit einem kratzenden Geräusch hindurch.

»Bei mir?« Ich wusste genau, welchen Schrank sie meinte.

»So ein alter Bauernkasten.« Sie fuhr mit den Fingerspitzen über die grünen Buchstaben der Stickerei und runzelte die Stirn. »Ich nehm doch lieber rot.«

Als ich gegen Mitternacht in den Jagawirt zurückkehrte, waren die letzten Gäste schon gegangen. Die Halle lag still im Halbdunkel, nur bewacht von den ausgestopften Tieren an der Wand. Müde stieg ich die Treppe in den ersten Stock hinauf. Ich freute mich auf eine heiße Dusche und mein Himmelbett. Aber als ich den Vorraum meines Zimmers betrat, fielen mir Hansis Worte wieder ein. Ich nahm den bemalten Bauernschrank näher in Augenschein. Bisher hatte ich nichts Auffallendes an ihm gefunden. Nun schienen mir die Doppeltüren auf einmal sehr breit, breit genug, um einem Menschen Durchlass zu gewähren. Bemalt war der Schrank mit bunten Jagdszenen. Erst bei näherem Hinsehen stellte ich fest, dass es sich bei den Bildern um Karikaturen handelte. Die Jäger in den altmodischen Kostümen trugen Tierköpfe. Ich entdeckte ein Wildschwein, einen schlappohrigen Jagdhund, und am linken Rand stand ein Hase im roten Rock auf den Hinterläufen.

Dieser Schrank hatte einst Menschenleben gerettet. Der Schlüssel war noch in meinem Besitz, doch jetzt gehörte er wohl Hansi. Konnte ich wohl noch einen schnellen Blick in das geschichtsträchtige Möbelstück werfen? Draußen am Gang hörte ich Schritte. Georg Kaml machte anscheinend seine letzte Runde. Der Hase im Jagdrock beugte den Kopf über eine Flinte und zielte in ein Gebüsch. Mein Gewissen riet mir ab. Doch am Ende siegte wie immer mein Forscherdrang.

Die Schranktüren sprangen auf. Ihr Knarren hatte einen eigentümlichen Klang. Die Schritte auf dem Gang hielten kurz inne und entfernten sich dann. Rasch nahm ich einen Stapel alten Papiers aus dem Schrank. Eine Hälfte der Rückwand war aus hellerem Holz, und ich konnte Leimspuren erkennen. Sie schien erst nachträglich eingesetzt worden zu sein. Hier musste sich früher der Durchstieg befunden haben. Hansis Geschichte stimmte also. Ich klopfte zur Probe gegen die Bretter, aber natürlich tat sich keine Geheimtür auf. Das alte Holz klang hohler als das frische. Ein wenig enttäuscht räumte ich die vergilbten Buchhaltungsunterlagen wieder ein.

Ein Geräusch am Fenster ließ mich meine Arbeit unterbrechen. Etwas trippelte über den Sims. Ich drehte mich um. Hinter der Scheibe zeichneten sich die Umrisse eines großen Vogels ab. Eine Eule hatte sich aufs Fensterbrett gesetzt und starrte mich an.

ELF

Meine Morgenordination war schon fast vorüber, als Miranda den Kopf durch die Tür des Sprechzimmers steckte. Sie trug einen blütenweißen Kittel mit hohem Stehkragen. Ihre blonde Mähne war zum Pferdeschwanz gebändigt, und eine schmale Lesebrille saß auf ihrer Nase, was ihr ein seriöses und sehr kompetentes Aussehen verlieh.

»Frau Doktor?« Ihr Tonfall war neutral, aber ihre porzellanblauen Augen waren größer als sonst, und ihre Mundwinkel zuckten. »Der Dr. Thurner wartet draußen.« Sie reckte die Nase vor und erinnerte mich an einen Jack Russell Terrier, der eine Maus wittert. »Soll ich ihn reinführen?«

Ich überflog den Kurzbericht, den ich über meine letzte Untersuchung in den Computer getippt hatte. »Was fehlt ihm denn? Ist er krank?« Ich drückte die Enter-Taste.

»Ich glaube nicht.« Sie räusperte sich.

Es war fast einen Monat her, dass wir Vinzenz Steiners Leiche gefunden hatten. Und noch immer hatte sich Viktor nicht im Gasthof blicken lassen. Zuerst hatte ich mich über sein Verhalten gewundert, inzwischen empfand ich es als Zurückweisung.

Ich schaute auf dem Computerschirm nach meinem nächsten Patienten. Maxi Wagner war wieder mit Halsschmerzen da. »Ich hab jetzt keine Zeit.« Der Junge würde um eine Mandeloperation nicht herumkommen.

»Dann sag ich ihm, dass er warten soll.«

»Nein, äh, Miranda …« Aber sie war schon verschwunden.

Eine Dreiviertelstunde später hatte ich Maxis Mutter die Einweisung ins Krankenhaus mitgegeben, die Altbäuerin vom Sonnleiten-Hof gegen Grippe geimpft und eine Erstuntersuchung bei der fünf Wochen alten Joelina Unterkofler vorgenommen.

Als ich aus dem Sprechzimmer kam, nickte mir Miranda zu. »Der Dr. Thurner wartet in Ihrem privaten Büro.«

»Was?« Das ehemalige Arbeitszimmer Mooslechners war zu meinem Lieblingsplatz im Haus geworden. Dorthin zog ich mich in den Pausen zurück, las Krankenakten und Fachliteratur. Außenstehende hatten keinen Zutritt.

Miranda grinste. Ein schlechtes Gewissen sah anders aus. »Soll ich Kaffee machen?«

Ich würdigte sie keiner Antwort und steuerte auf die Tür zu, auf der noch das Schild des alten Mooslechner mit der Aufschrift »Privat« hing.

Die Zirbenstube wirkte warm und behaglich im goldenen Herbstlicht, das durch die Fensterscheiben einfiel. Die dicke Staubschicht war längst verschwunden, der Sessel mit der hohen Lehne hatte einen grün-rot gestreiften Bezug bekommen, und auf dem Tisch prangte ein Herbstblumenstrauß. Alte Bücher, Aktenordner und Zeitschriften verbreiteten Bibliotheksatmosphäre. Hierher drang kein Straßenlärm, nur im Kachelofen knisterte leise das Feuer.

Viktor stand mit dem Rücken zu mir vor einem Bücherregal und schien ganz in einen Bildband vertieft. Er trug eine graue Strickjacke und lederne Kniebundhosen und fügte sich so harmonisch in die Zirbenstube ein, dass man ihn für einen alpenländischen Werbeprospekt hätte fotografieren können. Der Geruch seines Rasierwassers hing im Zimmer. Seine holzige Note überlagerte den zarten Duft des Zitronenöls, das den alten Holzmöbeln ihren Glanz zurückgegeben hatte. Ich schloss die Tür lauter als beabsichtigt.

Sofort drehte er sich um. »Hey.« Mit einem Knall schlug er das Buch zu.

»Grüß dich, Viktor.« Ich steuerte auf den Tisch zu und ließ mich in den Hochlehner fallen. Wie die Königin von ihrem Thron musterte ich meinen Gast. Das vergilbte Buch in seinen Händen war die langatmige Beschreibung einer Alpenüberquerung im 19. Jahrhundert. Noch dazu in altdeutscher Schrift. »Was kann ich für dich tun?« Nachdem er sich so lange nicht bei mir gemeldet hatte, musste es ja einen Grund für sein überraschendes Erscheinen geben.

Viktor schob den Bildband an seinen Platz im Regal zurück. »Gar nichts sollst du für mich tun. Wollt dich nur mal besuchen. Wie ich sehe, läuft deine Praxis ja nicht schlecht.« Er schaute sich um. »Da hast du ja allerhand geschafft.«

»Selbst ist die Frau.« Ich bin keine Freundin falscher Bescheidenheit.

Viktor überhörte geflissentlich die kleine Spitze und schlenderte an den Regalen entlang. »Noch vom alten Mooslechner, was?« Er fuhr über eine Reihe Aktenordner. »Was ist denn da drin, um Gottes willen? Willst du das etwa alles aufheben?« Er zog einen Ordner hervor und blätterte durch die Seiten.

»Irgendwann werde ich den ganzen Kram durchsehen.« Ich hatte zwar schon einen Blick in die Aufzeichnungen geworfen, aber sie reichten zumeist Jahrzehnte zurück und betrafen nur noch wenige meiner Patienten. »Ich fürchte, hier stehen Krankenakten bis hin zur Zeit von Maria Theresia.«

Viktor lachte und stellte den Ordner zurück. »Wenn du willst, kann ich dir helfen.« Sein Blick glitt weiter über die altmodische Handschrift auf den Rücken der Ordner. Er stutzte und zog das in Leder gebundene Notizbuch hervor, das ich bei meinem ersten Besuch gefunden hatte. Es enthielt nur persönliche Aufzeichnungen des alten Mooslechner, aber für mich war es Teil dieses Arbeitszimmers. Ich hatte nicht das Herz gehabt, es einfach wegzuwerfen, und es erst einmal in ein Regal geschoben. Viktor drehte den schmalen Band um, und das linierte Blatt Papier, das als Lesezeichen darin steckte, segelte zu Boden. Er hob es auf und las laut. »›So geh ich heut von meinem Haus, die Kinder muss ich lassen, mein Gott, das treibt mir Tränen aus, zu wandern fremde Straßen‹.« Er runzelte die Stirn. »Das stammt sicher von einem Vorfahren vom Mooslechner Adi.« Er schaute zu mir herüber. »Die Mooslechners sind Protestanten. Eine von den Familien, die damals Alpbach verlassen mussten. Ich glaube, erst der Großvater vom Adi ist wieder zurückgekehrt.«

Er legte das Notizbuch quer auf den Aktenordner, den er zuletzt in der Hand gehabt hatte. Dann wandte er sich um und kam zu mir. Er zog einen geschnitzten Holzstuhl heran, drehte ihn mit Schwung so, dass der mit Rosenranken bemalte Rücken zu mir zeigte, und setzte sich breitbeinig darauf.

»Wie ich höre, wohnst du immer noch im Jagawirt.« Er verschränkte die Arme auf der Lehne und stützte das Kinn darauf. In seiner Stimme schwang ein Hauch von Sorge. »Findest du nichts anderes, oder suchst du nicht?«

Wider Willen war ich gerührt. »Ich suche nichts, aber danke der Nachfrage.«

Er runzelte die Stirn. »Es wäre besser, wenn du ausziehst. Glaub mir.«

»Nein, das glaube ich nicht.« Ich hatte Viktor schon fast als Freund betrachtet. Aber sein Fernbleiben hatte mich eines Besseren belehrt. Mein Privatleben ging ihn nichts an. »Selbst wenn ich wollte – ich hab im Moment gar keine Zeit für die Wohnungssuche. Außerdem gefällt's mir im Jagawirt.«

Thurner hob die Brauen. *»Wie bitte?«*

»Ja, doch …« In diesem Moment wurde mir klar, dass es mein voller Ernst war. Ich lebte gerne in dem alten Gasthof, und ich mochte seine Bewohner: die mütterliche Wetti, die auch außerhalb der Küchenzeiten stets ein warmes Essen für mich bereithielt. Hansi, die so liebenswert und versponnen war wie meine Großtante Sophie. Georg Kaml, der nach dem Tod des Wirtes ganz selbstverständlich die Rolle des Hausvaters übernommen hatte. Den scheuen Herrn Wenghofer und sogar die Stallners. Die Ereignisse hatten uns zu einer Schicksalsgemeinschaft zusammengeschweißt, für die auch ich mich in gewisser Weise verantwortlich fühlte. In den letzten Tagen war Jacqueline Seywald mehrmals im Jagawirt aufgetaucht, und wir machten uns alle Sorgen, wie sie über ihr Erbe verfügen würde und wie es mit dem Gasthof weiterging.

In diesem Augenblick klopfte es energisch an der Tür. Miranda erschien mit einem Tablett, auf dem zwei Espressi und ein Teller mit Keksen standen. Viktor erhob sich sofort und drehte seinen Stuhl um. Miranda lächelte ihm zu und trat zum Tisch.

»Espresso ohne Milch, stimmt's, Vickerl?« Sie platzierte die Tassen und die Kekse neben dem Blumenstrauß. »Dann wünsch ich guten Appetit. Ich bin dann mal auf Mittagspause.« Sie zwinkerte mir doch tatsächlich hinter Viktors Rücken zu. »Kann heute etwas länger dauern.« Ohne meine Antwort abzuwarten, verschwand sie.

»Guten Appetit.« Ich machte eine einladende Handbewegung in Richtung des Gebäcks. Es waren einfache Butterkekse, die ich für meine kleinsten Patienten bereithielt, nahezu geschmacklos und staubtrocken, aber zuckerarm. »Tauch sie lieber in den Kaffee, wenn du welche essen willst.«

Viktor setzte sich, diesmal richtig herum, an den Tisch und zog eine Kaffeetasse zu sich heran. »Die Miri meint's halt immer gut mit mir.« Ich fragte mich, ob er und Miranda näher miteinander bekannt waren. »So, so, dann bleibst du also im Jagawirt.« Er trank einen Schluck Espresso und beobachtete mich über den Rand der Tasse. »Wie läuft's denn im Gasthof so ohne den Wirt?«

Ich zuckte die Achseln. »Die Wogen haben sich geglättet.« Ich nahm mir meinen Espresso und rührte ein wenig in der Tasse herum. »Überhaupt, seitdem die Presse aus dem Haus ist.« Über den Mord hatten alle Zeitungen auf Seite eins berichtet. Dann waren die Artikel kürzer geworden und auf die Lokalseiten gewandert. Inzwischen beherrschten neue Verbrechen die Tagespresse. Nur das »Alpbacher Wochenblatt« hatte noch einen Nachruf auf Vinzenz Steiner gedruckt. »Sagt dir der Name Simon Munz etwas?«

»Simon Munz?« Viktor lachte. »Wie kommst du denn auf den?«

»Ich bin in einem Zeitungsartikel auf ihn gestoßen.«

Thurner schüttelte den Kopf. »Wie der Simon Munz gestorben ist, war ich noch gar nicht auf der Welt.« Er klang, als wäre damit alles gesagt.

»Aber von dem Munz-Fall hast du doch gehört?«

Er seufzte und schob seine Tasse von sich weg. Dann sah er mir direkt ins Gesicht. »Jeder hier hat davon gehört. Aber das sind alte Geschichten, die lange vorbei sind. Die Sache hat damals für viel Aufregung im Ort gesorgt. Inzwischen ist Gras darüber gewachsen.« Er fuhr mit der flachen Hand durch die Luft, als ebne er einen Erdhügel ein. »Wenn du dir einen Gefallen tun willst, dann lass das Thema ruhen. Die Leute hier schätzen es nicht, wenn Außenstehende die Nase in ihre Angelegenheiten stecken.«

»Danke, den Rat bekomme ich ständig.« Ich warf den Kaffeelöffel auf die Untertasse. »Aber ich lebe nun mal in Alpbach und gehöre auch dazu. Also – was ist damals passiert?«

Viktor verschränkte die Arme vor der Brust und lehnte sich zurück. »Na gut, Emma«, sagte er. »Was weißt du über Wilderei?«

»Wilderei?« In meiner Vorstellung waren Wilderer junge Männer in alten Trachten, die mit geschwärzten Gesichtern durch den Wald zogen, die Rucksäcke voll heimlich geschossener Tiere, immer verfolgt von wackeren Jägern, die sich für ihren Herrn in Lebensgefahr begaben. »Wilderer waren so was wie Räuber, oder nicht?«

Viktor lachte. »Du bist echt ein Stadtkind.« Seine Mundwinkel zogen sich nach unten. »Weißt du eigentlich, wie's hier im Gebirge ausgesehen hat, bevor die Touristen gekommen sind? Wovon die Leute gelebt haben?«

Her mit meinem Heimatkundewissen. »Äh, Landwirtschaft.«

»Landwirtschaft?« Viktor hob die Brauen, dass ich mich meiner offenkundigen Unwissenheit schämte. »Glückliche Kühe auf grünen Wiesen?«

»Na, ja ...?«

»Kleinbauern waren das, die der Hof kaum ernährt hat. Holzknechte, die mit ihren Familien auf der Straße gestanden haben, wenn die Holzarbeit mal weniger war. Besitzlose Tagelöhner.« Er lehnte sich zurück und verschränkte die Arme vor der Brust. »Was tätst denn du, wenn deine Kinder hungern und der Wald ist voller Wild? Darfst es aber nicht schießen, weil's ja dem Grundherrn gehört?«

Er hatte recht. »Wildern.«

»Eben.« Viktor nickte. »Die Leute haben das als ihr gutes Recht betrachtet. Die Strafen waren drakonisch, aber so viele wurden nicht erwischt.« Er beugte sich vor und starrte mich an. »Da gab's einen starken Rückhalt in der Bevölkerung. Wenn der Wildschütz einen Teil seiner Beute im Dorf abgegeben hat, konnte er den Rest behalten. Oder in den Gasthäusern verkaufen. Den hätt nie wer angezeigt.« Er zog eine Aster aus dem Strauß und tippte damit in meine Richtung. Der Blütenkopf nickte, als wollte er Viktors Worte bekräftigen. »Die Wilderer waren hier in der Gegend geachtete und bewunderte Männer.«

»Und die Jäger?«, fragte ich. »Hatten die etwa keine Familie? Vielleicht haben die das anders gesehen?«

Viktor warf die Blume auf den Tisch. »Sicher hatten die Familie. Aber der Jäger hat halt auch nur einen Hungerlohn verdient. Tagelang im Revier, bei Wind und Wetter, immer in schwerer, nasser Lodenkleidung. Wenn er am Berg einen Unfall hatte, war's aus mit dem Broterwerb. Denn fast immer ist er dann ein Krüppel geblieben und mit der ganzen Familie auf der Straße gestanden. Mit vierzig waren die meisten Jäger sowieso krank und arbeitsunfähig. Dann hat auch auf sie nur noch der Bettelstab gewartet.« Ich dachte an die vielen jungen Toten auf dem Alpbacher Friedhof. »Und wenn's ein Jäger wirklich bis zur Pension geschafft hat, musste ihn sein junger Nachfolger erhalten.« Viktors Lachen klang bitter. »Sparte dem Jagdherrn, in unserem Fall dem Herrn Erzbischof, eine Menge Geld.«

Die Spitzen der Astern glühten im Sonnenlicht wie groteske Sterne, wunderschön, aber stachelig. Ich war nicht zuletzt nach Alpbach gekommen, weil ich die heile Welt gesucht hatte. Auf die Idee, mich mit der Geschichte des Dorfes zu befassen, war ich nicht gekommen. Ich tippte einen bronzefarbenen Blütenkopf an. Er schaukelte hin und her, als wollte er meiner Berührung ausweichen.

»Klar«, fuhr Viktor fort, »dass die meisten Berufsjäger ihr Leben nicht auch noch im Kampf mit Wildererbanden riskiert haben.«

Ich nickte und ließ die Blume in Ruhe.

»Da gab's sogar viele Jäger, die die Seiten gewechselt haben. Es wurde ein ziemliches Problem für die Jagdherren. Das waren dann nämlich keine Bauernburschen mehr, sondern echte Profis. Noch dazu mit ausgezeichneten Revierkenntnissen.« Er neigte den Kopf zur Seite und schaute mich an.

»Warum erzählst du mir das alles?«

»Weil du nach Simon Munz gefragt hast.«

Aus der Ferne war Glockenläuten zu hören.

Viktor warf einen Blick auf seine Armbanduhr und runzelte die Stirn. »Halb zwei. In einer halben Stunde soll ich wieder in der Praxis sein.«

»Einen Augenblick noch. Simon Munz war also ein Wilderer?«

»Ja.« Viktor fuhr sich mit der Hand durchs Haar. »Ja, der Simon Munz war ein Wilderer. Eines Tages haben er und seine Kumpane sich ein Feuergefecht mit den Jägern geliefert. Droben bei der Geieralm, da wo du gesessen bist, als ich dich das erste Mal gesehen hab.«

Das weiße Kruzifix auf der sonnenwarmen Hüttenwand fiel mir ein und der Steinadler, der in aller Ruhe seine Runden zog.

»Dabei haben's einen Jäger erschossen. Tja, und der Simon Munz hat auch sein Leben verloren. Auf jeder Seite ein Toter.« Er schlug sich mit den Händen auf die ledernen Knie seiner Bundhose. »Jetzt muss ich aber los.« Der bemalte Holzstuhl schabte über den Boden, als er aufstand.

»Warte – wie ist denn Simon Munz gestorben?«

»Der Simon?« Viktor streckte sich, als hätte er zu lange auf dem harten Stuhl gesessen. »Der Simon hat sich selbst erschossen.« Er schob die Hände in die Taschen der Lederhose und wippte von den Zehen auf die Fersen und zurück.

Es war noch nicht lange her, da hatte Vinzenz Steiner in der gleichen Haltung vor mir gestanden. An jenem Herbstabend hatte er mit seiner Tochter um Geld gestritten und sich Sorgen über die sichere Heimkehr seiner Hausgäste gemacht. Und ich hatte zum ersten Mal im Leben Hirschröhren gehört.

»Das hat damals die Obduktion vom Mooslechner eindeutig ergeben.« Viktor ging zur Tür und legte die Hand auf die Klinke.

»Und wer waren die anderen?«

Viktor zögerte. »Welche anderen?«, fragte er, ohne sich zu mir umzudrehen.

»Der Simon Munz und seine Kumpane, hast du gesagt.«

»Ach das …« Er seufzte und fuhr sich mit der Hand durchs Haar. Offensichtlich hatte er genug von unserem Ausflug in Alpbachs düstere Vergangenheit. Vielleicht war er in Gedanken schon bei seinen vierbeinigen Patienten. »Das ist alles schon viel zu lange her.« Er musterte mich kurz über seine Schulter hinweg, dann setzte er etwas freundlicher hinzu: »Wenn du dich für Alpbacher Geschichte interessierst, dann geh doch mal ins Heimatmuseum. Die haben jede Menge alte Fotos und Schautafeln.« Er winkte mir noch flüchtig zu, dann schloss sich die Tür hinter ihm.

Die Liste mit den Hausbesuchen war an diesem Tag besonders lang, sodass ich erst gegen neun Uhr am Abend in den Jagawirt zurückkehrte. In der Gaststube schien es hoch herzugehen. Der Stimmenlärm war bis in die Halle zu hören. Ich beschloss, auf das Abendessen zu verzichten. Für Gesellschaft war ich einfach zu müde. Also schleppte ich meine Tasche in den ersten Stock hinauf und war froh, dass ich niemandem begegnete.

Als ich mein Zimmer betrat, hing Schweißgeruch in der Luft, und es roch nach Reinigungsmittel. Die Badezimmertür war nur angelehnt. Anscheinend hatte die Putzfrau vergessen zu lüften, ehe sie mein Zimmer verlassen hatte. Ich zog die Badezimmertür zu, riss ein Fenster auf und lehnte mich in die frische Luft hinaus. Das Wasser des Flusses brauste über die Felsen, und aus dem Bergwald hörte ich abgehacktes Gelächter. Die verschiedenen Hirschlaute waren mir inzwischen vertraut. Ich musste über das männliche Imponiergehabe lächeln.

Schräg unter mir lag die Holztür, durch die man ungesehen in Steiners Wohnung gelangte. Ob der Wirt sie wohl des Öfteren selbst benutzt hatte? Jetzt fiel mir auch auf, wie geschickt der Bauplatz des Jagawirt im Hinblick auf unsichere Zeiten gewählt war. Vordergründig abgeschieden gelegen, befand sich der alte Gasthof doch in einer nahezu beherrschenden Lage, denn von seiner Vorderseite hatte man einen ungehinderten Blick über das gesamte Tal, während der Bergwald auf der Rückseite jederzeit die Möglichkeit zu rascher Flucht bot.

Ich ging in den Vorraum, um meine Jacke aufzuhängen. Breit und dunkel stand der Bauernschrank neben der Garderobe. Über den Türen konnte ich die Jahreszahl 1647 erkennen. Das eiserne Schloss schimmerte. Ich hatte schon wieder vergessen, Hansi den Schlüssel zu geben. Langsam zog ich ihn aus der Tasche, steckte ihn ins Schloss und drehte ihn herum.

Das vertraute Knarren der Schranktüren erklang und direkt darauf das ebenso vertraute Quietschen der Badezimmertür. Für einen kurzen ungläubigen Moment erstarrte ich. Zu lange, um mich gegen das Tuch zu wehren, das von hinten über mein Gesicht geworfen wurde. Und gegen die Hände, die sich um meinen Hals legten und kraftvoll und stetig zudrückten.

ZWÖLF

Langsam kämpfte ich mich ins Bewusstsein zurück. Hinter meinen Augenlidern brannte ein blutrotes Feuer, und meine Glieder waren schwer wie Blei. Mir war heiß, und mein Hals schmerzte. Als ich das dringende Bedürfnis verspürte, mich zu übergeben, schlug ich die Augen auf. Ich lag quer auf meinem Bett, und die Sonne schien auf meinen Körper.

Irgendwo wurde eine Tür geschlossen, Stimmen erklangen und entfernten sich. Mir war schlecht. Ich drehte mich zur Seite und schob meine Beine über die Bettkante. An meinen Beinen klebten die Jeans vom Vortag, und meine Füße steckten noch in den festen Schuhen. Mühsam richtete ich mich auf. Schwindel erfasste mich. Alles um mich herum drehte sich. Ich klammerte mich an den Rand der Matratze, um nicht von dem Strudel mitgerissen zu werden und darin unterzugehen. Langsam, ganz langsam ließ der Wirbel nach.

In meinem Zimmer herrschte ein unglaubliches Chaos. Es sah aus, als hätte der Föhnsturm auch hier getobt. Der Boden war übersät mit meinen Kleidungsstücken. Hosen, Pullover, Blusen und Seidentücher, Sportsachen und Schuhe türmten sich auf mehreren Haufen. Schranktüren standen offen und Schubladen waren herausgezogen. Meine Handtasche lag ausgekippt auf dem Schreibtisch, der Inhalt der Arzttasche sprenkelte einen Berg Unterwäsche. Mein Koffer war achtlos auf den Teppich vor den Ohrensessel geworfen worden. Hier hatte jemand ganze Arbeit geleistet. Ich stützte die Hände auf die Matratze und stand auf.

Es dauerte eine Weile, bis sich mein Kreislauf ein wenig stabilisiert hatte. Dann stieg ich mit wackligen Beinen über die Kleiderhaufen und tappte zum Bad. Der Bauernschrank im Vorraum stand sperrangelweit offen, sein leeres Inneres gähnte mir entgegen. Alle Papiere waren herausgerissen worden und bedeckten den Boden vor der Zimmertür. Ein schwarzes Heft mit der Aufschrift »Personal/Service« fiel mir auf. Ein mit Fettflecken übersätes Kochrezept lag vor der Badezimmertür. Der Schrankschlüssel steckte noch im Schloss.

Das Bad wirkte nahezu unberührt. Nur ein Stapel Handtücher lag auf dem Boden, Tiegel und Fläschchen jedoch standen an ihrem Platz. Während ich kaltes Wasser in ein Glas laufen ließ, betrachtete ich mich im Spiegel. Mein Haar hing strähnig um mein blasses Gesicht, und unter meinen Augen lagen tiefe Schatten. Am Hals konnte ich rote Druckstellen erkennen. Zaghaft fuhr ich mit dem Zeigefinger darüber. Der Angreifer hatte mir mit solcher Entschlossenheit und Kraft die Kehle zugedrückt. Es wäre ihm ein Leichtes gewesen, mich zu töten. Aber er hatte es nicht getan. Das sollte wohl eine Warnung sein. Oder hatte er mich womöglich schon für tot gehalten?

Ich trank von dem kalten Wasser. Wer immer mich überfallen hatte, musste verzweifelt etwas gesucht haben. Das Schlucken tat mir weh. Was hatte der Täter gewollt? Geld? Dann hätte ihm ein Griff in meine Handtasche genügt. Unterlagen aus der Praxis? Dazu hätte er keine Kleidung aus der Kommode und dem Schrank reißen müssen. Vorsichtig nahm ich noch einen Schluck Wasser. Hatte mein Angreifer im Bauernschrank gefunden, wonach er suchte? Nicht, wenn er dort als Erstes nachgeschaut hatte. Denn dann hätte er nicht noch mein ganzes Zimmer auf den Kopf gestellt.

Ich trank das Glas leer und stellte es auf die Ablage unter dem Spiegel. Meine Augen starrten mich groß und fiebrig an. *Wer*?

Derselbe, der mich gleich nach meiner Ankunft überfallen hatte? Ein Fremder oder doch jemand aus dem Haus? Rasch ging ich meine Mitbewohner durch: Es waren Männerhände gewesen, die mir die Kehle zugedrückt hatten, also schloss ich die Frauen aus. Blieben Georg Kaml, der alte Herr Wenghofer und Johannes Stallner. Die Janssens, die bei meinem ersten Überfall noch im Gasthof gewohnt hatten, waren am Tag nach dem Mord abgereist. Aber Kaml war mir damals zu Hilfe geeilt, und Wenghofer war nicht kräftig genug. Stallner? Der scharfe Geruch in meinem Zimmer fiel mir ein. Ich hatte es für Putzmittel gehalten. Hatte ich Alkohol gerochen?

Es wäre besser, wenn du ausziehst, glaub mir. Viktor wollte mich warnen, aber vor wem? Der Pfarrer hatte das Gleiche gesagt. Mein erster Impuls war, den Rat der Männer anzunehmen und mir ein anderes Quartier zu suchen. Sofort schien eine Last von meinen Schultern zu fallen.

Doch die Erleichterung währte nur kurz. Flucht war keine Lösung. Wenn mich der Täter aus dem Jagawirt vertreiben wollte und der Überfall eine Warnung war, dann konnte ich mein Problem mit einem Quartierwechsel lösen. Aber wenn sich irgendetwas in meinem Besitz befand, das der Täter um jeden Preis haben wollte und das er letzte Nacht nicht gefunden hatte, würde er es wieder versuchen. Und solange ich nicht wusste, was das war und wer es suchte, war ich nirgends sicher. Selbst wenn ich mir eine Wohnung mitten in Alpbach mietete, konnte er mich dort angreifen.

Ich wusch mir minutenlang mit eiskaltem Wasser das Gesicht. Als ich wieder in den Spiegel schaute, glühten meine Wangen, und meine Augen glänzten wie Bachkiesel. Ich sah nicht mehr wie ein Opfer aus und fühlte mich auch nicht so. Das Gesetz des Handelns war auf meiner Seite. Ich ließ mich nicht vom Jagawirt vertreiben. Und meinen Lebensplan ließ ich mir auch nicht zerstören. Ich würde diesen Mistkerl erwischen, ehe er seine nächste Chance bekam. Auge um Auge, Zahn um Zahn. Ab jetzt herrschte Krieg.

Diesmal kamen die beiden Dorfpolizisten in Begleitung eines dritten Mannes. Sie erschienen in der Gaststube, als ich, ein elegantes Seidentuch um den Hals, auf der Ofenbank saß. Wetti hatte mir Salbeitee gebracht. Während ich wartete, dass er abkühlte, schaute ich durch den aufsteigenden Dampf Hansi zu, die am Nebentisch in ein Kreuzworträtsel vertieft war.

Der Neuankömmling betrat den Raum als Erster, die beiden Polizisten folgten ihm in respektvollem Abstand. Der jüngere hatte auch diesmal Gel im Haar, der ältere trug seine Uniformjacke heute zugeknöpft. Er deutete mit der Hand auf mich, und der Mann trat an meinen Tisch. Er trug eine rote Outdoorjacke, Jeans und Trekkingschuhe aus hellem Wildleder, auf denen kein Fleck zu sehen war. Offenbar hatte er sich fürs Gebirge schick gemacht.

Der Mann reichte mir die Hand. »Pohl. Chefinspektor bei der Sicherheits- und Kriminalpolizeilichen Abteilung Salzburg.« Er war schmal, und seine schwarzen Haare fielen ihm in die Stirn. Ich schätzte ihn auf Ende dreißig.

Chefinspektor Pohl nahm mir gegenüber Platz, während sich seine Alpbacher Kollegen an einen Tisch am Fenster setzten.

»Tja, Frau Canisius …« Er musterte mich ohne erkennbare Emotion. »Jetzt erzählen Sie mal. Die Kollegen berichten, Sie wären gestern Abend zum zweiten Mal überfallen worden.« Er deutete auf meinen Hals. »Und diesmal hat der Täter Sie gewürgt?«

»Allerdings.« Ich löste das Seidentuch und zeigte ihm die Male auf meiner Haut, die sich bereits verfärbten. Bald würde mein Hals in allen Farben des Regenbogens schillern.

Pohl betrachtete meine Blessuren. »Verstehe«, sagte er. »Da können Sie ja von Glück sagen. Das hätte auch bös ausgehen können.« Er schüttelte den Kopf.

»Mein Zimmer ist auch durchwühlt worden.« Ich band mir das Tuch wieder um. »Der Täter hat irgendwas gesucht.«

»Hm.« Pohl lehnte sich zurück. »Haben Sie eine Vermutung, was der Angreifer in Ihrem Zimmer gesucht haben könnte?«

»Wenn ich das wüsste, würde ich's dem Kerl mit der Post schicken«, sagte ich. »Egal, was es ist.«

Seine Mundwinkel zuckten. »Wissen Sie denn schon, ob Ihnen etwas fehlt? Geld, Schmuck, Kreditkarten?«

»Ich bin nicht ausgeraubt worden, wenn Sie das meinen.« Zum Beweis hob ich den Arm mit meiner wasserdichten Hublot. Es war eine teure Uhr, aber unverwüstlich im täglichen Einsatz in der Praxis und mein einziger Schmuck. Sie glänzte an meinem Handgelenk – ein Zeichen, dass es sich bei meinem Angreifer nicht um einen einfachen Dieb handelte. »Meine Handtasche war ausgeleert, aber das Bargeld und alle Kreditkarten sind da.«

Pohl kratzte sich an der Nase. Seine Hände waren schmal und auffallend muskulös. Vielleicht war er doch ein Bergsportler. »Die Klärung Ihres Überfalls würde uns halt auch in der Mordsache Steiner weiterbringen.«

»Ach … ist Steiners Wohnung denn auch durchsucht worden?«, fragte ich. Dann konnten der Mörder und mein Angreifer ein und dieselbe Person sein. In meinem Magen kribbelte es. »Glaubt die Polizei, dass Steiners Mörder mich überfallen hat?«

Pohl musterte mich. »Wir gehen davon aus, ja. Immerhin ist das jetzt der dritte tätliche Angriff in diesem Haus, nicht? Unwahrscheinlich, dass es sich dabei um drei verschiedene Täter handelt.«

Ich nickte. Natürlich hatte er recht.

»Na, sehen Sie.« Er hüstelte. »Laut Obduktionsbefund ist Herr Steiner zuerst niedergestochen und dann erschlagen worden.«

»Weiß ich.«

»Die Todesursache ist somit klar. Nur was weit und breit nicht zu finden ist, ist ein Motiv für diesen … ziemlich skurrilen Mord.«

Unwillkürlich tauchte der Anblick des Toten vor mir auf, sein Gesicht verborgen unter dem schweren Holzbrett mit dem Gamskopf darauf. Georg Kamls Worte tönten in meinen Ohren. *Er ist zurück, er ist zurück*, hatte er angesichts der Leiche des Wirtes geschrien. Wer war zurück?

»Alles in Ordnung, Frau Canisius?«

»Nein, eher nicht.« Es klang barscher als beabsichtigt. »Ein Fremder lauert in meinem Zimmer auf mich, und ich bin gerade fast erwürgt worden. Aber sonst …«

»Moment – der Täter war schon im Zimmer, als Sie gekommen sind?«

Ich nickte. »Hat sich im Badezimmer versteckt.« Mit Schaudern erinnerte ich mich an das Quietschen der Tür.

Pohl runzelte die Stirn. »Und Ihnen ist gestern Abend nichts aufgefallen, was Sie hätte warnen müssen? Die unverschlossene Tür, irgendwelche Veränderungen im Zimmer?«

»Nein … ich bin gegen neun Uhr nach Hause gekommen und … also, die Zimmertür war verschlossen.«

»Verschlossen?« Pohl verschränkte die Arme vor der Brust und lehnte sich zurück. »Der Täter hatte einen Schlüssel? Woher denn?«

»Wahrscheinlich vom Schlüsselbrett in der Halle. Dort hängt immer ein Zweitschlüssel.«

»*Was*? Soll das heißen, ihr habt die Schlüssel noch immer in der Halle hängen?« Pohl drehte sich zu Hansi um. »Fräulein Steiner, wie ist denn das möglich? Frei zugänglich für jedermann? Nachdem S' euch gerade den Wirt abgestochen haben?« Seine Stimme war lauter geworden.

Hansi stand auf und kam an unseren Tisch. Sie setzte sich neben mich und umschloss meine kalten Finger mit ihren Händen.

»Gestern Abend haben wir viel Betrieb gehabt«, sagte sie. »Aber alles nur Leute aus dem Ort.« Sie reckte das Kinn vor. »Von denen war's keiner.«

Pohl musterte sie. »Stammgäste, also.«

»Genau.«

»Und Sie wissen auch noch, wer hier war?«

»Freilich.«

»Dann muss ich Sie um eine Liste aller, äh, Dorfbewohner bitten, die gestern im Jagawirt waren. In der Zeit, als das Stubenmädchen das Zimmer von Frau Canisius verlassen hat, bis …« Er schaute mich an. »Bis etwa neun Uhr am Abend.«

Natürlich hätte der Täter, um keinen Verdacht zu erregen, eine Weile in der Stube sitzen können. Vielleicht hatte er den Motor meines Landrovers gehört. Und gewusst, dass es Zeit war, sich für den Überfall in mein Zimmer zu schleichen. Bis ich meine Jacke und meine Tasche aus dem Wagen geholt hatte und die Stufen zum Eingang hinaufgestiegen war, konnte er leicht die Treppe in den ersten Stock hinaufgelaufen sein. Dann musste es ein Mann aus Alpbach sein. Vielleicht hatte ich ihn schon in meiner Ordination behandelt.

»Ihnen ist also gestern nichts Ungewöhnliches aufgefallen?«

Im ersten Moment merkte ich nicht, dass Pohl mit mir sprach. Dann sagte ich schnell: »Nein, die Eingangstür ist jetzt nachts immer versperrt. Ich habe mich total sicher gefühlt. Aber …«

Ein zaghaftes Klopfen unterbrach mich. Ein blonder Junge im Volksschulalter steckte den Kopf durch die Tür zur Gaststube. Der kleine Wagner, mein Patient mit den ständig entzündeten Mandeln. Natürlich sollte er bis zu seinem Operationstermin nicht in der Kälte herumlaufen.

»Ja, Maxi«, sagte ich. »Komm rein.«

Maxi trat in die Stube und steuerte sofort auf mich zu. In den Händen hielt er eine zerknautschte Papiertüte. Vor dem Tisch blieb er stehen. Er warf Pohl von unten einen Blick zu, dann streckte er mir dir Tüte entgegen.

»Für dich«, sagte er. »Der Herr Pfarrer schickt mich.« Frau Wagner hatte mir erzählt, dass Maxi Ministrant war.

»Das ist aber nett.« Ich nahm das zerdrückte Geschenk entgegen. In der Tüte steckte ein Schraubglas. »Was ist es denn? Marmelade?« Ich zog das Glas hervor und betrachtete den fahlgelben Inhalt. Vielleicht eher Honig.

»Nein …« Maxi kicherte. »Das ist doch Murmeltierschmalz. Für deinen Hals. Für da, wo der Mörder dich erwürgt hat.«

»*Was* ist das?«

»Mur-mel-tier«, sagte Maxi. »Der Herr Pfarrer hat's selbst geschossen.« Wenigstens schien der gute Mann nicht auf die Heilkraft des Hundes zu setzen. »Man kann's auch in der Apotheke kaufen, aber wenn's vom Pfarrer kommt, hat's viel mehr Kraft, sagt meine Oma.« Maxi wandte sich an Pohl. »Sind Sie der Cop?«

»So ähnlich.« Pohl starrte das Marmeladenglas an, als enthielte es eine eingelegte Giftschlange.

»Und? Wissen S' denn nun schon, wer der Mörder is'?«

»Wir sind gerade dabei, das herauszufinden.«

»Maxi?« Hansi deutete zur Küche. »Lauf zur Wetti und sag ihr, sie soll dir ein paar Krapfen für daheim mitgeben.«

Maxi riss die Augen auf. Dann breitete er die Arme aus, verwandelte sich in ein Flugzeug und düste zur Küchentür. Im nächsten Augenblick war er verschwunden.

»Murmeltierschmalz.« Pohl schüttelte den Kopf. »Was für ein Zaubermittel ist das denn?« Dann kniff er die Augen zusammen. »Ich frage mich, woher die Leute schon von dem Überfall auf Sie wissen.«

So schnell konnte ich ihm leider nicht die Funktionsweise der Alpbacher Buschtrommeln erklären, und so hob ich nur meine Brauen. »Wieso Zaubermittel? Viele Arzneimittel bestehen aus natürlichen Zutaten.« Ich betrachtete sein faltenloses Gesicht. »Sie wollen gar nicht wissen, was in Ihrer teuren Creme aus der Parfümerie alles drin ist.«

Pohl zog die Luft ein. Dann lachte er. »Eins zu null«, sagte er. »Aber noch einmal zu gestern Abend.« Seine Miene wurde ernst. »Könnten Sie unter den Gästen, unter den Dorfbewohnern, einen Feind haben?«

Der Inhalt des Marmeladenglases schimmerte golden im Herbstlicht, das durch die Holzsprossenfenster fiel. Der Pfarrer hatte sich die Mühe gemacht, den Deckel mit einem bunten Stoffstück zu verzieren. Es war dunkelblau, mit Mond und Sternen und erinnerte an einen Winterhimmel. Morgen würde mein Wartezimmer voll sein. Miranda würde Genesungswünsche und selbst gebrannten Schnaps entgegennehmen. Hansi neben mir drückte wortlos meine Hand.

Ich gab mir einen Ruck. »Es war niemand aus dem Dorf.« In diesem Moment hätte ich das beschworen. *Er ist zurück, er ist zurück.* »Aber ich habe mal eine Beobachtung gemacht … Also, ich weiß nicht, ob das wichtig ist …«

Pohl beugte sich vor. »Alles kann wichtig sein, Frau Canisius. Wen oder was haben Sie gesehen?«

»Das war vor ein paar Wochen. Am Abend. Ich habe in meinem Zimmer am Fenster gestanden.« Das Röhren der Hirsche war mir noch so gegenwärtig wie die helle Gestalt, die sich vom Waldrand abhob. Sie hatte ein wenig geschwankt. Aber als ich das Licht ausgeschaltet hatte, um sie besser sehen zu können, war sie auf einmal verschwunden gewesen. »Das muss kurz vor dem Mord gewesen sein.« Aus den Augenwinkeln sah ich, dass Hansi mir ihr Gesicht zuwandte. »Jemand hat am Waldrand gestanden und den Gasthof beobachtet.« Hansi sank in sich zusammen. »Ich habe den Mann nur sehen können, weil er so hell gekleidet war. Vielleicht war es auch eine Frau.«

Hansis Hände krampften sich um meine. Wusste sie etwa, wer da am Waldrand gestanden hatte? *Er ist zurück …*

Pohl legte den Kopf auf die Seite. »Unser Täter muss ein kräftiger Mann sein. Wenn Sie eine Frau gesehen haben …«

»Es war eher so ein … Schemen.«

»Ein Schemen?« Er zog die Brauen hoch. »Sie meinen, Sie haben einen Geist gesehen?« Sein Blick huschte zu dem Marmeladenglas. »Frau Canisius, wir brauchen überprüfbare Hinweise. Hell gekleidete Gespenster gehören leider nicht dazu.«

Ich befreite meine Hände aus Hansis Griff, lehnte mich an den warmen Kachelofen und schloss die Augen. Ich wusste selbst nicht mehr, was ich gesehen hatte, woran ich glauben und wem ich trauen konnte. Kein Wunder, dass der Chefinspektor aus der Stadt mich für eine Spinnerin hielt. Alpbach war nur eine gute Stunde von Salzburg entfernt. Und eine ganze Welt.

Ich öffnete die Augen. »Können wir das Gespräch vielleicht ein anderes Mal fortsetzen? Ich fühle mich ziemlich angeschlagen.«

Pohl zögerte. »Sie wissen, dass wir nicht viel Zeit haben?«

»Bis zum nächsten Verbrechen im Jagawirt?« Die Frage war mir herausgerutscht, ehe ich darüber nachdenken konnte. Sie klang wie eine Prophezeiung. Ich schaute zu Pohl, doch er wich meinem Blick aus.

»Ich werde die Bildung einer Sonderkommission vorschlagen.« Er trommelte auf die Tischplatte. »Wir werden jeden Einzelnen in diesem Nest vernehmen. Wir kriegen den Mann, das verspreche ich Ihnen.« Mit dem Zeigefinger stieß er kurz gegen das Marmeladenglas und zog ihn so schnell zurück, als hätte er sich daran verbrannt. »Wir haben auch unsere Methoden.«

»Ja, sicher.« Ich schenkte ihm ein Lächeln. Dass seine Methoden in Alpbach zum Erfolg führten, bezweifelte ich. Pohl würde alle befragen, in jedem Winkel herumstochern und am Ende nichts erfahren. Zu dicht war das Netz aus verwandtschaftlichen Beziehungen, gegenseitigen Abhängigkeiten und Misstrauen gegen jede Einmischung von außen. Wenn die Polizei anfing, Hypothesen zu entwickeln und die Ortsbewohner in Unruhe zu versetzen, würde sie vor derselben Mauer aus Schweigen stehen wie ich am Anfang. Aber für mich wurde diese Mauer bereits brüchig und durchlässiger. »Ich hoffe, morgen geht es mir besser. Wenn mir noch was einfällt, melde ich mich gleich.« Ich zupfte an dem blauen Stoffstück, das den Deckel des Marmeladenglases zierte.

Pohl stand auf. Seine makellosen Trekkingschuhe knarrten. Sogar die Schnürsenkel waren noch weiß. Er beugte sich zu mir herab und reichte mir die Hand. Die rote Outdoorjacke roch noch frisch imprägniert. »Gibt es jemanden in Alpbach, bei dem Sie vorübergehend wohnen können?«

»Das wird nicht nötig sein.« Hoffte ich zumindest. Außerdem würde ich jede Wette eingehen, dass ich bei der Tätersuche schneller war als seine Sonderkommission. Wer den Täter in Alpbach finden wollte, musste nach den hiesigen Regeln suchen. Und da hatte ich eindeutig einen Vorsprung vor dem Chefinspektor aus Salzburg.

Pohl winkte seinen Kollegen, die sofort aufstanden. Er nickte Hansi und mir zum Abschied zu. Dann schloss sich die Stubentür hinter den dreien.

Hansi umfasste das Medaillon, das wie immer um ihren Hals hing. Sie schüttelte den Kopf und sagte: »So ein Depp.«

Ich musste lachen. »Wir brauchen überprüfbare Hinweise«, äffte ich Pohl nach. »Schmarrn! Ich weiß schließlich, was ich gesehen habe.« Wusste ich das wirklich?

»Freilich«, sagte Hansi. »Aber es ist ein böses Omen.«

»Was? Was ist ein böses Omen?«

»Die Weiße Frau.« Sie wand die lange Kette ihres Medaillons um den Zeigefinger. »Jemand wird bald sterben. Für dich ist die Kugel schon gegossen, hat's geheißen.«

Das Knistern des Feuers im Ofen wurde lauter, es knackte und prasselte. »Was soll das heißen – für dich ist die Kugel schon gegossen?« Die Würgemale an meinem Hals kribbelten.

Hansi musterte mich mit einem wissenden Lächeln. Ihre Augen glommen wie Feuerreste unter einer Ascheschicht.

»Er wird wiederkommen, oder?«

Sie hörte auf, mit dem Medaillon zu spielen, und deutete auf meine halb volle Tasse. Auf der grünen Oberfläche schwammen stumpfe Fetzen aus gestocktem Salbeitee. »Der dumme Inspektor. Jetzt ist Ihr Tee ganz kalt geworden. Soll ich Ihnen frischen bringen lassen?«

Einen irren Moment lang wollte ich lachen. Fast hätte Hansi es geschafft, mir mit ihrem Geschwätz Angst einzujagen. Aber es war meine eigene Schuld. Immer wieder ließ ich mich in ihre Geschichten hineinziehen, dabei wusste ich doch genau, was für ein wirrer Geist in ihrem alten Körper wohnte.

DREIZEHN

Die Alpbacher Schaufenster waren mit riesigen Kürbissen, echten und solchen aus Pappmaschee dekoriert, in der Auslage des Café Guglhupf prangte eine mit Marzipankürbissen verzierte Sachertorte, und überall wurden Zauberermäntel und spitze Hüte angeboten. Es war eine Sinfonie in Orange und Schwarz. Halloween hatte auch in Alpbach Einzug gehalten.

Bildete ich mir ein, dass das Dorf mich schärfer beobachtete als in den Wochen zuvor? Dass Gespräche verstummten, Köpfe sich nach mir umdrehten und Blicke mir folgten, wenn ich in die Praxis fuhr?

»Die Leute reden halt«, sagte Miranda am Freitag nach der Morgenordination und sortierte die Zeitungen im Wartezimmer für Montag. »Solange der Mörder frei herumläuft, wird's hier keine Ruhe geben.«

»Aber dieses ganze Interesse an meiner Person gefällt mir nicht«, wandte ich ein. Auf keinen Fall konnte ich dulden, dass ich zum Objekt ständiger Spekulationen wurde.

Miranda zuckte die Schultern. »Sie haben eben den Mordanschlag überlebt. Das ist doch spannend.« Die letzte Ausgabe des »Alpbacher Wochenblatts« in der Hand, lugte sie durch ihre getuschten Wimpern. »Haben S' den Mörder gesehen?«

»Welchen Mörder denn, um Gottes willen?«

»Na, den vom Steiner Vinzenz, der dann versucht hat, Sie auch noch umzulegen.« Sie rollte die Zeitung zusammen und fuhr damit wie mit einem Schwert durch die Luft. »Der schlägt bestimmt wieder zu. Das tun Mörder doch immer«, fügte sie fachmännisch wie ein Profiler hinzu.

Mit diesen Worten traf Miranda bei mir einen Nerv. Ich hatte mich in den letzten Tagen auf meine Arbeit konzentriert, was mir nicht schwergefallen war – Herbstzeit war Erkältungszeit, und meine Patienten standen Schlange. Trotzdem hatte ich den Vorsatz, mich selbst um meinen Angreifer zu kümmern, nicht vergessen. Wenn es sich bei Steiners Mörder und meinem Angreifer um denselben Täter handelte – wovon alle, einschließlich der Polizei, auszugehen schienen –, dann war das Motiv bei meinem Wirt und nicht bei mir zu suchen. Es war an der Zeit, sich mit Vinzenz Steiners Vergangenheit zu befassen.

Ich deutete auf die Papierrolle in Mirandas Hand. »Wo wird denn dieses Qualitätsblatt gedruckt?« Freitags hatte ich keine Nachmittagsordination. Eine gute Gelegenheit also, dem Archiv der örtlichen Zeitung einen Besuch abzustatten.

Die Redaktion des »Alpbacher Wochenblatts« befand sich an der Hauptstraße, direkt gegenüber dem großen Sportgeschäft, dessen Fassade eine lebensgroße Puppe in Bergsteigerkluft und bewaffnet mit Helm, Pickel und Steigeisen zu erklimmen schien.

Eine altmodische Glocke schlug an, als ich das ehemalige Geschäftslokal betrat. Hinter einem Tresen saß ein Mann um die sechzig vor einem Computerbildschirm. Er trug einen Norwegerpullover, und ein weißer Dreitagebart zierte sein Gesicht. Sein langes graues Haar war zu einem dünnen Pferdeschwanz gebunden. Offenbar hatte die Hippiebewegung seinerzeit auch Alpbach erreicht. Bei meinem Eintreten hob der Mann den Kopf und spähte über die Lesebrille, die auf seiner spitzen Nase saß. Dies musste Wolfgang Leitner sein, Herausgeber, Chefredakteur und Anzeigenleiter in Personalunion.

»Ja, grüß Gott, die Frau Doktor.« Er drückte rasch noch eine Taste, dann kam er zu mir an den Tresen. »Was verschafft mir denn die Ehre?« Er reichte mir die Hand. Seine wachen Augen erinnerten an die eines Huskys.

»Herr Leitner«, sagte ich so herzlich, als hätten wir erst gestern ein inniges Gespräch abgebrochen. Schließlich waren wir ja beide Alpbacher. »Ich möchte Sie um einen Gefallen bitten.«

»Ein Gefallen? Schon geschehen.« Er deutete auf meinen Schal. »Wie geht's Ihnen denn? Der Grabner Walter hat gestern am Stammtisch von dem Überfall auf Sie erzählt.«

»Ach ja?« Mein Schicksal hatte also schon den Weg vom Gemeinderat an den Stammtisch gefunden.

Leitner nickte eifrig. »Der Walter is' doch unser Postenkommandant«, sagte er freundlich.

»Das wusste ich gar nicht.« Ich rang mir ein Lächeln ab. »Na ja, mir geht's schon wieder gut. Und ich bin sicher, die Sache ist bei der Polizei in besten Händen.« Walter Grabner hieß also der ältere der beiden Dorfpolizisten. Das Amtsgeheimnis war in Alpbach anscheinend nicht viel wert. Das musste ich mir merken. »Aber wissen Sie, ich interessiere mich ein wenig für Heimatkunde, und nachdem ich ja nun in Alpbach wohne … Also kurz gesagt, ich würde gerne einen Blick in Ihr Archiv werfen.«

Leitner starrte mich an.

»Sie haben doch ein Archiv?«

»Sie wollen ins Archiv?«

»Wenn das möglich wäre?«

Auf der Vorderseite von Leitners grauem Pullover waren weiße Hirsche eingestrickt. Er kratzte sich am Ohr und dachte offenbar über mein Ansinnen nach. Anscheinend hatte hier im Ort noch nie jemand das Archiv des »Alpbacher Wochenblatts« nutzen wollen.

Endlich räusperte er sich. »Ja, freilich ist das möglich. Es ist nur so … also, das Archiv ist im Keller. Und es ist ziemlich staubig. Wissen S', Frau Doktor, wir hier in Alpbach archivieren nicht auf Mikrofilm oder so.«

»Das dürfte, äh, kein Problem sein.«

»Na, wenn Sie meinen …« Leitner schüttelte den Kopf und fischte einen Schlüsselbund aus der Tasche seiner Cordhose. »Dann kommen S' mit. Ich muss Sie aber da unten allein lassen. Sie sehen ja«, er deutete auf den Computerschirm, »ich hab alle Hände voll mit der neuen Ausgabe zu tun.«

Ich folgte Leitner durch einen langen Kellergang, vorbei an einer Stahltür, durch die ich die Geräusche der laufenden Heizung hören konnte, bis zu einem Raum ganz am Ende des Flurs. Leitner schloss die Tür auf und schaltete das kalte Deckenlicht ein. Die Wände waren mit Regalen aus Lochblech bedeckt, wie man sie zur Aufbewahrung von Vorräten verwendet. Ordentlich verschnürte Zeitungspacken stapelten sich auf den Borden, an denen kleine handgeschriebene Zettel mit Jahreszahlen klebten. In der Mitte des Raumes stand ein ehemals weißer, im Laufe der Jahre vergilbter Holztisch, davor zwei einfache Küchenstühle. Es war bitterkalt in dem Raum.

»Sie sehen ja selbst …« Leitner zuckte die Schultern. »Wenn S' nicht zurechtkommen, müssen S' mich halt fragen.«

»Ich denke, das wird nicht nötig sein.«

Mit einem Kopfnicken verließ er mich, um sich wieder dem Weltgeschehen zu widmen.

Langsam ging ich an den aufgeschichteten Zeitungsjahrgängen vorbei. Ich war unschlüssig, wo ich meine Recherche aufnehmen sollte. Das Datum des Selbstmordes von Simon Munz war in dem Artikel, den ich im Café Guglhupf gelesen hatte, zwar genannt worden, doch es wollte mir beim besten Willen nicht mehr einfallen. 1976, 1977, 1978. Vor meinem inneren Auge tauchte die etwas unscharfe Fotografie des jungen Mannes auf. Das gleiche Bild hing an seinem schmiedeeisernen Grabkreuz. Daneben stand das Todesdatum, so deutlich, dass ich es ablesen konnte. Und jetzt erinnerte ich mich wieder. *1968*. Rasch wandte ich mich um und ging zu dem Regal zurück, auf dem die Ausgaben aus den Sechzigern lagerten.

Da das »Alpbacher Wochenblatt« nur zweiundfünfzig Mal im Jahr erschien, zog ich einen handlichen, wenn auch staubigen Zeitungsstapel aus dem Regal. Ich legte ihn auf den Tisch und knüpfte die raue Paketschnur auf, die den Packen zusammenhielt. Dann setzte ich mich auf einen der harten Küchenstühle und begann zu lesen.

Ich fing mit der Ausgabe vom vierten Januar an und arbeitete mich wochenweise vor. Außer einer Anzeige für den traditionellen Jägerball im Februar und dem Bild einer Hochzeit im Mai, auf dem eine Schützenkompanie in Jägergrün Salut schoss, konnte ich zunächst nichts finden, was auch nur entfernt mit Jagd zu tun hatte. Erst im Juli druckte das Wochenblatt einen kurzen Artikel, in dem es hieß, der Jäger Josef Raudaschl habe in der Nähe des Geiereck einen Holzknecht angeschossen und diesen im Gesicht verletzt. Über das weitere Schicksal des Holzknechts wurde nichts berichtet. Der Holzknecht hatte den Unfall wohl überlebt.

Im September war derselbe Josef Raudaschl in einen Raufhandel mit mehreren jungen Männern im Gasthaus Zum Jagawirt verstrickt gewesen, bei dem es offenbar so wild zugegangen war, dass der Wirt Vinzenz Steiner die Streithähne vor die Tür setzen musste. Worum gestritten worden war, wurde nicht erwähnt. Anscheinend war der Alpbacher Leserschaft die Sachlage vertraut.

Doch in der letzten Oktoberausgabe widmete das »Alpbacher Wochenblatt« den Geschehnissen auf der Geieralm endlich gleich mehrere Seiten. Der erste Artikel war am 30. Oktober 1968 erschienen.

Tod auf der Geieralm
Wie kurz vor Redaktionsschluss bekannt wurde, wurden gestern in den frühen Morgenstunden der Jäger Josef Raudaschl (44) und der Bauer Simon Munz (24) in der Nähe der Geieralm tot aufgefunden. Wegen des starken Nebels war eine Bergung der Leichen erst gegen Mittag möglich. Nach Auskunft des Alpbacher Arztes, Dr. Adolf Mooslechner, wurde Raudaschl in den Abendstunden erschossen, wogegen bei Munz der Tod infolge eines aufgesetzten Stirnschusses erst wenige Stunden vor seiner Auffindung eingetreten sei. Mehrere Ortsbewohner wollen letzte Nacht Schüsse und Rufe gehört haben. Eine Obduktion der Toten wurde laut Gendarmerie angeordnet. Unsere Anteilnahme gilt den Hinterbliebenen.

Sorgfältig legte ich die Zeitung auf den bereits durchgesehenen Stapel und griff nach der Ausgabe vom sechsten November. In schöner Eintracht waren die Todesanzeigen der beiden Erschossenen nebeneinander abgedruckt. Die linke war für den Berufsjäger Josef Raudaschl, der Frau und zwei halbwüchsige Söhne hinterließ und der laut Traueranzeige am 28. Oktober in Ausübung seines Berufes von Wilderern getötet worden war. Die Beerdigung hatte bereits stattgefunden. Auf einem Foto waren die Schützenkompanie und zahlreiche Jäger mit ihren Hunden an einem Grab zu sehen. Neben dem Landesjägermeister stand, so konnte ich der Bildunterschrift entnehmen, der Landeshauptmann von Salzburg.

Die rechte Todesanzeige war dem christlichen Andenken des Simon Munz gewidmet, gestorben am 29. Oktober. Darunter standen die Zeilen: *Es gibt einen gerechten Richter noch, der Herrgott weiß es schon. Das Gute wiegt das Böse auf, der Himmel wird mein Lohn.* Als einziges Kind hatte er nur seine Eltern Antonia und Gregor Munz hinterlassen. Seine Beerdigung wurde in der Trauermeldung nicht erwähnt.

Ich strich mit der Hand über das mürbe Zeitungspapier. Der Jäger Josef Raudaschl war nach dem Dorfkodex einen ehrenvollen Tod gestorben. Und war dementsprechend mit allen Ehren verabschiedet worden. Auf den Wilderer und Selbstmörder Simon Munz hatte sicher nur eine Beerdigung im engsten Familienkreis gewartet. Aber auch auf dem Kirchhof. *Warum?* Ehe ich die nächste Ausgabe des Wochenblatts aufschlagen konnte, kam Wolfgang Leitner zur Tür herein. Er trug ein Tablett, auf dem eine mit einem Unterteller abgedeckte Keramiktasse neben einer gläsernen Zuckerdose stand.

»Ich hab mir gerade meinen Nachmittagstee gemacht und dachte, Sie könnten auch einen vertragen.« Er schob das Tablett neben den Zeitungsstapel auf den Tisch. »So warm ist es ja hier unten nicht.«

Erst jetzt spürte ich die Kälte richtig, die von dem nackten Betonboden ausging. Als ich meine Handflächen aneinanderrieb, fühlten sich meine Hände eiskalt an. »Das ist wirklich nett von Ihnen.« Ich sah dankbar zu, wie er den Unterteller von der Tasse nahm und heißer Dampf aufstieg. Ein süßliches Aroma, das Bilder von Tausendundeiner Nacht heraufbeschwor, erfüllte die kalte Luft und vertrieb den Geruch nach Staub und Druckerschwärze.

Leitner beobachtete mich, während ich die ersten Schlucke nahm. Dann deutete er auf die aufgeschlagene Zeitung. »Interessieren Sie sich etwa für Todesanzeigen?«

Der Tee war heiß und wärmte wohltuend mein Inneres. Aber sein scharfer Nachgeschmack brannte mir auf der Zunge. »Nein, ich habe gerade einen Artikel über eine Schießerei in den sechziger Jahren gelesen.« Ich blies den Dampf über meiner Tasse weg. »In Alpbach muss es ja damals zugegangen sein – wie im Wilden Westen.«

Leitner lachte. »Meinen S' die Wildererschlacht auf der Geieralm?« Er schüttelte den Kopf. »Das war schon was.«

»Warum hat sich Simon Munz eigentlich erschossen? Hatte er denn etwas mit dem Tod dieses …« ich suchte nach dem Namen des Jägers, »dieses Raudaschl zu tun?«

Leitner kratzte sich am Kopf. »Wer weiß schon, was dort droben passiert ist«, sagte er schließlich. »Das hat damals niemand verstanden und heute erst recht nicht. Sicher ist nur, der Raudaschl Sepp ist am Abend erschossen worden und der Munz Simon ist erst gegen Morgen gestorben. Viel mehr hat die Polizei nicht herausgefunden. Wie ist der Tee?«

Ich übte mich in Diplomatie. »Schmeckt interessant.«

Leitner grinste. Die weißen Bartstoppeln sträubten sich. »Ich bau da so ein paar Kräutln bei mir im Garten an.« Er zwinkerte mir zu. »Wenn S' da mal was brauchen …«

»Ja, äh, gern.« Der Duft des Tees erinnerte entfernt an indische Räucherstäbchen. Ich beschloss, lieber nicht nachzufragen. »Warum ist denn der Munz-Fall vor Gericht gelandet?«

Leitner zuckte die Schultern. »Es hat natürlich eine Untersuchung gegeben, ob der Simon nicht vielleicht doch erschossen worden ist«, meinte er. »Aber das ist er nicht. Nur seine Familie, die hat sich an diesen Strohhalm geklammert. Aber wenn S' mich fragen, dann wollten die nur ein christliches Begräbnis für den Simon. Wer hat schon gern einen Selbstmörder als Sohn.« Er warf mir einen bekümmerten Blick zu. »Noch dazu so kurz vor Allerheiligen, was?«

Ich schaute wieder auf die aufgeschlagene Zeitungsseite. Deswegen wurde wohl in der Todesanzeige kein Datum für die Beerdigung genannt. Weil noch nicht sicher gewesen war, ob der Wilderer Simon Munz seine letzte Ruhe auf dem Kirchhof finden durfte. »Und was hat die Obduktion genau ergeben?«

Leitner hüstelte. »Dem Simon ist zuerst in den Rücken geschossen worden …«

»Aber das hat er überlebt?«

Er nickte. »Aber mit der Muni von damals.«

»Welcher Muni?«

»Der Munition für die alten Gewehre.« Er war vielleicht ein Hippie, aber ein Friedensaktivist schien Leitner nicht zu sein. Offenbar kannte sich hier jeder außer mir mit Waffen aus.

»Und was heißt das?«

»Dass die Patrone sich im Körper nicht zerlegt hat.« Er schaute mich an, als wäre damit alles klar. Aber ich zuckte die Schultern. Ich hatte keine Ahnung, wovon er sprach. »Moderne Jagdmunition zerlegt sich im Körper, und das getroffene Wild stirbt an einer Schockwelle. Aber früher ist so eine Kugel einfach durchgegangen. Das war dann eben nicht immer gleich tödlich. Der Simon wäre wohl gelähmt geblieben.« Leitner kniff den Mund zusammen und nickte. »Gestorben ist er jedenfalls an seinem Kopfschuss.« Er setzte sich den Zeigefinger mitten auf die Stirn und tat so, als würde er schießen. »Auch wenn das der Familie nicht gefallen hat.«

Langsam verstand ich, was den jungen Munz zu seiner Verzweiflungstat getrieben haben könnte. Ein junger Bauer, an den Rollstuhl gefesselt, das war nicht nur in Alpbach der soziale Tod.

»Und was hatte Steiner damit zu tun?«

Leitner kratzte sich die weißen Bartstoppeln am Kinn. »Die Jäger haben behauptet, sie hätten den Steiner Vinzenz am Abend davor bei der Schießerei erkannt. Wer die anderen beiden Wilderer waren, konnten 's nicht sagen. War ja schon dunkel. Und wer den Raudaschl erschossen hat, wussten 's erst recht nicht.« Er zog die Brauen hoch. »Deswegen ist der Steiner Vinzenz auch als Einziger vor Gericht gelandet. Aber seine Kumpel hat er nicht verraten.« Eine Spur von Anerkennung schwang in seiner Stimme. »Die Waffe, mit der der Raudaschl erschossen worden ist, hat man, glaube ich, auch nie gefunden.«

»Und deswegen ist Steiner dann freigesprochen worden?«

»In dubio pro reo.« Leitner nickte. »Und beim Munz hat der Adi – der Dr. Mooslechner, mein ich – einwandfrei festgestellt, dass es Selbstmord war.« Er stellte meine leere Tasse zurück auf das Tablett. »Ja, so war das damals. Aber der Simon ist trotzdem auf dem Kirchhof beerdigt worden, weil der Herr Pfarrer dem Jungen sein christliches Begräbnis nicht verweigern wollte. Und die Familie hat dann auch Ruhe gegeben.«

Ich legte die Zeitung zusammen und schichtete den Stapel mürben Papiers. »Und was ist dann passiert?« Die alte Paketschnur ließ sich schwer knoten.

Leitner hob die Brauen. »Nichts, natürlich.«

»Nichts?« Ich trug den Jahrgang 1968 zum Regal zurück.

»Das Leben geht schließlich weiter.« Leitner nahm das Tablett und wandte sich zum Gehen. An der Tür schaute er noch einmal über die Schulter zurück. »Die ganze Sache hat damals viel Staub aufgewirbelt. Und jetzt sind sowieso fast alle Beteiligten tot.«

»Sie glauben, Steiner war der Letzte, der damals dabei war?«

Leitner drehte mir den Rücken zu. Sein Pferdeschwanz ringelte sich zwischen seinen Schulterblättern. »Ich glaube gar nix«, meinte er. »Sind Sie hier unten fertig? Dann seien Sie doch so gut und machen das Licht aus. Wenn Sie sich für die alten Geschichten interessieren, dann gehen Sie doch mal ins Heimatmuseum. Ich meine, die haben eine ganze Abteilung über Jagd und Wilderei.«

Abendwolken türmten sich am Himmel, und die Berge verschwammen im zunehmenden Herbstdunkel, als ich zum Jagawirt zurückfuhr. Über den feuchten Wiesen schwebten Nebelgespinste. Allerheiligen stand vor der Tür, der Jahrestag des Todes von Simon Munz. Vor allen Häusern lagen schon ausgehöhlte Kürbisse mit grinsenden Gesichtern. Die flackernden Kerzen in ihrem Inneren hauchten ihnen Leben ein. Bald würden nach Einbruch der Dunkelheit Kinder als Schreckgespenster verkleidet von Tür zu Tür ziehen und Süßigkeiten verlangen. Die Kelten glaubten, dass sich die Toten in der Nacht vor Allerheiligen unter die Lebenden mischten. Was wohl Simon Munz und Vinzenz Steiner zu erzählen hätten, wenn sie für diese Nacht nach Alpbach zurückkämen? Der Selbstmörder und das Mordopfer? Oder der erschossene Jäger Josef Raudaschl? Mich interessierte zwar mehr, was die Lebenden zu sagen hatten, doch nach über vierzig Jahren schien sich niemand mit mir über die Ereignisse im Jahr 1968 unterhalten zu wollen. Überall stieß ich auf misstrauische Blicke und ausweichende Antworten.

Der Nebel wurde dichter und verschluckte die dunkle Welt um mich herum. Ich konzentrierte mich auf den schmalen Streifen Asphalt, der im Licht der Scheinwerfer zu glimmen schien. Endlich tauchten das ausladende Dach und die hell erleuchteten Fenster des Jagawirts aus dem Dunst auf.

Ich stellte den Landrover ab und lief schnell zur Eingangstür. Direkt vor den Stufen parkte Jacqueline Seywalds roter Sportwagen, sodass ich erst um das Auto herumgehen musste. In der Halle brannten alle Lampen, und die Tochter des Wirtes stand an dem kleinen Holztisch. Mit einem Kugelschreiber hakte sie eine Liste von oben nach unten ab. Als ich eintrat, hob sie den Kopf. Es dauerte ein paar Sekunden, bis sie mich erkannte, dann stemmte sie die Fäuste in die schmale Taille. Sie trug einen kniekurzen schwarzen Trenchcoat und schwarze Lacklederstiefel, was ihr zusammen mit den langen blonden Haaren das Aussehen eines Bondgirls gab und einen reizvollen Kontrast zu dem ausgestopften Auerhahn über ihr bildete.

»Frau Dr. Canisius«, sagte sie.

Diese Anrede hatte sie noch nie gebraucht. Ich blieb stehen. Die Schleiereule an der gegenüberliegenden Wand schien auf das alte

Telefon auf dem Holztisch herabstoßen zu wollen. Zwischen ihren Fängen lugte der Kopf der Maus hervor.

»Ist was passiert?«

»Das kann man wohl sagen. Also ich bin ja ganz empört.« Sie warf mit einer Kopfbewegung ihr Haar über die Schulter, um zu zeigen, wie empört sie war. »Sie kennen doch diese Stallners aus dem Obergeschoss?«

»Kennen ist vielleicht zu viel gesagt …« Tatsächlich hatte ich die alte Frau nur ein einziges Mal gesehen, und das war an dem Nachmittag gewesen, als wir nach Vinzenz Steiner gesucht hatten. Ihr Sohn schien das Essen für sie immer aus der Küche zu holen. Wenn ich ihm im Gasthof begegnete, ignorierte er mich. Inzwischen verzichtete ich auch auf einen Gruß.

»Dieser Stallner …« Sie fixierte mich mit ihren dunklen Augen und erinnerte dabei an ihren Vater. »Dieser Stallner hat doch die Stirn zu behaupten, dass er hier keine Miete zu zahlen braucht. Können Sie sich das vorstellen? Wissen Sie, dass der Typ mit seiner Hexe von Mutter zwei der schönsten Zimmer bewohnt? Zwei Zimmer? Und sich hier vollfrisst wie die Made im Speck? Haben Sie überhaupt schon gesehen, wie fett der ist?« Sie reckte ihren schlanken Körper. »Und alles auf meine Kosten.«

»Wenn die Stallners mit der Miete im Rückstand sind …«

»Was heißt hier Rückstand? Der zahlt gar nichts. Der behauptet, er und seine Mutter hätten ein Wohnrecht. Aber da ist das letzte Wort noch nicht gesprochen. Der Stefan«, sie machte einen eleganten Schlenker mit der Hand, »das ist mein Gatte, also, der Stefan sagt auch, gleich morgen gehen wir zum Anwalt.«

Ich dachte an das muffige Zimmer, in dem ständig der Fernseher lief. »Und er hat wirklich ein Wohnrecht gemeint?« Das würde erklären, wie die Stallners sich den Aufenthalt im Jagawirt leisten konnten. Aber die Einräumung eines Wohnrechts aus humanitären Gründen passte nicht zu Vinzenz Steiner. »Sind Sie denn mit den Stallners irgendwie verwandt?«

»Mit denen?« Ihre Mundwinkel zogen sich nach unten. »Also, das fehlte noch. Mit diesem Gesindel. Niemals.« Bei den letzten Worten wurde ihre Stimme lauter. »Der Stallner Johannes behauptet, er hätte meinem Vater Geld geliehen. Und weil mein Vater das Geld nicht hätte zurückzahlen können, hätte er ein Wohnrecht auf

Lebenszeit bekommen.« Sie zog die fein gezupften Brauen zusammen. »Können Sie sich das vorstellen, Frau Dr. Canisius?«

Offenkundig hatte Jacqueline Seywald kein enges Verhältnis zu ihrem Vater gehabt und wusste wenig über sein Leben. Es konnte gut sein, dass Johannes Stallner und seine Mutter sich diese Tatsache zunutze machen wollten.

»Ihr Mann hat recht«, meinte ich. »Gehen Sie zum Anwalt und lassen Sie sich beraten. Wenn Herr Stallner Ihrem Vater Geld geliehen hat, kann er das sicher beweisen. Zumindest sollte er einen Kontoauszug oder einen Schuldschein über die geliehene Summe vorweisen können.«

Die Seywald verzog den Mund zu einem Lächeln, aber ihre Augen blickten hart. »Ach, Frau Doktor, wenn man nur immer so kultivierte Menschen wie Sie als Dauergäste hätte.« Sie schob die Zettel auf dem Tisch zusammen und steckte das Bündel unter den Arm. Dann zog sie einen Autoschlüssel aus der Tasche ihres Trenchcoats. »So, jetzt muss ich aber los.« Sie machte ein paar Schritte zur Eingangstür, dann blieb sie noch einmal stehen und drehte sich zu mir um. »Ich hoffe, Sie bleiben noch recht lange als Gast in unserem Haus.« Es war eher eine Frage als eine Feststellung.

Da ich meine Miete pünktlich im Voraus und per Dauerauftrag zahlte, konnte ich ihre Sympathie für mich nachvollziehen und versicherte ihr, dass ich nicht daran dächte, in nächster Zeit aus dem Jagawirt auszuziehen.

Auf Stiefelhacken ging sie über den Steinboden und riss die Eingangstür auf. Die Laterne übergoss ihre Silhouette mit silbernem Licht, dann verschluckte sie der Herbstabend, und die Tür fiel mit dem ihr eigenen trockenen Schnappen ins Schloss.

Ein kalter Wind strich durch die Halle, fuhr dem Auerhahn unters Gefieder und verlief sich im Gang vor Vinzenz Steiners Tür.

VIERZEHN

Das Alpbacher Heimatmuseum befand sich im ehemaligen Wachtturm einer mittelalterlichen Ritterburg am Eingang des Tales. Mit seinen dicken Mauern und dem Holzschindeldach hatte der Turm die Jahrhunderte unbeschadet überstanden, während vom Rest der Anlage nur Ruinen übrig geblieben waren. Den Burggraben füllten Laub und Äste, die zerstörte Ringmauer war mit Efeu überwuchert, und das Wappen über dem Torbogen war unleserlich geworden.

In der Mitte des Burghofes standen die Reste eines Ziehbrunnens. Auf der einen Seite befand sich das verfallene Haupthaus, aus dem eine mindestens zweihundert Jahre alte Rotbuche wuchs. Auf der anderen erhob sich der Wachtturm. Hinter den verglasten Schießscharten brannte an diesem grauen Samstagmorgen Licht.

Die Temperatur war über Nacht gefallen, und eine neue Schärfe lag in der Luft. Fröstelnd schob ich die Hände in die Taschen meiner Wachsjacke und ging auf den Turm zu.

Ein handgemaltes Schild mit der Aufschrift »Heimatmuseum« prangte über der gotisch spitzen Eingangstür. Geschmiedete Eisennägel sprenkelten die sich überlappenden Metallplatten auf dem Türblatt. Neben der Tür war ein beleuchteter Schaukasten befestigt. Darin hingen ein aufgeklappter Museumsprospekt und ein grellbuntes Plakat des Alpbacher Fremdenverkehrsverbands.

Ich wollte gerade meine Hand nach der Türklinke ausstrecken, da hörte ich ein Rascheln über mir. Ich schaute nach oben. Ein großer schwarzer Vogel hockte in einer der Schießscharten. Plötzlich traf mich ein Geschoß an der Stirn. Mehr vor Schreck denn aus Schmerz schrie ich auf. Gleich darauf wurde die Tür aufgerissen.

»Hat er Ihnen was getan?«

Vor mir stand eine junge Frau in einer bestickten Wolljacke. Sie strich sich ihr langes schwarzes Haar aus dem Gesicht und starrte mich aus dunklen Augen an. Sie war auf eine altmodische Weise hübsch. Als hätte mir Dornröschen in ihrer Burg die Tür geöffnet.

Ich fasste mir vorsichtig an die Stirn, wo sicher bald eine dicke Beule wachsen würde. »Was war denn das?«

Kleine Grübchen erschienen auf den runden Wangen der jungen Frau, als sie spitzbübisch lächelte. »Das war der Jackl.« Dornröschen wies mit dem ausgestreckten Arm nach oben. »Der wirft gern mit Steinen.« Sie hob einen walnussgroßen Gesteinsbrocken auf und hielt ihn mir vor die Nase. »Da, schauen S' her. Der Lauser hackt die Steine aus der Wand und bewirft damit unsere Besucher. Hoffentlich sind S' nicht verletzt?«

Trotz ihrer teilnehmenden Worte schien sie das Lachen kaum unterdrücken zu können. Oben auf der Mauer hockte der Rabe immer noch in einer Schießscharte und spähte zu uns herab.

»Vielleicht mag dieser Rabe keine Fremden.«

»Das is' eine Alpendohle«, sagte sie. »Im Sommer is' der Jackl auch kein Problem. Da is' er immer mit seinen Kumpels auf dem Geiereck. Aber beim ersten Schnee kommt er herunter, nicht? Und dann wirft er halt mit Steinen.« Anscheinend ging sie davon aus, dass ich Verständnis für dieses extravagante ornithologische Verhalten hatte. Sie ließ ihren Blick über mich wandern. »Ich kenn Sie doch ...«

Von oben konnte ich das Kratzen von Krallen auf dem steinernen Fenstersims hören. »Canisius, ich bin die Ärztin von Alpbach.« Über mir raschelte es. »Vielleicht könnten wir hineingehen, ehe Ihr Jackl den nächsten Stein wirft?«

Sofort trat sie einen Schritt zurück. »Freilich, kommen S' nur rein.« Sie hielt mir die Tür auf. »Mein Name ist übrigens Roswitha. Willkommen im Hexenturm.«

Schnell trat ich über die Eichenschwelle. Hinter mir schlug etwas laut auf der Türschwelle auf.

Das Innere des Turmes wurde von zahllosen modernen Halogenlampen erleuchtet. Das Mauerwerk war nicht verputzt, und es gab keine Zwischendecken, sodass sich ein beeindruckender Blick vom Erdgeschoß bis hinauf zum strahlenförmigen Gebälk des Dachstuhls bot. Auf abgetretenen Steinplatten standen Schaukästen. Eine hölzerne Wendeltreppe wand sich die Außenmauer entlang hinauf und verband mehrere Balkone. Sie endete erst in der Turmspitze. An den Wänden hingen kolorierte Stiche und Schwarz-Weiß-Fotos neben alten Gerätschaften und verschlissenen Kleidern.

Neugierig und fasziniert zugleich wandte ich mich an Roswitha. »Das ist der Hexenturm? Warum heißt der denn so?«

Das Lächeln verschwand aus dem Gesicht des Mädchens. »Wir

befinden uns hier im ältesten noch erhaltenen Teil einer Wehranlage aus dem frühen elften Jahrhundert«, berichtete sie in routiniertem Ton. »Die Befestigung diente zunächst zur Sicherung des alten Handelswegs von Salzburg nach Italien sowie als Mautstelle. Während der Zeit der Bauernkriege zerstört, blieben nur der Turm sowie ein Nebengebäude erhalten. Der Turm wurde während der Hexenprozesse im siebzehnten und achtzehnten Jahrhundert als Gefängnis und Gerichtsstätte eingerichtet, was ihm auch seinen Namen gab. Noch bis ins neunzehnte Jahrhundert hinein fanden hier Prozesse statt. In der Nacht zum 1. November 1923 wurde der Gefängnistrakt durch ein Großfeuer zerstört und in der Folge nicht mehr aufgebaut.« Sie grinste mich an und fügte hinzu: »Wenn Sie sich für Verliese und Folterkammern interessieren, damit können wir leider nicht mehr dienen.«

Da und dort meinte ich, noch Brandspuren in den alten Mauern erkennen zu können. »Und Sie sagen, das Feuer ist am 1. November ausgebrochen? An Allerheiligen?« Das Datum verfolgte mich. Simon Munz und der Jäger Raudaschl waren beide um diese Zeit gestorben.

Roswitha nickte. »In der Nacht auf Allerheiligen. Damals is' auch ein Holzknecht aus dem Dorf verschwunden. Man nimmt an, dass er den Brand gelegt hat.« Sie zuckte die Schultern. »Der Turm ist jedenfalls ein halbes Jahrhundert ungenutzt geblieben. Erst 1965 hat dann der Fremdenverkehrsverein ein Museum draus gemacht. Der Besuch ist kostenlos, außer Sie wollen eine Führung.«

»Ich würde mich gerne selbst umsehen, wenn das geht.«

»Alles klar. Dann folgen S' einfach den grünen Pfeilen an der Wand, und wenn S' doch Fragen haben – ich sitz da vorn beim Wilden Mann.«

Roswitha schenkte mir noch ein Grübchenlächeln und ging zu einem kleinen Schreibtisch am Fuß der Treppe, auf dem ein aufgeschlagenes Modemagazin und ein Strickzeug lagen. An der Wand dahinter standen zwei zottelige Riesen. Sie waren fast zwei Meter groß, und Tannenzapfen baumelten an langen Schnüren vor ihren grimmig bemalten Holzgesichtern. Roswitha setzte sich hinter den Schreibtisch und nahm ihr Strickzeug auf. Die unheimlichen Gestalten schauten ihr über die Schulter, als wollten sie ihr Tun überwachen.

»Sind das Faschingskostüme?« Ich zeigte auf die zwei.

»Die hier?« Sie schüttelte den Kopf. »Das ist der Wilde Mann.«

»Beide?«

»Tannenzapfenmandl und Waldmandl sind der Wilde Mann«, sagte sie. »Das sind Naturdämonen, die den Schnee von den Bäumen und Dächern kehren.«

»Ach, so ist das.« Ich kehrte den Dämonen etwas widerstrebend den Rücken und machte mich an meinen Rundgang.

Der erste Schaukasten war vom Alpbacher Ski-Club gestaltet worden. Sepiafarbene Fotos waren mit Stecknadeln auf einer grauen Filzwand befestigt, darauf waren strahlende Menschen in Knickerbockerhosen und Tweedjacken in bräunlichem Schnee abgebildet. Angesichts der dokumentierten Schneelage schien mir die Ausrüstung recht dürftig. Ein Foto zeigte den ersten Skilehrer von Alpbach, der auf einem Ski kniend einen Hang hinunterfuhr, während er einen langen Stock zur Balance quer zur Fahrtrichtung hielt. Daneben hing das Gruppenfoto der Gründungsmitglieder des Ski-Clubs von 1905. Auf dem Boden des Schaukastens lagen ein Holzstock, genagelte Skischuhe und ein paar Bretter mit rissiger Lederbindung und rostigen Schnallen. Auch der nächste Glaskasten war dem Wintersport gewidmet, enthielt aber Farbfotos, glänzende Pokale und Medaillen.

Ich besah mir diese Sammlung nur kurz, ging dann um einen mit alten Äxten und Seilrollen dekorierten Zugschlitten herum und folgte den grünen Pfeilen, die durch die Ausstellung führten. Stufe für Stufe stieg ich die Wendeltreppe hinauf. Ich kam an Aufnahmen vorbei, die historische Ansichten von Alpbach zeigten: bäuerliches Leben und Kinder aller Altersgruppen in der einklassigen Dorfschule; ein Metzger in weißer Schürze hielt ein langes Messer in der Hand, mit der anderen packte er das Halfter eines mächtigen Stiers, der vertrauensvoll in die Kamera blickte.

Erst die zweite Galerie, die rund um den Turm lief, war der Jagd gewidmet. Und, wie Viktor gesagt hatte, der Wilderei. An der Wand hing ein Leinenrucksack, wie ich ihn in der Abstellkammer des Jagawirts gesehen hatte. Ein ausgestopftes Reh steckte darin. Auf einem Schild war zu lesen: *»… der ohne wissen und willen irer genaden jagt oder vischt, wo der betretten, ist umb die augen. Recht des marktes Alpbach 1589«.*

Ein paar Schritte weiter hing ein Pulverhorn mit Schnitzereien, das laut Begleittext einem Alpbacher Wilderer im Jahre 1856 abgenommen worden war. Welche Strafe der Mann wohl bekommen hatte? Im neunzehnten Jahrhundert waren Wilderern wohl hoffentlich nicht mehr die Augen ausgestochen worden.

Ein weiteres Bild zeigte zwei junge Männer, die sich in eine Almhütte flüchteten, während sich im Hintergrund schon der Jagdherr zu Pferd mit Jäger und Hund näherte.

Ich ging an vielen alten Gewehren, Rucksäcken und Bildern vorbei, doch nichts davon stammte aus dem zwanzigsten Jahrhundert. Das Drama am Geiereck war nirgends dokumentiert. Auf die Sonderausstellung zum Thema Almwirtschaft verzichtete ich und machte mich an den Abstieg.

Flankiert von den Naturdämonen, saß Roswitha hinter ihrem Schreibtisch und zählte konzentriert die Maschen ihrer Strickarbeit. Sie blickte nicht einmal auf, als ich vor ihr stehen blieb.

»Vierundzwanzig, fünfundzwanzig«, zählte sie. »Und? Hat's Ihnen gefallen? Möchten S' noch unseren Katalog oder ein paar Ansichtskarten?«

»Nein, danke.« Dann fiel mir ein, dass mein Vater bald Geburtstag hatte, und ich beschloss, ihm eine Dorfansicht zu schicken, um ihm meinen neuen Lebensmittelpunkt im *Busch*, wie er es nannte, nahezubringen. »Oder vielleicht doch.«

Roswitha legte ihre Handarbeit beiseite, zog eine Schublade auf und entnahm ihr einen Packen bräunlicher Karten. »Wir hätten so alte Fotos, die auch in der Ausstellung hängen. Was würden S' denn brauchen?«

»Irgendwas von Alpbach. Ein paar alte Häuser, schlammige Straßen und Pferdefuhrwerke.« Mein Vater würde die Ironie verstehen und über die Karte schmunzeln. Aber meine Mutter hätte sicher lieber Fotos einer modernen Praxis. Für die Freundinnen im Reitclub. Ich würde ihr eine schöne Landschaftsaufnahme schicken. »Gibt es auch ein Bild von der Geieralm? Da hab ich mal eine Wanderung hin gemacht.«

Roswitha nickte und suchte in ihren Karten. Dann legte sie die gewünschten Motive vor mich auf den Tisch. »Das wär jetzt Alpbach um 1910, und hier ist eine Aufnahme von der Hütte auf der Geieralm.«

Ich nahm die Postkarte und sah mir die Schwarz-Weiß-Fotografie an. Die Holzhütte und die Bank, auf der ich gesessen hatte, waren deutlich zu erkennen. Und auch das helle Kruzifix. Im Türrahmen der Hütte stand eine Frau mittleren Alters in einer Arbeitsschürze und neben ihr ein barfüßiger Junge von vielleicht fünfzehn Jahren. Sie hatten die Augen gegen das Sonnenlicht zusammengekniffen, trotzdem kamen sie mir irgendwie bekannt vor. Auf einmal wurde mir heiß. Schnell drehte ich die Postkarte um und suchte nach der Beschriftung. Die Aufnahme war etwa vierzig Jahre alt. Das Alter stimmte also.

»Roswitha ... kennen Sie zufällig die Menschen hier auf dem Bild?« Ich hielt ihr die Karte hin.

»Die Sennleut?« Sie runzelte die Stirn und betrachtete das Foto. »Sind das nicht die Maria und der Hannes?«

»Maria und ...?«

»Ihr Sohn Johannes.«

Mein Mund fühlte sich trocken an. »Und weiter?«

Roswitha rümpfte die Nase. »Stallner heißen die. Die bewirtschaften die Alm aber schon lang nicht mehr.«

»Und wann sind die beiden dort weggezogen?«

»Eine Alm wird nur im Sommer bewirtschaftet, da lebt doch keiner. Und die Stallners waren sowieso nur Tagelöhner. Die schreiben sich auch Stallner.« Sie machte eine wegwerfende Handbewegung.

»Was heißt das?«

Roswitha seufzte. »Dass das kein Hofname ist«, sagte sie. »Die Bauernhöfe bei uns haben auch Namen. Genau wie ihre Besitzer. Nur dass der Hofname über Jahrhunderte immer gleich bleibt und der Name der Besitzer wechselt. Verstehen S'?«

Ich nickte.

»Deshalb, wenn S' einen Hof haben, dann können S' bei uns mit dem Schreibnamen oder mit dem Hofnamen angeredet werden.« Sie überlegte kurz. »Der Hofname ist gebräuchlicher. Aber die Stallners haben keinen Hof.«

»Und daher auch keinen Hofnamen, klar.« Ich klimperte mit ein paar Münzen in meiner Jackentasche.

Roswitha steckte die beiden Karten in ein Papiersäckchen.

»Wissen Sie vielleicht, wann die Stallners aufgehört haben, als Sennleute zu arbeiten?«

»Na, dreißig, vierzig Jahre werden's schon her sein.«

So beiläufig wie möglich fragte ich: »Wegen der Schießerei damals?«

Roswitha lachte und reichte mir die Tüte mit den Ansichtskarten. »Die berühmte Wildererschlacht, meinen S'? Na, wenn das kein Grund wär, was? Aber deswegen sind die Stallners nicht weg.«

»Sondern?« Ich fischte die Münzen aus der Tasche.

Dornröschen warf den Wilden Männern einen Blick zu, dann beugte sie sich über den Tisch, als gelte es, ein Geheimnis zu wahren. »Die Stallner Maria hat doch geerbt.« Sie richtete sich wieder auf. »Eine Million, wird geredet.«

Vielleicht hatte Johannes Stallner doch nicht gelogen und Steiner Geld geliehen. »Weiß man, von wem sie geerbt hat?«

Roswitha zuckte die Achseln. »Von einem Onkel in der Stadt, heißt's.«

»Ach.« Bisher war mir unklar gewesen, wie Stallners sich den Jagawirt leisten konnten. Nun fragte ich mich, warum zwei Millionenerben sich ausgerechnet in dem alten Gasthof eingemietet hatten. »Das ist ja interessant. Na ja, vielleicht erben wir ja auch mal eine Million, was? Irgendwann schaue ich mir den Rest der Ausstellung an.« Die Dämonen hinter Roswitha lugten durch die Tannenzapfenschnüre vor ihren Gesichtern. Ihre rot lackierten Münder lachten. Rasch drehte ich mich um und ging zum Ausgang.

Als ich die schwere Eisentür des Turmes aufzog, war die Temperatur draußen noch einmal gefallen. Ein zinnfarbener Himmel hing tief über dem Tal, und ein kalter Wind trieb in Wirbeln totes Laub über den Burghof. Ich schlug den Kragen meiner Jacke hoch und machte einen großen Satz über die Türschwelle. Der Stein traf den Boden hinter mir. Gleich darauf hörte ich wütendes Kreischen, und Jackl schoss von der Mauer herab. Mit metallischem Flügelschlag sauste er über den Ziehbrunnen und verschwand in Richtung der Berge.

FÜNFZEHN

Am Sonntagmorgen erstrahlte die Halle des Jagawirt in ungewohnter Helligkeit. Die Sonne schien durch die Fenster der Eingangstür, und goldene Staubkörnchen wirbelten um die Trophäen an den Wänden. Zahllose grobe Stiefel hatten feuchte Spuren auf dem Steinboden hinterlassen. Aus der Gaststube waren laute Männerstimmen und Gelächter zu hören.

Ich durchquerte die Halle, wobei ich versuchte, den Wasserlachen auf dem Boden so gut wie möglich auszuweichen. Dann zog ich die Tür auf. Fasziniert blieb ich auf dem Treppenabsatz stehen. Über Nacht war Schnee gefallen. Er türmte sich links und rechts von der Eingangstür und lag dick auf den mit Latschenkiefernzweigen gefüllten Blumenkästen. Er verwischte die harten Konturen der großen Linde auf dem Vorplatz und glitzerte in der Ferne auf der Kirchturmspitze. Die Sonne strahlte von einem kalten Himmel und verwandelte das ganze Tal in eine gleißende Winterlandschaft.

Vor dem Gasthof parkten ungewöhnlich viele Geländewagen, teilweise mit dicken Schneehauben auf dem Dach und Ketten auf den Stollenreifen. Zwei braune Jagdhunde, die im Kofferraum eines Landcruisers saßen, bellten mich durch die beschlagene Heckscheibe wütend an. Sofort stimmten mehrere ihrer schlappohrigen Kollegen in anderen Autos in das Gekläff ein.

Quer hinter dem Landcruiser stand ein knallroter Traktor. Die eckige Karosserie und das hoch aufragende Auspuffrohr sagten sogar mir, dass es sich dabei um einen Oldtimer handelte. Neugierig stieg ich die Stufen hinab, um mir das alte Stück aus der Nähe anzusehen. Je näher ich dem Traktor kam, desto lauter tobten die Hunde.

Ein hölzerner Zugschlitten, wie ich ihn gestern noch im Heimatmuseum gesehen hatte, war an der Anhängerkupplung befestigt. Und auf dem Schlitten lag, auf einem Bett aus Tannenzweigen, ein gewaltiger Hirsch. Sein Kopf mit dem ausladenden Geweih war nach hinten gebogen, und in seinem Maul steckte ein Tannenzweig. Eine feine Schneeschicht bedeckte sein dichtes Fell und verschleierte die halb geschlossenen Augen. Ich stapfte zu den Eingangsstufen zurück. Die Sonne malte blaue und goldene Kringel in die Spuren im Schnee. Auf der eisernen Türklinke schmolzen Eiskristalle.

Die Stube war berstend voll. An allen Tischen saßen frisch rasierte Männer in gestärkten Hemden mit Hirschhornknöpfen und grauen Trachtenjoppen. Eine Mischung aus Aufregung und froher Erwartung lag in der Luft. Auf den Tischen standen Kaffeetassen und das eine oder andere halb volle Seidl Bier. Aus so mancher Seitentasche einer Lederbundhose ragte der Horngriff eines Jagdmessers.

Ich kämpfte mich zu einem freien Platz am Ofen durch, wobei ich immer grüßte, wenn ich einen Patienten erkannte. Wetti machte mir über die Köpfe hinweg ein Zeichen, dass sie mir mein Frühstück bringen würde. Ich ließ mich auf die Bank fallen. Am Nachbartisch saßen der Pfarrer, Matthias Holzinger und ein jüngerer Mann. Holzinger hob sein Bierglas an die Lippen und trank ein paar hastige Schlucke. Dann setzte er das Glas ab und schob es auf dem Tisch hin und her.

»Was ist denn los?«, fragte ich Wetti, als sie mein Frühstückstablett vor mir absetzte. »Wird was gefeiert?«

»Hubertusmesse«, sagte sie. »Am letzten Sonntag im Oktober is' bei uns auch Kirchgang für die Mannsbilder, die die Kirche das ganze Jahr nicht von innen sehen.« Sie legte schnell die Hand auf den Mund und drehte sich zum Pfarrer um, aber der hatte sie gar nicht gehört. »Da wird gemeinsam der Verstorbenen vom letzten Jahr gedacht und um Schutz für die Jäger im nächsten Jagdjahr gebetet. Dann spricht der Herr Pfarrer seinen Segen, und die Jagdhornbläser sind auch dabei.« Sie deutete auf die Garderobe, an deren Haken runde Lederfutterale hingen. »Jetzt geht's erst in die Kirche, und nachher gibt's dann bei uns noch ein Wildgulasch.«

Ich schnitt eine Semmel auf und musterte das Glasschälchen mit der Marmelade. »Vor dem Haus liegt ein toter Hirsch.« Dicke Sauerkirschen glänzten in Gelee. Ich tropfte Honig auf die Semmel.

»Den hat heuer der Herr Pfarrer erlegt«, sagte Wetti mit einem stolzen Unterton. »Fürs Altersheim.«

»Ach ja, der Pfarrer schießt ja auch.« Das Murmeltierschmalz hatte wirklich geholfen.

»Freilich, wozu hätte er sonst die Gemeindejagd mitgepachtet?« Wetti nahm ihr Tablett wieder auf. »Essen S' in Ruhe Ihr Frühstück, ich muss weiter.« Sie hielt noch einmal inne. »Da fällt mir ein – haben S' den Stallner Johannes heute schon gesehen?«

Ich schüttelte den Kopf. »Nein, warum?«

»Ach nix.« Wetti zögerte. »Es is' nur, weil er is' heute nicht um den Salbeitee für seine Mutter gekommen.« Sie verzog den Mund. »Wahrscheinlich is' er noch blau von gestern. Wird langsam zur Gewohnheit bei dem.«

Das war geradezu eine Fügung des Schicksals. »Soll ich mal nach der alten Dame sehen?«

»Nein, das is' gar nicht nötig.« Sie winkte ab. »Der Küchenchef hat nur gesagt, dass der Tee bestellt is' und jetzt in der Küche kalt wird.«

»Natürlich ist das nötig«, sagte ich mit angemessen professioneller Entrüstung in der Stimme. »Wenn die alte Dame krank ist, braucht sie wahrscheinlich mehr als einen Tee. Bringen Sie mir die Kanne, ich nehme sie gleich nach dem Frühstück mit hinauf.«

»Ja, wenn S' meinen«, sagte sie nur. »Das Pack soll man eigentlich nicht verwöhnen.«

Die beiden Räume, die die Stallners bewohnten, konnten nicht die besten im ganzen Gasthof sein, auch wenn Jacqueline Seywald das behauptet hatte. In Anbetracht meines eigenen sauberen Zimmers gelang es mir nur mit Mühe, meine Überraschung zu verbergen, als ich das Heim der Stallners nach einem gekrächzten »Herein« betrat. Dieses Zimmer war ungelüftet, unaufgeräumt, ja verwohnt. Aber hier schien sich das Familienleben von Mutter und Sohn abzuspielen.

Auf dem Sofa einer Sitzgarnitur aus den Sechzigern lag die alte Frau Stallner. Kissen stützten ihren Rücken, sodass sie in ihrem provisorischen Bett fast saß, was ihr wohl das Atmen erleichtern sollte. Auf dem Couchtisch aus Holzimitat standen halb volle Teetassen, Wassergläser mit Kalkrändern und mit Essensresten verklebte Teller. Dazwischen lagen Tablettenschachteln und benutzte Papiertaschentücher.

Obwohl hinter den staubigen Gardinen ein Wintermorgen wie aus dem Bilderbuch strahlte, war eine Stehlampe neben dem Sofa eingeschaltet. Eine schwache Glühlampe warf ihr müdes Licht durch ein Brandloch in dem vergilbten Lampenschirm.

Ein Rollstuhl stand mit Blickrichtung auf einen klobigen Fernseher am anderen Ende des Zimmers. Darin hing, den Kopf auf der Brust und laut schnarchend, Johannes Stallner. Es roch nach Arznei und Aceton.

Die Putzfrau hatte offenbar seit Wochen keinen Fuß in dieses Zimmer gesetzt. Vielleicht hatte Jacqueline Seywald recht und ihr Vater hatte den Betrieb des Gasthofes zum Schluss vernachlässigt und das Personal nicht mehr genügend beaufsichtigt. Frau Stallner beobachtete mich, als ich mir, das Teetablett in den Händen, das ganze Chaos betrachtete.

»Guten Morgen, Frau Stallner.« Ich schob das Tablett mit dem Salbeitee zwischen all die unappetitlichen Dinge auf dem Tisch. »Ich bin Ärztin.«

Frau Stallner nickte wortlos. Anscheinend hatte sie bereits von mir gehört.

»Ich wollte mal nach Ihnen sehen. Wie geht's Ihnen denn?«

»Geht schon.« Sie presste ihre verkrüppelte Hand an den Hals. »Angina. Hab ich immer um die Zeit.«

»Hören Sie«, sagte ich, »ich schaue schnell, wo die Putzfrau ist, und dann soll sie hier erst mal aufräumen.«

»Nein.« Frau Stallner schüttelte den Kopf auf dem schmierigen Kissen. »Lassen S' das.«

»Warum denn nicht?«

»Das is' nicht ihre Arbeit.«

»Was ... nicht die Arbeit der Putzfrau?«

Sie schüttelte wieder den Kopf.

»Sie haben doch ein Recht auf ein geputztes und aufgeräumtes Zimmer. Noch dazu, wenn Sie hier Dauermieter sind. Das wäre ja noch schöner.«

»Nein«, krächzte sie. »Ich will das nicht.«

Was sollte man dazu sagen? Vor mir lag eine alte Frau, die eine Millionenerbschaft gemacht hatte, sich den ständigen Wohnsitz in einem Gasthof leisten konnte und dann die Annehmlichkeiten eines solchen Lebens gar nicht in Anspruch nahm. Ich hatte weder sie noch ihren Sohn je in der Stube essen sehen. Waren die beiden so geizig? Aus dem Rollstuhl kam ein lang gezogenes Stöhnen. Die Stimme seiner Mutter hatte Johannes Stallner wohl im Schlaf gestört.

Ich goss etwas von dem streng riechenden Salbeitee in die Tasse und reichte sie Frau Stallner. Dann setzte ich mich auf die Kante eines Sessels, dessen Bezug einmal weinrot gewesen sein musste. Frau Stallner nippte nur an ihrem Tee und verzog dabei den Mund. Sie hatte eindeutig Schluckbeschwerden. Ihre Augen glänzten.

»Seit wann sind Sie denn schon krank? Haben Sie Fieber? Wer ist denn Ihr Hausarzt?«

Frau Stallner wollte gerade die Tasse wieder zum Mund führen, doch bei meinen Worten stockte sie in der Bewegung und warf mir einen misstrauischen Blick zu. »Ich brauch keinen Arzt. Ich will auch keinen.«

Mit einem letzten lauten Schnarcher erwachte ihr Sohn. Er hob den Kopf von der Brust und starrte zu uns herüber. Offenbar hatte er Schwierigkeiten, mich zu erkennen. Ich dachte schon, er würde gleich wieder einschlafen. Doch Johannes Stallner setzte sich auf und fuhr sich mit beiden Händen durchs Haar, wobei er herzhaft gähnte.

»Morgen, Herr Stallner.«

»Wie … spät … isses … denn …?«

»Gegen zehn Uhr.«

Stallner stemmte sich aus seinem Rollstuhl hoch und machte ein paar schwankende Schritte auf mich zu. Dann schienen ihn die Kräfte wieder zu verlassen, und er ließ sich einfach in den zweiten Sessel fallen. Sein Gesicht war seit Tagen unrasiert, und natürlich war er die Quelle des Acetongestanks. Seine Mutter auf dem Sofa begann mir leidzutun.

»Herr Stallner«, sagte ich, wobei es mir gleich war, ob er in der Lage war, mir zu folgen, »hier muss was geschehen. Dieses Zimmer wird jetzt geputzt und gelüftet, sonst wird Ihre Mutter nicht gesund. Verstanden?«

Ein Rascheln kam vom Sofa herüber. Frau Stallner hatte die Tasse auf die Bettdecke sinken lassen und hielt sie mit den Händen umklammert. »Is' alles gut«, flüsterte sie.

»Gut?« Ihr Sohn verzog das Gesicht. »Glaubst du vielleicht, die Frau Doktor sieht nicht, wie's uns geht?« Er blinzelte mich an. »Oder? Hab ich recht?«

Ich würdigte ihn keiner Antwort. Johannes Stallner fuhr sich mit dem Handrücken unter der Nase entlang.

»Sie halten mich für einen Säufer, was?«

»Für was denn sonst?« Ich nickte in Richtung der alten Frau. »Ihre Mutter ist krank, und Sie sind am helllichten Tag betrunken. Schämen sollten Sie sich.«

Johannes Stallners Unterlippe zitterte, als würde er gleich anfangen zu weinen. »Ich kann doch nichts dafür.«

»Ihr Selbstmitleid können Sie sich sparen. Ich werde dafür sorgen, dass Ihre Mutter hier rauskommt.« Ich wusste nicht, wovor ich mich mehr ekelte, vor dem Betrunkenen oder den Zuständen in diesem Zimmer. »Sie sehen doch, wie's hier ausschaut.«

Stallner schien nach Worten zu suchen. Dann brüllte er: »Weil der alte Sauhund sich nie um uns gekümmert hat!«

»Hannes, wenn du nicht gleich ruhig bist ...« Frau Stallner wedelte mit der rechten Hand in meine Richtung. »Gehen S' doch ...«

Stallner stierte seine Mutter an. »Aber wenn's doch wahr is'. Wohnen haben wir hier dürfen, aber sonst nix. Geduldet waren wir, und aus.« Er lehnte sich im Sessel zurück. Eine ungesunde Röte überzog sein Alkoholikergesicht. Dann wandte er sich an mich. »Was wird denn so unten in der Stube geredet? Wer hat den alten Sauhund denn endlich zum Teufel geschickt?«

»Keine Ahnung. Aber Steiner scheint nicht sehr beliebt gewesen zu sein.«

»Nicht sehr beliebt.« Sein Lachen klang sarkastisch. »Gehasst haben 's ihn. Alle. Und trotzdem sind 's hier versammelt wie die Schmeißfliegen.«

»Immerhin sind Sie ja auch nicht ausgezogen, auch wenn Ihnen der Wirt nicht gepasst hat, oder?«

Stallner beugte sich zu mir herüber. Seine Alkoholfahne schlug mir entgegen. »Ausgezogen? Ausgezogen, sagen Sie? Wir hätten gar nicht ausziehen können, so schaut's aus.«

»Hannes ...«

»Weil wir nämlich Gefangene hier sind. Gefangene!«

»Hannes«, keuchte Frau Stallner auf dem Sofa. Die Tasse in ihrer Hand zitterte so stark, dass ich fürchtete, ihr Inhalt würde sich auf das ohnehin schon fleckige Oberbett ergießen. »Gib endlich Ruh. Hören S' nicht auf ihn, Frau Doktor, er is' betrunken, und dann redet er wirr.«

Ich stand auf und nahm ihr die halb leere Tasse aus der Hand. »Wie meinen Sie das ... Gefangene?«

Stallner deutete mit dem Zeigefinger in meine Richtung. »Genau, Gefangene. Und das is' deine Schuld, Mutter, deine allein. Dass das auch mal gesagt is'.« Er reckte das Kinn vor, aber seine Stimme klang brüchig.

Frau Stallner stemmte sich in ihren Kissen hoch und rief mit vor Anstrengung gerötetem Gesicht: »Ja, was hätt ich denn machen sollen, was?«

»Ein Handel war's«, schrie ihr Sohn zurück. »Ein Handel mit dem Teufel.«

»Ach, jetzt auf einmal, nach all den Jahren. Jetzt is' ein Handel mit dem Teufel …« Ihre Stimme versagte.

»Weil der alte Sauhund endlich tot is'.« Stallners Gebrüll musste im ganzen Stockwerk zu hören sein. Obwohl er das Gesicht schnell wegdrehte, konnte ich sehen, dass er jetzt wirklich weinte.

In welches Familiendrama war ich da nur hineingeraten? Ich schaute zu Frau Stallner hinüber, aber die lag jetzt still in ihren Kissen und ließ ihren Sohn nicht aus den Augen. Sie machte keine Anstalten, das Wort noch einmal zu ergreifen.

Stallner fuhr sich mit dem Handrücken über die Augen. »Ich muss einfach trinken. Aber es hilft nix.« Er schluchzte auf. »Es hilft nix. Nicht gegen das Schreien und nicht gegen das Weinen.«

»Ich … höre … nichts«, flüsterte Frau Stallner.

Eine Almhütte, die Sennleute und ein Schwerverletzter. Er musste vor Schmerzen gebrüllt haben. »Sie meinen Simon Munz, nicht wahr?« Im Wein lag Wahrheit.

Stallner riss die Augen auf und glotzte mich an. Seine Unterlippe zitterte. »Sie haben von ihm gehört, Sie wissen Bescheid«, stammelte er.

Ich nickte.

»Siehst du, Mutter, sie weiß alles. Alle anderen können ihn nämlich hören, den Simon«, sagte Stallner.

»Fang nicht ständig damit an«, zischte Frau Stallner. »Wir haben nichts damit zu tun. Merk dir das endlich.«

Aber Stallner schenkte ihr keine Beachtung. »Sie sind doch Ärztin, nicht wahr?«

»Ja, allerdings.«

»Dann hätten Sie ihm auch geholfen? Dem Simon? So, wie ihm geholfen worden is'?«

»Ich weiß nicht, wovon Sie reden.«

Stallner beugte sich vor. Seine rot unterlaufenen Augen fixierten mich, und seine Alkoholfahne stach mir in die Nase. »Wovon ich rede?«, flüsterte er. »Von Mord … *Mord.*«

»Alles Lüge!«, kreischte Frau Stallner unter Aufbietung ihrer letzten Kräfte. »Wir haben nichts damit zu tun.«

Er lehnte sich im Sessel zurück. »Jetzt is' eh gleich, wo der alte Sauhund endlich in der Hölle schmort.«

Frau Stallner schloss die Augen und drehte das Gesicht zur Wand.

»Wissen S', wer der Munz war? Und der Raudaschl?«, fragte Stallner.

»Ich hab von ihnen gelesen.«

Er senkte den Kopf und faltete die Hände, als wollte er beten. Anscheinend suchte er den Anfang der Geschichte. »Der Raudaschl, der Aufsichtsjäger hier in Alpbach, hat mal einen Wilderer angeschossen. War nur ein Streifschuss, aber wie er wieder aus dem Spital gekommen is', da is' er dem Raudaschl nach ins Wirtshaus.« Er deutete mit dem Daumen auf den Boden. »Hier in den Jagawirt. Und hat dem Raudaschl einen Zettel hingelegt. Da hat draufgestanden: ›Für dich ist die Kugel schon gegossen‹.«

»Was?« Das war der Spruch, mit dem mich Hansi vor Wochen erschreckt hatte.

Stallner schaute mich mit großen Augen an.

»Ja, und … und weiter?«, fragte ich.

»Dann hat's eine Schlägerei gegeben.«

Ich nickte. Das musste der Raufhandel gewesen sein, von dem ich im Archiv gelesen hatte.

»Und dann … dann is' richtig losgegangen.« Stallner fuhr sich mit der Hand übers Gesicht. »Zuletzt im Oktober.«

»Auf der Geieralm«, sagte ich. »Wo Sie und Ihre Mutter die Sennleute waren.«

»Ich war erst vierzehn.« Er kniff die Lippen zusammen. Von unten auf dem Vorplatz konnte man Gelächter hören und das Starten schwerer Motoren. Anscheinend brachen die Jäger zum Kirchgang auf. »Vieh war keines mehr auf der Alm. Aber das Wetter war gut, und da sind die Mutter und ich fürs Wochenende hinauf, um die Hütte winterfest zu machen.« Er wandte sein Gesicht zum Fenster und lauschte dem leiser werdenden Motorengeräusch. Dann räusperte er sich. »Den ganzen Abend hab ich die Schüsse gehört. Den Jäger haben 's als Ersten erschossen. Und wie dann der Simon vor der Hütte gelegen is' …« Er starrte vor sich hin. »Ich hab das alles von meinem Kammerfenster sehen können. Dabei war ich doch noch ein Kind.«

Vom Bett kam ein erstickter Laut. Frau Stallner hatte sich eine Ecke ihrer Bettdecke vor den Mund gepresst.

»Er hat einen Steckschuss gehabt, der Simon. Im Rücken. Und immerfort hat er geschrien … um Hilfe geschrien.« Stallner vergrub sein Gesicht in den Händen und stöhnte. »Um … um vier Uhr früh … is' dann noch ein Schuss gefallen … und die Hilferufe … waren weg.« Er schluchzte. »Am nächsten Morgen hab ich das Hirn vom Simon auf der Hüttenwand gesehen. Sogar auf dem Kruzifix.« Seine Schultern zuckten. »Sie haben ihn erschossen, einfach erschossen, damit er nicht mehr sagen konnte, mit wem er auf der Geieralm war. Und wer von ihnen den Jäger umgebracht hat.«

Ich starrte auf den von Weinkrämpfen geschüttelten Mann im Sessel. Draußen am Gang knarrte der Boden.

Da nahm Stallner seine Hände vom Gesicht und brüllte: »Verstehen S' denn nicht? Seine Kameraden haben ihn erschossen. Den Gnadenschuss haben 's ihm gegeben. Seine *Kameraden.*« Seine Augen schwammen in Tränen. Flüsternd setzte er hinzu: »Aber die Toten können einem nichts tun, oder?«

Von wem sprach er? Von Simon Munz oder Vinzenz Steiner? »Nein«, sagte ich. »In der Regel nicht.«

Hatte Simon Munz doch nicht Selbstmord begangen? So ganz konnte ich Stallner nicht glauben. Immerhin waren die Todesumstände Gegenstand einer polizeilichen Untersuchung gewesen. Und es lag ein eindeutiges Obduktionsergebnis vor. Was hatte der verstörte Junge damals wirklich gesehen? Oder waren das alles nur Hirngespinste eines Alkoholkranken?

»Herr Stallner«, fragte ich so sanft, wie es mir möglich war. »Wenn Simon Munz wirklich erschossen worden ist, hatte Vinzenz Steiner dann etwas damit zu tun?«

»Nein.« Frau Stallner auf ihrem Krankenlager wandte sich uns wieder zu. »Ich weiß, was S' jetzt denken. Der Steiner hat den Simon erschossen. Und damit die Sennleut, die armen Schlucker, den

Mund halten, hat er ihnen ein Wohnrecht in seinem Gasthof gegeben.« So ungefähr hatte ich mir das wirklich zusammengereimt. Allerdings passte die Millionenerbschaft nicht ins Bild. »Aber so war's nicht.« Sie presste sich eine Hand auf den Hals.

Ich schaute ihren Sohn an, doch der hatte das Gesicht wieder in den Händen vergraben. »Wie war es dann?«

»Der Steiner«, krächzte Frau Stallner, »der Steiner war dabei. Das schon. Der hat immer gewildert.« Sie verzog den Mund zu einem bitteren Grinsen. »Wie sein Vater und sein Großvater auch. Die Steiners haben Jägerblut. Aber den Munz Simon erschossen, das hat er nicht. Das schwör ich vor meinem Herrgott, vor den ich bald treten werde.« Sie schloss die Augen. »Und jetzt gehen S' endlich. Ich will keinen Arzt. Und ich brauch auch keinen mehr.« Ihr Ton war endgültig.

Ziemlich erschüttert stand ich auf und murmelte ein paar Abschiedsworte, die unerwidert blieben.

Als ich die Tür öffnete, sah ich den alten Wenghofer langsam und auf seinen Stock gestützt am Ende des Ganges zu seinem Zimmer schlurfen.

In dieser Nacht fand ich keinen Schlaf. Am schwarzen Himmel hing ein riesiger Vollmond, dessen Schein vom Schnee reflektiert wurde. Silbernes Licht kroch durch die Ritzen der Fensterläden und die zugezogenen Vorhänge und tauchte mein Zimmer in mystische Helligkeit. Die Heizung des Gasthofes lief auf Hochtouren, und die Luft in meinem Zimmer war heiß und trocken. Nachdem ich mich im Bett stundenlang hin und her gewälzt hatte, stand ich auf und ging zum Fenster, um ein wenig frischen Wind hereinzulassen.

Draußen war es taghell. Die Landschaft glich einer Schwarz-Weiß-Fotografie. Baumschatten, so scharf umrissen wie Scherenschnitte, erhoben sich in allen Grautönen aus sanften Schneehügeln. Der Fluss glänzte wie nasser Asphalt. Die Luft war kühl und frisch.

Etwas bewegte sich am anderen Flussufer. Ich kniff die Augen zusammen, um besser sehen zu können. Eine menschliche Silhouette tauchte kurz am schwarzen Waldrand auf, dann war sie auch schon zwischen den Tannen verschwunden. Diesmal hatte ich mich nicht getäuscht. Ich hatte eine hell gekleidete Person gesehen. War es Hansi gewesen? Woher war sie gekommen? Ich beugte mich aus dem Fenster. Der Schnee war unberührt. Es gab keine Fußspuren, die vom Gasthof wegführten.

Ich starrte in die leuchtende Winterlandschaft. Die Kälte bemächtigte sich meiner Glieder, und eine Gänsehaut kroch über meinen Rücken. Rasch schloss ich die Fensterflügel. Es gab nur zwei Möglichkeiten. Entweder Hansi geisterte im Wald herum, dann musste ich sofort Hilfe holen. Oder sie lag wohlbehalten in ihrem Bett, dann konnte ich den Nachtwanderer, wer immer es war, guten Gewissens sich selbst überlassen. Ich warf mir meinen Morgenmantel über und machte mich auf den Weg in den zweiten Stock.

Unter Hansis Zimmertür schimmerte Licht.

Ich klopfte an, erhielt aber keine Antwort. »Hansi?« Vorsichtig drückte ich die Klinke hinunter. »Hansi?«

Das Zimmer wurde nur vom schwachen Schein der Nachttischlampe erhellt. Hansi saß auf ihrem Bett und wandte mir ihr überraschtes Gesicht zu. Sie trug den spitzenbesetzten weißen Morgenmantel, und auf ihrem Schoß lagen der leere Stickrahmen und das offenbar fertig gestickte Totentuch für ihren Bruder. Neben ihr stand eine offene Holzkassette, und um sie herum waren Schwarz-Weiß-Fotos auf der Bettdecke verstreut. Zwei Bilder lagen auf dem Boden. Ich war erleichtert, wenn auch etwas verlegen.

»Entschuldigen Sie den nächtlichen Überfall. Ich … ich wollte nur sehen, ob es Ihnen gut geht.« Ihre Pupillen waren in dem schwachen Licht erweitert, sodass ihre Augen nicht silbern, sondern schwarz wirkten. In diesem Moment sah sie ihrem Bruder so ähnlich, dass Vinzenz Steiner mich anzustarren schien. »Da war wieder diese Silhouette draußen … und … na ja, ich dachte, Sie hätten sich vielleicht noch zu einem Spaziergang entschlossen.« Wer war hier verrückt?

Auf Hansis Gesicht erschien ein amüsiertes Lächeln. »Und da meinen S', Sie hätten mich gesehen? Draußen? Mitten in der Nacht?« Ihre Stimme klang nachsichtig. »Wo soll denn diese … Silhouette gewesen sein?«

»Am Waldrand«, sagte ich ein wenig hilflos. »Genau wie das letzte Mal. Und auf einmal war er weg.«

Hansi neigte erst den Kopf zur Seite, dann hob sie ihr Gesicht zu dem Kruzifix in der Zimmerecke empor und bewegte stumm die Lippen, als bete sie. Statt der getrockneten Blumen steckten jetzt frische Tannenzweige, an denen noch Tannenzapfen hingen, hinter dem Kreuz. Ihr würziger Duft durchzog die Luft.

»Amen«, sagte Hansi endlich und seufzte. Dann wandte sie sich an mich und fügte hinzu: »Jetzt können S' getrost zu Bett gehen. Ihnen wird nichts passieren.«

Ihre Stimme klang so überzeugend, dass ich mich tatsächlich beruhigter fühlte. Auf einmal war ich mir meiner Beobachtung auch nicht mehr sicher. Wer konnte schon sagen, was ich da draußen im trügerischen Mondlicht gesehen hatte? Die Ereignisse der letzten Zeit hatten offenbar an meinen Nerven gezerrt.

»Gibt es hier so was wie Polarlicht?«, fragte ich.

Hansi schüttelte den Kopf. »Polarlicht nicht, aber bei klarem Himmel kann man jede Menge Sternschnuppen sehen.« Sie zwinkerte mir zu. »Dann sollten S' sich was wünschen.«

»Gute Idee.« Ich konnte einen Seufzer nicht unterdrücken. »Ich hätte da zurzeit eine ganze Liste. Gute Nacht und … ich weiß auch nicht, was ich gesehen habe.«

Ich drehte mich um und hatte die Hand schon auf der Türklinke, als ich Hansis sanfte Stimme hinter mir hörte.

»Die Weiße Frau«, sagte sie. »Die sucht den Toten.«

Ich drehte mich um. *»Was?«*

Hansi bückte sich und hob eins der Bilder vom Boden auf. »Der, der heute Nacht stirbt, dessen Seele muss mit der Weißen Frau gehen.« Sie strich über die zerknitterte Porträtaufnahme. Dann schaute sie mich an und lächelte verschmitzt. »Aber Sie sind ja noch ganz lebendig.«

Ich musste lachen, so offensichtlich nahm sie mich auf den Arm. Bis ich in mein Zimmer zurückkam, war auch der letzte Rest Besorgnis von mir abgefallen. Aus Gewohnheit, so versicherte ich mir, versperrte ich trotzdem die Tür.

SECHZEHN

Ich hängte mir das Stethoskop um den Hals und warf einen möglichst unauffälligen Blick auf meine Armbanduhr. Es war gleich Mittag, und die alte Frau Meixner, die letzte Patientin aus meinem übervollen Wartezimmer, hatte sich gerade erst mühsam hingesetzt und eine Batterie von noch ungeöffneten Medikamentenschachteln auf meinem Schreibtisch aufgebaut. Sie war zwar immer mal wieder zum Arzt gegangen, hatte aber die verschriebenen Tabletten lieber nicht genommen. Nun wollte sie mit der jungen Frau Doktor, von der sie schon viel Gutes gehört hatte, einen Neuanfang machen. Welches Medikament half denn nun gegen welche Krankheit? Ich rief Miranda herein und bat sie, die Schachteln mit dem längst verstrichenen Ablaufdatum zur Entsorgung mitzunehmen und mir ein Sandwich zu besorgen. Dann erklärte ich Frau Meixner geduldig ihren Gesundheitszustand und schickte sie stolz mit einem neuen Rezept zur Apotheke.

Ich hatte mir angewöhnt, zu einem schnellen Mittagessen in den Jagawirt zu fahren, doch an Tagen wie diesem blieb oft nur eine kurze Pause in meinem privaten Büro. Inzwischen hatte ich über zweitausend Patienten aus Alpbach und dem Umland in meiner Kartei, und die Ordinationsstunden machten nur den geringeren Teil meiner Arbeitszeit aus. Immer wieder wurde ich zu Notfällen gerufen, Sportunfällen, wie sie in der Region häufig vorkamen. Für Hausbesuche blieb überhaupt nur am Abend Zeit. Es gab keinen Kollegen, dessen zweite Meinung ich einholen konnte, der nächste Facharzt war eine Stunde Fahrzeit entfernt in Salzburg, ich musste mich auf mein eigenes Urteil verlassen. Aber mein Erfolg gab mir recht. Und es machte mich glücklich, näher an den Patienten zu sein, als es in der Stadt möglich war. Ich war so mit Arbeit ausgelastet, dass die Ereignisse der letzten Wochen mir fast unwirklich erschienen, sobald ich den Jagawirt hinter mir ließ. In den Weihnachtsferien wollte ich mir eine endgültige Bleibe suchen.

Miranda hatte mir ein Schinkenbrot und eine Flasche Mineralwasser in mein Büro gestellt. In letzter Zeit reichte es meistens nur zu einem kalten Mittagessen. Seit Viktors Besuch hatte sich nichts in diesem Raum verändert. Meine guten Vorsätze, die alten Unterlagen durchzusehen und zu ordnen, waren am Zeitmangel gescheitert. Noch immer reihten sich die abgestoßenen Rücken der medizinischen und geschichtlichen Bücher in den Regalen und stapelten sich die Landschaftsbildbände. Nur die Jagdzeitschriften hatte ich der Reinigungsfrau zum Fensterputzen überlassen. Die mit der Hand beschrifteten schwarzen Aktenordner standen dicht an dicht. Und auf einem lag das lederne Notizbuch des alten Mooslechner.

Viktor hatte mir aus dem schmalen Band das traurige Gedicht aus der Zeit der Protestantenverfolgung vorgelesen. Warum hatte er das Büchlein nicht an seinen Platz zurückgestellt, sondern quer auf den Aktenordner gelegt? Auf einmal kam mir sein Verhalten seltsam vor.

Ich legte den Rest meines Brotes auf den Teller und ging zum Regal hinüber. Seite für Seite blätterte ich das Notizbuch durch, konnte aber keine Veränderung feststellen. Trotzdem hatte ich das Gefühl, etwas zu übersehen. Was hatte Viktor hier gewollt? Hatte er etwas gesucht? Ich zog den Aktenordner, den er, so schien es mir jetzt, mit dem Notizbuch markiert hatte, heraus. Darin befanden sich, sauber abgeheftet, alte Patientenkarteien. Ganz zuoberst, und außerhalb der alphabetischen Reihenfolge, die von Simon Munz. Hatte Viktor die Kartei in der Hand gehabt? Hatte er sie etwa mitnehmen wollen und war von mir gestört worden?

Ich nahm die Kartei heraus, setzte mich damit an den Tisch und überflog die handschriftlichen Aufzeichnungen meines Vorgängers. Simon Munz hatte nur selten den Arzt aufgesucht. Außer ein paar Bagatellkrankheiten hatte ihm nichts gefehlt, bis auf einmal, als er bei der Heuernte in einen Rechen getreten war. Dann war er mit vierundzwanzig Jahren verstorben.

Dr. Adolf Mooslechner war als Sprengelarzt auch für die Totenbeschau bei Simon Munz zuständig gewesen. Im Beschaubefund war sein Tod mit Name, Datum, Todeszeitpunkt ordentlich dokumentiert. Auch die Todesursache fehlte nicht: »Selbstmord durch aufgesetzten Kopfschuss, Schusseintritt zwischen den Augen, Schussaustritt am Hinterkopf.« Kein Wunder, dass Johannes Stallner überall Hirnmasse gefunden hatte. Der Beschaubefund war zur Bestätigung durch den Amtsarzt an die Bezirkshauptmannschaft und das Bestattungsunternehmen gegangen. Natürlich hatte der Amtsarzt die Leiche nicht gesehen, aber wenn ihm die Todesursache plausibel erschienen war, hatte er keinen Grund gehabt, seine Unterschrift zu verweigern. Da hatte mir Johannes Stallner eine schöne Räuberpistole erzählt.

Ich heftete die Karteikarte nicht wieder in den Ordner, sondern schob sie stattdessen in den Bildband über die Alpenüberquerung im 19. Jahrhundert. Auch dieses Buch hatte Viktor in der Hand gehabt. So würde ich die Karte jederzeit wiederfinden. Und zwar nur ich. Dann bat ich Miranda, die Nachmittagssprechstunde wegen eines Notfalls zu verschieben. Ich musste noch einmal mit Johannes Stallner reden.

Auf dem Weg zum Jagawirt kam mir der Notarztwagen entgegen. Er fuhr ohne Blaulicht, trotzdem zog sich mein Magen zusammen. Vor dem Gasthof parkte Viktors schwarzer Pick-up, daneben ein Polizeiauto. Direkt vor den Eingangsstufen stand ein Leichenwagen.

In der Halle waren der Alpbacher Postenkommandant Walter Grabner, Georg Kaml und Viktor in ein leises Gespräch vertieft. Bei meinem Eintreten wandten sie mir ihre Gesichter zu. Alle wirkten angespannt, sogar Grabner. Obwohl es in der Halle eher kühl war, wischte sich der ältere Polizist mit einem Taschentuch Schweiß von der Stirn. Auch das Gesicht von Georg Kaml war aschgrau, und er atmete schwer. Seine klobigen Arbeitshände hatte er wie im Gebet gefaltet und erweckte dabei den Eindruck, als würde sich die eine Hand an der anderen festhalten.

War etwas mit Hansi passiert? Den ganzen Morgen hatte ich nicht an unser Gespräch in der letzten Nacht gedacht. Jetzt fiel es mir wieder ein. »Ist was mit Hansi?«

»Hey, Emma«, sagte Viktor. Seine Stimme klang belegt. »Nein, mit der Hansi ist alles in Ordnung.« Er räusperte sich. »Soweit man das sagen kann.«

»Ja, was … was ist dann passiert?« Ich schaute die Männer der Reihe nach an, aber sie wichen meinen Blicken aus. »Vor dem Haus steht ein Leichenwagen.«

Niemand rührte sich. Die Menschen schienen so leblos wie die ausgestopften Tiere an den Wänden. Schließlich ergriff Grabner das Wort. »Kein Grund zur Aufregung, Frau Doktor«, sagte er förmlich. »Der alte Wenghofer is' heute Morgen verstorben. Der Notarzt war schon da und hat den Tod festgestellt.« Kein Bedarf für einen zweiten Arzt.

»Wie – gestorben?«

Viktor räusperte sich. »Er hat sich vor etwa einer Stunde in seinem Zimmer erschossen.«

»Was?« Das konnte ich nicht glauben. »Erschossen? Er … er hat Selbstmord begangen?« *Der, der heute Nacht stirbt, der muss mit der Weißen Frau gehen.* Hansis Singsang klang mir in den Ohren. Hatte Wenghofer sie vielleicht in seine Selbstmordpläne eingeweiht?

Viktor nickte. »Der Schuss war im ganzen Haus zu hören. Schorsch hier war der Erste bei … der Leiche. Wetti hat gleich den Notarzt gerufen, aber da war nichts mehr zu machen. Kopfschuss. Vorn aufgesetzt.« Er räusperte sich. »Wetti ist jetzt oben. Und die Bestatter.«

»Oh Gott.« Der Anblick eines zerschmetterten Kopfes drängte sich mir auf. »Hatte er denn eine Pistole?«

»Einen Bergstutzen«, sagte Viktor und schluckte. »War sein eigenes Gewehr.«

Georg Kaml presste die Lippen aufeinander. Vor dem Gasthof schlug eine Autotür zu. Gleich darauf öffnete sich die Eingangstür, und mit einem Windstoß trat der Alpbacher Pfarrer in die Halle. Er trug einen schwarzen Mantel und Handschuhe, und um seinen Hals lag wie immer ein dicker schwarzer Wollschal.

Der Geistliche überflog unsere Gruppe. »Gelobt sei Jesus Christus.«

Wir murmelten einen Gruß.

Der Pfarrer blickte hinüber zu Georg Kaml, der daraufhin von einem Fuß auf den anderen trat. Sein Gesicht hatte alle Farbe verloren, und Schweißperlen standen auf seiner Stirn. Er schien sich nur mühsam auf den Beinen zu halten. Schließlich senkte Kaml den Kopf und starrte auf seine gefalteten Hände hinab.

Der Pfarrer nickte. »Dann ist die Geschichte endlich zu Ende, und die arme Seele hat jetzt Ruh.« Damit wandte er sich der Treppe zu und wollte sich auf seinen Versehgang machen.

Aber er hatte den Fuß noch nicht auf die erste Stufe gesetzt, als der Postenkommandant ihm nacheilte. »Herr Pfarrer …«

Der Geistliche blieb stehen und wandte sich wortlos um. Grabner zog einen Zettel aus der Tasche seiner Uniformjacke und legte ihn in den schwarzen Lederhandschuh. Er beugte sich vor und flüsterte dem Pfarrer etwas ins Ohr. Der lauschte, nickte mit ernster Miene und schob das Papier, ohne es anzuschauen, in seine Manteltasche. Er legte seine Hand auf die Schulter des Polizisten und drückte sie kurz, als wollte er ihm Dank sagen. Dann drehte er sich endgültig um und stieg die Stufen hinauf. Ich sah dem sacht unter dem Mantel schwingenden Saum der Soutane nach, bis der Geistliche den obersten Treppenabsatz erreicht hatte und um das geschnitzte Geländer verschwunden war.

»Was geschieht denn jetzt?«, fragte ich.

»Alles so wie immer«, antwortete der Postenkommandant. »Jetzt wird er eingegraben, der Wenghofer.« Er warf Georg Kaml einen Blick zu. »Der Fall is' abgeschlossen.«

»Genau«, sagte Kaml rau. »Jetzt is' der Fall endlich abgeschlossen.« Entgegen seiner Worte klang seine Stimme, als könne er nicht glauben, was er da sagte. »Jetzt is' klar, wer den Steiner umgebracht hat.«

Der Polizist nickte. Viktor kniff den Mund zusammen.

»Wer hat denn Steiner umgebracht?«, fragte ich irritiert.

»Der Munz war der Mörder«, sagte Kaml mit fester Stimme. Er schien seine Fassung wiedergefunden zu haben, denn er hob das Kinn und fixierte uns einen nach dem anderen. »Den hat das Gewissen gedrückt.«

»Soll das heißen«, fragte ich, »soll das heißen, Sie glauben, der alte Munz hat unsern Herrn Wenghofer … aber ich denke, es war Selbstmord?«

Viktor antwortete mir. »Der alte Wenghofer ist doch Gregor Munz, Emma. Wenghofer ist nur sein Hofname. Die Munz stammen vom Wenghof und daher …« Er zuckte die Schultern. »Ich dachte, du wüsstest das.«

Der Hofname bleibt über Jahrhunderte gleich, nur der Name des Besitzers wechselt. Das hatte mir Roswitha im Heimatmuseum erklärt. *Der Hofname ist gebräuchlicher.*

Jetzt verstand ich auch, weshalb mich der Pfarrer auf dem Friedhof bei meiner Frage nach Gregor Munz so seltsam angesehen hatte. Natürlich wusste jeder Alpbacher Bescheid, nur ich, die Zugezogene, war völlig ahnungslos gewesen. Wie leicht hätten meine

Fragen hier im Jagawirt beantwortet werden können. Aber ich hatte mich ja durch Archive und Museen arbeiten müssen.

»Na gut«, sagte Grabner. »Der Fall kann also zu den Akten. Wenn der Steiner eine Strafe verdient hat ... Ich meine, haben sollte«, verbesserte er sich schnell, »... dann hat er sie bekommen. Der Wenghofer hat sich selbst gerichtet, und in diesem Haus kehrt endlich wieder Ruhe ein. Zeit wird's.« Er zog seine Dienstmütze unter dem Arm hervor und setzte sie auf. »Ich telefonier dann mal mit Salzburg.«

»Moment mal ...« Hatte ich ihn richtig verstanden? »Soll das heißen, die Polizei hält den alten Wenghofer für den Mörder von Vinzenz Steiner?« Ich starrte zum Postenkommandanten hinüber. Was immer Gregor Munz vulgo Wenghofer für ein Motiv gehabt haben sollte, niemand konnte doch ernsthaft glauben, dass der alte Mann in der Lage gewesen wäre, den kräftigen Wirt zu erstechen.

Grabner schob die Hände in die Taschen seiner Uniformjacke. »Scheint so, oder?«

»Der Wenghofer war's«, sagte Kaml grimmig.

Im oberen Stock ertönte lautes Gepolter, als wäre ein schwerer Gegenstand zu Boden gefallen. Dann ließ eine tiefe Männerstimme eine laute Schimpftirade los.

»Der Bestatter is' oben«, sagte Grabner. »Wahrscheinlich is' dem Max wieder der Sargdeckel ...«

»Walter, bitte.« Viktor holte tief Luft. Leise setzte er hinzu: »Es reicht.«

Gleich darauf eilte der Pfarrer die Treppe herunter. Er hatte seinen Mantel ausgezogen, und seine Soutane blähte sich hinter ihm und schien ihm Flügel zu verleihen. Wie ein schwarzer Engel kam er in die Halle herab.

»Gelobt sei Jesus Christus«, sagte er.

»In Ewigkeit, amen«, murmelten die Männer im Chor.

Der Geistliche nickte ihnen kurz zu. Sein Blick fiel auf mich, und seine Augen verengten sich. Ich hatte das Gefühl, als würde ich eingeschätzt. Dann war die hagere Gestalt auch schon durch die Eingangstür verschwunden.

»Herr Pfarrer, Herr Pfarrer.« Wetti polterte die Treppe hinunter. Ihr Gesicht war gerötet und ihre Augen verschwollen. In den Armen trug sie ein schwarzes Bündel. Mitten in der Halle blieb sie stehen und ließ die Schultern hängen. »Jetzt hat der Herr Pfarrer seinen Mantel vergessen.« Sie drückte das Stoffbündel an sich, als wäre es ein Kind. Ihre Unterlippe zitterte. »Bei der Kälte«, flüsterte sie. »Der holt sich doch den Tod.«

SIEBZEHN

Die Alpbacher Glocken läuteten ohne Unterlass, als Viktor und ich aus dem Kirchenportal auf die vereisten Marmorstufen hinaustraten und uns der Trauermenge anschlossen, die Gregor Munz vom Wenghof das letzte Geleit gab.

Am Kopf des Trauerzuges ging ein Fahnenträger. Das Kreuz an der Spitze seiner langen Fahnenstange leuchtete in der Sonne. Es schwebte am blauen Himmel über uns wie ein strahlender Stern. Das Banner aus besticktem Brokat schwang im Takt seiner Schritte und zeigte einen alten Mann auf dem Totenbett, die Augen geschlossen und den Leib in ein weißes Leichentuch gehüllt. Darüber kniete der Verstorbene, nun wieder jung und im dunklen Anzug, und reckte lächelnd seine gefalteten Hände Jesus Christus im Strahlenkranz entgegen. Es war ein Bild der Hoffnung für die Trauernden.

Hinter dem Bannerträger schritt der Pfarrer in einem langen weißen Gewand und murmelte Gebete. Ihm folgten seine Ministranten, Maxi Wagner und ein zweiter Junge. Beide hatten zum Schutz gegen die Kälte Skianoraks über ihre langen Kleider gezogen. Sie hielten die Hände brav gefaltet, stießen sich jedoch immer wieder mit den Ellenbogen an und unterdrückten ein Kichern. Vier Männer zogen die schwarze Lafette, auf der der blumengeschmückte Sarg des alten Wenghofer stand. Dahinter ging eine blonde Frau in Trauerkleidung, die sich bei einem Mann eingehakt hatte und immer wieder ein zerknülltes Taschentuch an die Augen führte. Das musste die Nichte sein, die den Wenghof übernommen hatte.

Zu meiner Überraschung erblickte ich direkt hinter der Frau Hansi, die von Wetti gestützt wurde. Hansi trug den Kopf hoch erhoben, und ihr Blick war in weite Ferne gerichtet. In den Händen hielt sie einen Strauß wächserner weißer Lilien, und ihr Haar glänzte wie der Schnee auf den Grabsteinen.

Schweigend folgten Viktor und ich dem Trauerzug. Der ganze Friedhof war voller Menschen. Wenghofer musste ein beliebter Mitbürger gewesen sein, auch sein Selbstmord hatte offenbar seinem

Ansehen nicht schaden können. Immer wieder sah ich mir inzwischen Bekannte zwischen den Gräbern stehen, darunter den Herausgeber des »Alpbacher Wochenblatts«, dessen Pferdeschwanz sich über den Kragen seiner Bergsteigerjacke ringelte.

Als wir das offene Grab erreichten, hatte man den Sarg bereits auf zwei Bretter gestellt, die quer über der ausgehobenen Grube lagen. Das eiserne Grabkreuz der Familie Munz war mit Reif überzogen und seine Spitzen schienen in der Novembersonne zu glühen. Ein Totengräber trat vor und steckte ein schlichtes Holzkreuz mit der Aufschrift ›Gregor Munz‹ in den Erdhügel, der neben dem gähnenden Loch aufgeschüttet war.

Die Stimme des Pfarrers trug über die Trauernden. »*... ohne Schatten kein Licht und ohne Tod kein Leben ...*«

Ich schob meine Hand unter Viktors Arm, spürte die weiche Wärme seines dicken Lammfellmantels und ein tröstliches Drücken. Er war heute wortkarger als gewöhnlich, und als ich ihm ins Gesicht schaute, bemerkte ich, dass er mit zusammengekniffenen Augen die Menge absuchte.

»Was ist los?«, flüsterte ich.

»Hast du den Kaml Schorsch irgendwo gesehen?«

Ich überlegte. »Nein ... nein, ich glaube nicht.« Eigentlich hatte ich mich mehr gewundert, dass die Stallners nicht erschienen waren. »Mir scheint aber, dass Kaml und Wenghofer sowieso keine Freunde waren.« Ich konnte mich noch gut an die Auseinandersetzung erinnern, deren Zeuge ich bald nach meiner Ankunft geworden war. Ich hatte Wenghofer in Steiners Wohnung ertappt. *Schnüffelst wieder rum, Wenghofer? Soll ich dir dabei helfen?* Kamls Stimme war voller Spott und Verachtung gewesen. *Verreck'n sollst, Kaml. Mit dir red ich nicht.* Woher dieser blanke Hass? Und was hatte der Alte bloß in Steiners Wohnung gesucht? »Glaubst du wirklich, Wenghofer hatte etwas mit Steiners Tod zu tun?«, fragte ich leise.

»... so beten wir für den Menschen aus unserer Mitte, der als Erster dem Verstorbenen nachfolgen wird ...«

Viktor zögerte mit einer Antwort. Gerade als er etwas sagen wollte, drehte sich eine ältere Frau zu uns um. Ihr grüner Lodenmantel spannte über dem ausladenden Hinterteil.

»Ja, grüß Gott, Frau Doktor. Furchtbar, gell, das mit dem Gregor? Hat ja so kommen müssen.« Ihr Blick huschte von mir zu Viktor und wieder zurück und blieb an meinem untergehakten Arm hängen. »Schauen Sie eh gut nach der Johanna?«

Offenbar meinte sie Hansi. »Natürlich.«

»Tapfer, dass sie überhaupt mitgegangen ist.« Sie nickte ein paarmal. »Nach ihrem Zusammenbruch beim letzten Mal. Aber heut is' sicher nicht so schlimm für sie. Und schließlich gehört 's ja doch fast zur Familie.«

Das war mir neu. »Steiners und Munz sind verwandt?«

Die dicke Frau wurde von ihrer Nachbarin in die Seite geboxt. Sie zuckte die Schultern und drehte sich wieder um.

Viktor beugte sich zu meinem Ohr und flüsterte: »Ich erklär's dir nachher.«

Der Pfarrer hatte seine Gebete beendet.

»So nimm denn meine Hände und führe mich ...«

Die Stimme der Sängerin am Grab stieg hell und metallisch klar direkt in den Himmel auf. Als sie geendet hatte, wurde der Sarg langsam an blauen Seilen in die Erde gesenkt. Die Trauerfamilie trat als Erste an den Rand der Grube. Hansi bewegte die Lippen wie im Gebet. Dann hob sie stolz den Kopf und warf die weißen Lilien dem Verstorbenen hinterher.

Ich beugte mich zu Viktor.

»Wieso wird Wenghofer eigentlich auf dem Kirchhof beerdigt?«, fragte ich so leise wie möglich. »Wenn er doch ein Selbstmörder ist oder ein ... Mörder?«

»Das verstehst du nicht.« Viktor sah mich nicht an.

Natürlich nicht. Ich war ja keine Alpbacherin. »Aber der Pfarrer muss doch auch seine Vorschriften haben«, beharrte ich. »Kann der denn so einfach ...?«

»Unser Pfarrer gehorcht nur seinem Gewissen.«

»Ach, wirklich.« Ich war fest davon überzeugt, dass es da noch einen anderen Grund geben musste. »Könnte es nicht sein, dass hier alle der Meinung sind, der Mörder vom Steiner habe sich selbst gerichtet und nun ist der Gerechtigkeit Genüge getan? Schwamm, besser gesagt Erde drüber?«

In Viktors Wange zuckte ein Muskel. Offenbar beschäftigte ihn die Sache mehr, als er zugab.

»Wenn der Fall damit zu den Akten gelegt wird«, fuhr ich fort, »dann wird vielleicht ein Unrecht für immer ungesühnt bleiben.

Niemand wird erfahren, warum Steiner sterben musste, und Wenghofer wird als Mörder in die Alpbacher Chronik eingehen.«

Viktor seufzte. »Was willst du eigentlich, Emma? Der ganze Ort ist froh, dass die Geschichte endlich zu Ende ist. Also, lass es jetzt gut sein.«

»Wo hab ich das nur schon gehört?« Ich zog meinen Arm unter seinem raus.

Neben dem Grab hatten die Hinterbliebenen Aufstellung genommen. Die lange Schlange an Trauergästen schob sich an ihnen vorbei. Viele reichten nicht nur der Nichte, sondern auch Hansi die Hand und drückten ihr Beileid aus. Der Pfarrer hielt das Gebetbuch in den gefalteten Händen und neigte den Kondolierenden sein Gesicht zu. Hin und wieder sprach er ein paar Worte.

Die Schlange war endlos lang. Langsam sank die Sonne auf die Berge herab, hinter deren Gipfeln gelbgraue Wolken hervorkrochen. Heftige Schneefälle waren angekündigt, und in der Luft lag eine eigenartige Spannung. Inzwischen war ich mit dem wechselnden Wetter vertraut. Oft glitzerte das verschneite Tal märchenhaft in der Wintersonne, dann wieder legte sanfter Schneefall eine weiße Puderschicht auf die gefrorenen Flächen. Aber manchmal tobte und heulte der Sturm, sperrte die Menschen in ihren Häusern ein und verfrachtete Schneewehen auf die Straßen und machte sie unpassierbar.

Die Grabsteine unter ihren weißen Hauben strahlten eine eigene Kälte aus. Ich trat von einem Fuß auf den anderen, um meinen Kreislauf in Bewegung zu bringen. Der gefrorene Kies unter meinen Sohlen knirschte. Die Frau im Lodenmantel drehte sich um und warf mir einen vorwurfsvollen Blick zu.

Auf einmal fragte ich mich, was ich hier eigentlich tat. Ich hatte Gregor Munz vulgo Wenghofer das letzte Geleit geben wollen. Zwar hatte die Obduktion Selbstmord ergeben, aber war ich ihm nicht mehr schuldig, als zuzusehen, wie er nun auch noch als Mörder beerdigt wurde? Dass Wenghofer den Wirt nicht umgebracht hatte, stand für mich außer Zweifel. Niemals hätte er Vinzenz Steiner das Jagdmesser in die Brust rammen können. Dazu fehlte ihm nicht nur die Kraft in den Armen. Man brauchte dafür auch einen sicheren Stand. Und der alte Wenghofer war auf einen Stock angewiesen gewesen.

Ich konnte hier nicht weiterleben und -arbeiten, in dem ständigen Bewusstsein, dass ich ein Unrecht hätte verhindern müssen und es nicht getan hatte. Außerdem – wenn Wenghofer nicht der Täter war, dann lief der Mörder noch frei herum. Und auch dazu müsste ich für immer schweigen. Dann war ich nicht besser als die Dorfbewohner mit all ihren Geheimnissen. Jeden Morgen würde mir im Spiegel das Gesicht eines Feiglings entgegensehen.

»Ich geh zurück zum Jagawirt«, sagte ich lauter als beabsichtigt.

Rasch schritt ich den Weg zwischen den Gräberreihen entlang, immer darauf bedacht, nicht auszurutschen. Am Friedhofstor drehte ich mich noch einmal um. Viktor starrte mir mit verkniffenem Gesichtsausdruck hinterher.

Der wuchtige Bauernschrank warf Schatten in den Eingangsbereich meines Zimmers. Wie ein Torhüter schien er den Raum zu bewachen. Ich schaltete das Licht ein, und die Jagdszenen auf den Türen füllten sich mit Leben. Warum trugen die altmodischen Jägerfiguren nur Tierköpfe? *Eh ich's vergess – den Bauernschrank im Vorraum können S' nicht benutzen.* Die Holztreppe hatte geknarrt, als Steiner an meinem ersten Abend im Gasthof mit mir gesprochen hatte. Gut möglich, dass Wenghofer damals dort vor der Tür gestanden und gelauscht hatte.

Nachdenklich betrachtete ich den Schrank, der so lange Zeit den geheimen Eingang zum Gasthof verdeckt hatte. Der Hase im roten Jagdrock zielte mit dem Gewehr auf ein Gebüsch. Im Hintergrund, halb versteckt hinter einem dicken Baumstamm, entdeckte ich noch einen Fuchs. Die schwarze Schnauze hämisch verzogen, zwei tote Häschen im Rucksack, stahl er sich heimlich davon. Der Hase und der Fuchs stellten offenbar einen Jäger im roten Rock und einen Wilderer mit geschwärztem Gesicht dar. Und auf einmal begriff ich. Durch diesen Schrank waren im Laufe der Jahrhunderte nicht nur verfolgte Protestanten den Schergen des Erzbischofs entkommen. Auch so mancher Freischütz musste auf diesem Weg der Obrigkeit entwischt sein. Die Malerei wies den Weg in die Freiheit.

Es sind eh nur alte Buchhaltungsunterlagen darin. Wozu der Hinweis? Mein Angreifer hatte auch den Schrank durchsucht. *Wer?* Wenghofer? Ich hatte ihn in Steiners Wohnung vor der Bauerntruhe ertappt. Vielleicht war sein Gefühlsausbruch angesichts der weißen Gams Theater gewesen, und er hatte mich nur von dieser Truhe ablenken wollen. Je mehr ich darüber nachdachte, desto wahrscheinlicher schien mir diese Lösung. Aber was hatte er gesucht?

Wahrscheinlich wäre ich nie auf die Idee gekommen, der Wohnung des Wirtes noch einmal einen Besuch abzustatten, wenn die Gelegenheit nicht so günstig gewesen wäre. Der Gasthof war wegen des Todesfalls geschlossen, ein Teil seiner Bewohner war noch auf dem Friedhof und würde erst zum Leichenschmaus zurückkehren. Von den Daheimgebliebenen war mir niemand begegnet. Niemand außer mir befand sich im ersten Stock.

Nach meinem Studium war ich durch Indien gereist. Auf dem Marktplatz von Kalkutta hatte ich einen alten Mann beobachtet, der mit seinem Flötenspiel eine Kobra aus einem Weidenkorb lockte. Während der Inder sich hin- und hergewiegt hatte, war die Schlange seinen Bewegungen gefolgt, bis sie aufrecht wie ein Stock stand und nur noch wenige Zentimeter ihren Kopf vom Gesicht ihres Herrn trennten. Ich hatte den beiden zugeschaut und dabei versucht zu verstehen, was den Mann und seine Schlange verband. Plötzlich hatte sich die Schlange zusammenfallen lassen und war wieder in ihrem Korb verschwunden. Dann hatte der alte Mann mich bemerkt und mir zugelächelt. Er hatte mir bedeutet, in den Korb zu greifen. Ich hatte keine Sekunde gezögert. Und nie wieder hatte ich so ein Gefühl des Triumphes empfunden wie in den Sekunden, in denen die Kobra meinen Arm emporgeglitten war, um sich dann um den Hals ihres Herrn zu legen. Während der ganzen weiteren Reise hatte ich mich unverwundbar gefühlt. Und jetzt, Jahre später, spürte ich wieder dieselbe unbezähmbare Abenteuerlust und dasselbe Kribbeln im Nacken wie damals auf dem Marktplatz von Kalkutta. Mir war, als hörte ich das Lachen des alten Inders.

Ich wollte einen letzten Erkundungsgang machen. Wenn ich heute nichts fand, so schwor ich mir, würde ich den Fall für immer ruhen lassen.

Vinzenz Steiners Wohnung war zwar nicht mehr versiegelt, doch da ich keinen Wohnungsschlüssel hatte, konnte ich nicht einfach durch die Wohnungstür spazieren. Und ich hatte keine Ahnung, wie man ein modernes Zylinderschloss knackte. Blieb der geheime Durchgang in der Abstellkammer, denn dort gab es nur ein einfaches Kastenschloss. Rasch suchte ich ein wenig in meiner Arzttasche herum und steckte ein paar Instrumente ein. Für den Fall, dass bei den Stallners der Fernseher einmal nicht lief, huschte ich lautlos wie ein Dieb die Holztreppe hinunter. Inzwischen kannte ich jede knarrende Stufe und vermied es, daraufzutreten.

Vom schwarzen Wasser des Baches, der sich zwischen Inseln aus Eis und Schnee schlängelte, stiegen hinter dem Gasthof weiße Rauchnebel auf. Der Uferpfad lag den ganzen Tag im Schatten, und so waren die Kieselsteine, die ihn bedeckten, zu einer unebenen Fläche gefroren. Weiche Schneeflocken schwebten vom Himmel herab und verbargen den vereisten Weg unter einer zarten Puderschicht. Um nicht zu fallen und den Abhang hinabzurutschen, tastete ich mich an der Hausmauer entlang, bis ich die Holztür erreicht hatte. Dann fasste ich nach der eisernen Klinke. Die Tür war nicht verschlossen.

In der Abstellkammer war es dunkel. Wie beim letzten Mal griff ich nach dem Drehschalter. Sofort flammte die einzelne Glühbirne an der Decke auf. Im Luftzug der offenen Tür schwang sie hin und her und verbreitete ein unruhiges Licht. Das Durcheinander in der Kammer hatte sich nicht verändert, nur die Staubschicht, die das Sammelsurium aus Werkzeugen und alter Kleidung bedeckte, schien dicker geworden zu sein. Ein zartes Spinnennetz spannte sich zwischen den Spankörben mit dem Feuerholz, das für Vinzenz Steiners Kachelofen nun nicht mehr gebraucht wurde. Abgestoßene Reisigbesen, rostige Rechen und andere Gerätschaften lehnten nach wie vor an der Wand. Das scharfe Blatt der Schneeschaufel warf einen unruhigen Schatten auf den schwach erleuchteten Boden. Hinter ihr lag der Raum im Dunkel.

Ich schloss die Tür und bahnte mir einen Weg zum Garderobenbrett am anderen Ende der Abstellkammer. Die verblichenen Drillichrucksäcke schienen unangetastet, ihre braunen Lederverschlüsse waren grau von Staub. Auch die alten Lederriemen hingen nach wie vor steif an ihren Haken. Trotzdem hatte ich das Gefühl, als würde etwas Entscheidendes fehlen. Ich versuchte, mich an das letzte Mal zu erinnern, als ich mich in der Kammer umgeschaut hatte. Doch es fiel mir nicht ein. Die vier Stufen zu der Geheimtür hoch waren staubbedeckt. Verwischte Abdrücke von Schuhen führten deutlich sichtbar hinauf und wieder hinunter. Jemand war vor noch nicht allzu langer Zeit hier gewesen und hatte etwas vom Garderobenbrett genommen.

Nachdenklich stieg ich die Stufen hinauf. Dabei gab ich, genau wie beim letzten Mal, zu wenig acht und blieb mit der Schuhspitze unter dem losen Brett hängen. Doch diesmal konnte ich mich nicht mehr festhalten. Ich stolperte und stürzte. Hart prallte mein Schienbein gegen die Treppenkante. Ich verfluchte meine Unachtsamkeit, setzte mich auf die unterste Stufe und rieb mein schmerzendes Bein.

Während ich wartete, dass das Pochen nachließ, ließ ich meinen Blick über die Treppe wandern. Da stutzte ich. Dort, wo eine Stufe auf die andere traf, befand sich jeweils ein schmaler Abstand. Nur das Brett, das mir gerade zum zweiten Mal zum Verhängnis geworden war, lag deutlich höher über dem unteren. Ich beugte mich vor, um den Grund für die größere Lücke herauszufinden. Im schwachen Licht der Glühbirne bemerkte ich einen Schimmer zwischen den Brettern. Vielleicht steckte dort etwas fest.

Neugierig schob ich den Zeigefinger in die Lücke. Zu meiner Überraschung hob sich die ganze Stufenabdeckung. Ich klappte das Brett wie einen Deckel hoch. Das Blinken rührte von einem Scharnier her. Verblüfft starrte ich in den Hohlraum, der sich darunter auftat. Darin lag ein langer Gegenstand, der in eine verblichene, ehemals geblümte Wachstuchdecke eingeschlagen war.

Ich zögerte nur kurz. Dann griff ich nach dem Ding, zog es heraus und schlug das steife Plastik auseinander. Ein doppelläufiges Jagdgewehr lag vor mir, wie ich bisher noch keines gesehen hatte. Es wirkte altertümlich, war kurz und klobig. Der Schaft und der Lauf glänzten wie frisch poliert. Ein leichter Geruch von Waffenöl stieg auf.

In Steiners Wohnung hatte ich einen Waffenschrank gesehen. Alle darin verwahrten Gewehre waren mit Sicherheit registriert. Aber dieses hier? Hatte Vinzenz Steiner eine illegale Waffe in der Abstellkammer versteckt, die er nur für bestimmte Gelegenheiten hervorholte? Ich dachte an den Bauernschrank in meinem Zimmer mit der spöttischen Wildererszene. Steiner war in seiner Jugend ein Bandenmitglied gewesen. Trotzdem schien mir dieses Geheimversteck für ein altes Jagdgewehr ziemlich übertrieben. Nachdenklich wickelte ich das Gewehr wieder in die Wachstuchdecke und legte es auf den Boden. Dann beugte ich mich über die Stufe, neugierig, was ich noch finden würde.

Da hörte ich hinter mir scharfes Metall über Stein schaben. Dann knallte etwas auf den Boden. Es klang so, als wäre die Schneeschaufel umgefallen. Erschrocken hob ich den Kopf. In diesem Moment sauste ein raues blau-gelbes Seil über meinen Kopf und legte sich um meinen Hals. Kurz empfand ich Befriedigung, als mir klar wurde, dass es das Bergsteigerseil gewesen war, das am Garderobenbrett gefehlt hatte. Dann schloss sich das Seil mit einem schneidenden Schmerz um meinen Hals.

Ich stürzte nach hinten. Für den Bruchteil einer Sekunde ließ der Zug nach, gerade genug Zeit, um meine rechte Hand zwischen das Seil und meinen Hals zu schieben. Jemand warf sich über mich. Ein starker Arm legte sich über mein Gesicht. Ich bekam keine Luft mehr, als mein Angreifer versuchte, mein Gesicht gewaltsam nach hinten zu drehen. *Er will mir den Hals umdrehen!* Meine Hand berührte etwas Glattes, Kaltes. Das Gewehr. Inzwischen wusste ich, wie schwer eine Jagdwaffe war. Ein Schlag mit dem Gewehrkolben musste jeden Knochen splittern lassen. Eher würde ich den Mörder selber töten, als dass er mich kriegte. Ich krallte meine Finger in das steife Plastik. Für einen Moment ließ mich mein Angreifer los. Dann packte er mich umso fester und riss mich an sich. Ich versuchte, das glatte Paket festzuhalten, aber es entglitt mir. Das Gewehr war weg. Ich hatte meine einzige Waffe verloren. Wie verrückt trat ich um mich, traf hart auf Knochen und Fleisch. Jemand stöhnte laut auf.

Dann wurde es kalt. Jemand hatte die Tür geöffnet, und ich hörte rennende Schritte. Mein Angreifer wurde von mir fortgerissen. Hustend und würgend wälzte ich mich zur Seite. Durch den roten Nebel vor meinen Augen konnte ich die unscharfen Umrisse zweier Männer sehen, die erbittert miteinander kämpften. Ich drehte mich weg, um Luft zu holen und wieder zu Atem zu kommen. Da brach der Kampflärm ab.

Eine Hand packte meinen Arm, und voller Entsetzen erkannte ich eine vertraute stählerne Armbanduhr. Ich hob den Blick. Direkt vor mir schwebten die weit aufgerissenen Augen von Viktor Thurner.

ACHTZEHN

Grüne Hirsche sprangen durch den Schnee. Es war ein ganzes Rudel. Ich schaute ihrem wilden Treiben zu, bis sie sich beruhigten, langsamer wurden und endlich im Sprung erstarrten. Der Schnee unter ihren Hufen hatte Wellen. Die Landschaft schien mir vertraut. Dann erkannte ich den Vorhang vor meinem Zimmerfenster. Warum hatte ich ihn nicht zugezogen? Hinter den Scheiben wirbelten und tanzten Schneeflocken und verdichteten sich zu grauen Spinnweben.

»Frau Doktor …« Ein breites Gesicht neigte sich über mich. »Na? Ausgeschlafen?« Wetti stand neben meinem Bett.

Das Zimmer war in warmes Licht getaucht. Nur die Schreibtischlampe brannte, doch ihr Schein erreichte die Zimmerecken nicht.

»Was …«, krächzte ich. Etwas hinderte mich daran, meinen Kopf zu drehen. Als ich an den Hals fasste, spürte ich ein dickes Handtuch, das darumgewickelt war. Die Abstellkammer fiel mir wieder ein, die Spinnweben über dem Kaminholz, das würgende Seil. Ich versuchte, das Handtuch zu lösen.

»Pscht.« Wetti zog meine Hand weg. »Den Salbenverband müssen S' noch ein wenig drauflassen. Den hab ich Ihnen gegen die Schwellung gemacht und gegen die blauen Flecken. Unser Herr Pfarrer persönlich hat extra frisches Murmeltierschmalz für Sie vorbeigebracht.«

»Frisches …?«

»Murmeltierschmalz.« Auf Wettis Wangen erschienen Grübchen. »Das hat Ihnen doch beim letzten Mal auch recht gut geholfen.« Es klang, als hätte ich damals eine simple Halsentzündung gehabt. »Immer wenn der Herr Pfarrer ein Murmeltier schießt, lässt er nachher das Fett aus. Diesmal hat er's sogar selbst abgegeben.« Die Hochachtung in ihrer Stimme galt wohl mir, ihrer prominenten Patientin.

Auf dem Gang waren Schritte zu hören. Die Tür ging auf, und Viktor stand im Zimmer. Er trug eine Daunenjacke, und in der Hand hielt er einen Teller. Sein Haar war dunkel vor Nässe und stand in Stacheln zu Berge. Schlagartig kehrte meine Erinnerung zurück. Die Kampfgeräusche. Die Stahluhr. Die aufgerissenen Augen.

Hastig setzte ich mich auf. Mit einem Lächeln legte mir Wetti ihre kräftigen Kellnerinnenhände auf die Schultern und drückte mich zurück in die Kissen. Alle hatten sich gegen mich verschworen. Mein Feind kam näher.

»Hilfe«, krächzte ich.

»Hey«, sagte Viktor und hielt mir den Teller unter die Nase. Süßer Dampf stieg von warmem Schmalzgebäck auf. »Das volle Verwöhnprogramm für unser Mädel.« Von den Schultern seiner dicken Steppjacke perlte zu Wasser geschmolzener Schnee. »Du bist ja schon wieder ganz schön lebendig.« Auf dem Teller lagen frisch gebackene Apfelküchlein, liebevoll mit einem Klecks Preiselbeermarmelade garniert, daneben eine Kuchengabel und eine Papierserviette. »Die schickt dir die Hansi. Damit du wieder zu Kräften kommst, hat sie gemeint.«

Wetti nahm Viktor den Teller ab und stellte ihn in meine Reichweite auf den Nachttisch. Dann sagte sie, sie müsste wieder an die Arbeit gehen, und verschwand mit einem Kopfnicken. Viktor spazierte zu meinem Ohrensessel, ließ sich hineinfallen und streckte die Beine aus. Er wirkte müde. Von den Profilsohlen seiner hellen Schnürstiefel tropfte Schmelzwasser auf die Holzdielen und sammelte sich in kleinen Seen aus Eis und Schnee. Er stützte das Kinn in die Hand und schaute mich an.

Endlich sagte er: »Hatte ich dich nicht vor dieser Schnüffelei gewarnt?«

Ich schluckte, was mir schwerfiel.

»Der wollte dich umbringen, das ist dir hoffentlich klar.« Er fuhr sich mit der Hand durch sein nasses Haar. Dann grinste er. »Ist ihm wieder nicht gelungen, wie man sieht.«

»So ein Stümper, soll das wohl heißen. Bist du gekommen, um dich davon zu überzeugen?« Ich ballte die Fäuste unter der Bettdecke.

»Nein, eigentlich warte ich auf einen Patienten. Da wollte ich noch schnell nach dir schauen.«

»Das ist … nett.«

»Immer wieder gerne.« Er warf einen Blick auf seine Armbanduhr. »Ich hab in der Praxis hinterlassen, wo ich bin. Die Bergrettung hat einen Lawinensuchhund im Einsatz, der sich gerade verletzt hat. Tasso ist mein Patient. Ich muss sowieso warten, bis sie ihn vom Berg runter bringen.«

»Wer war's?«

Er musterte mich. »Wer es auf dich abgesehen hatte?«

Ich nickte.

»Na, der Kaml Schorsch, wer denn sonst?«

»Kaml?« Die offene Tür der Abstellkammer fiel mir wieder ein. Das Dunkel hinter den alten Gartengeräten und die umstürzende Schneeschaufel. Kaml musste mir aufgelauert haben. Ich zog mir die Bettdecke über die Schultern.

Viktor nickte. »Ich hatte ihn schon länger in Verdacht, und als ich ihn auf dem Friedhof nicht gesehen habe und du mit so entschlossener Miene zum Jagawirt zurück bist ...« Sein Ton wurde ernst. »Gut, dass ich dir nachgegangen bin.«

Ich nickte, soweit das mit dem dicken Handtuch um meinen Hals möglich war. »Wann bist du denn auf die Idee gekommen, dass ausgerechnet Kaml ...?«

»Gleich als du mir von dem ersten Überfall auf dich erzählt hast.« Er zog seine Daunenjacke aus und ließ sie achtlos zu Boden gleiten. Dann lehnte er sich zurück und verschränkte die Hände vor der Brust. »Du hast immer Schritte vor deiner Tür gehört, oder?«

Wieder konnte ich nur nicken. Mein Hals tat höllisch weh.

»Also musste es jemand aus dem Haus sein. Der Jagawirt ist schließlich kein Hotel. Hier fällt ein Fremder auf.«

Zu dem Schluss war ich auch schon gekommen. Aber je mehr ich mit den Menschen im Jagawirt vertraut wurde, umso weniger konnte ich mir vorstellen, dass einer davon mir nach dem Leben trachtete. Und hatte Kaml mich nicht gerettet?

»Aber Kaml hat mich doch gefunden – nach dem ersten Überfall.«

»Hat er nicht.« Viktor schüttelte den Kopf. »Der hat gedacht, du schläfst, und wollte gerade mit seinem Nachschlüssel ins Zimmer, als du so dumm warst, einfach die Tür aufzureißen. Schorsch blieb nichts weiter übrig, als dir eins mit der Faust auf den Kopf zu geben. Sein Pech war nur, dass du so laut geschrien hast.« Er bückte sich, hob seine Daunenjacke auf und legte sie über die Armlehne des Sessels. »Wahrscheinlich hätte er dich sonst schon in jener Nacht umgebracht.« Ich war sprachlos. »Du hast mit deinem Geschrei das ganze Haus geweckt, weißt du? Da hat sich Schorsch schnell hingekniet und deinen Retter gespielt.«

Ich sah Kamls besorgtes Gesicht wieder über mir, hörte seine bohrenden Fragen, ob ich den Täter nicht doch gesehen hatte. Mir war aufgefallen, dass er statt seiner üblichen Holzpantinen nur dicke Skisocken getragen hatte. Aber ich hatte nicht den Schluss daraus gezogen, dass er sich damit lautlos durchs Haus bewegen konnte. Natürlich hatte er darauf bestanden, auch noch die Polizei zu rufen. Das perfekte Ablenkungsmanöver. Dass ich mich an nichts erinnern konnte, hatte mir wohl zunächst das Leben gerettet.

»Was wollte er denn überhaupt in meinem Zimmer?«

Viktor zuckte die Schultern. »Schorsch hat bei der Polizei ausgesagt, er hätte einen Schlüssel gesucht. Den zu dem Bauernkasten da drüben.« Er deutete mit dem Kinn zum Vorraum. »Anscheinend hat er sich schon einmal mit seinem Nachschlüssel Zutritt zu deinem Zimmer verschafft, während du in der Praxis warst. Aber er hat den Schlüssel nirgends finden können.«

Natürlich nicht. Denn ich hatte den alten Schlüssel aus Vergesslichkeit die ganze Zeit in meiner Jackentasche mit mir herumgetragen. »Sag mal, woher weißt du das eigentlich alles?«

»Ich?« Er sah mich erstaunt an. »Na, vom Grabner Walter natürlich, von wem sonst? Vom Postenkommandanten. Der ist doch mein Onkel, wusstest du das nicht?«

»Nein, das wusste ich nicht.« So viel zum Amtsgeheimnis in Alpbach. Ich beschloss, diesen Punkt stillschweigend zu übergehen. »Und … und beim zweiten Überfall auf mich?«

»Auch Schorsch, logisch. Da hat er im Badezimmer auf dich gewartet. Er hat gedacht, dass du den Schlüssel bei dir hast.«

Kaml hatte mein Zimmer durchsucht, aber weder Geld noch Wertsachen mitgenommen. »Ich hatte gleich das Gefühl, dass dieser Einbruch nur vorgetäuscht war.«

»Schorsch musste von seiner eigentlichen Suche ablenken.«

»Und … hat er gefunden, was er suchte?«

Viktor schüttelte den Kopf. »Nein.«

»Ja, was war's dann?« Kaml hatte versucht, mich zu erdrosseln, gerade als ich die Jagdwaffe aus dem Versteck gezogen hatte. »Etwa das Gewehr?«

»Das Gewehr ist nur für die Polizei interessant.« Viktor räusperte sich. »Schorsch hat sein Geständnis gesucht.«

»Was denn für ein Geständnis?«, fragte ich. »Hat Kaml etwa Vinzenz Steiner ermordet? Das glaube ich nicht.« Kamls Entsetzen beim Anblick der Leiche und sein Zusammenbruch waren echt gewesen. Geradezu hysterisch hatte er in den folgenden Wochen dafür gesorgt, dass im Gasthof nachts alle Türen und Fenster verschlossen waren. Kaml hatte Angst gehabt. Aber vor wem? Es musste noch jemanden geben, der die Menschen im Jagawirt bedrohte. Mir wurde kalt. »Kaml hat Steiner nicht umgebracht.«

Viktor runzelte die Stirn. »Das behauptet er auch, ja. Zumindest diesen Mord streitet er entschieden ab.«

»Zumindest *diesen* Mord? Was soll das denn heißen? Welchen Mord streitet er denn nicht ab?«

»Den an Simon Munz.«

»Was?«

Der Wind, der den Schnee am Fenster vorbeiwirbelte, war zum Sturm geworden und rüttelte an den Holzläden.

Viktor nickte. »Steiner, Munz und der gute Schorsch waren doch die Wilderer auf der Geieralm. Der Raudaschl Sepp, der Jäger, hat damals im Sommer einen Freund der drei angeschossen. Daraufhin ist er bedroht worden. Irgendwer hat ihm einen Zettel geschickt, auf dem gestanden ist: ›Für dich ist die Kugel schon gegossen‹.« Er verschränkte die Arme hinter dem Kopf und grub sich tiefer in den Ohrensessel. »Eigentlich Kinderkram. Aber wie der Raudaschl dann wirklich erschossen wurde, hat die Polizei natürlich in Richtung Mord ermittelt.«

Für dich ist die Kugel schon gegossen. Das waren Hansis Worte.

»Na, jedenfalls hat Steiner den Raudaschl Sepp bei der berühmten Wildererschlacht getötet«, sagte Viktor.

Deswegen hatte Steiner vor Gericht also so eisern geschwiegen. Seinen eigenen Kragen wollte er retten und nicht etwa seine Kameraden. Sein gutes Ansehen im Ort war danach in Stein gemeißelt. »Steiner ist damals im Zweifel freigesprochen worden, und die Tatwaffe …« Ich konnte nicht weitersprechen. Ich wusste, wo die verschwundene Waffe all die Jahre versteckt gewesen war.

»Die hast erst du gestern gefunden.« Viktors Lachen klang bitter. »Tja, nur Steiner und seine beiden Freunde wussten, wer den Jäger auf dem Gewissen hatte. Munz und Schorsch. Aber Munz war selbst schwer verletzt. Der wäre allein nicht mehr ins Tal gekommen. Und dort hätte er einen Arzt gebraucht und eine Aussage machen müssen.«

Simon Munz hatte einen Steckschuss im Rückgrat gehabt. Hatte er begriffen, dass er seine Beine nie wieder würde bewegen können? Oder hatte er nur vor Schmerzen gebrüllt und seine Kumpane um den letzten Rest an Verstand gebracht? »Und da hat Kaml seinen Freund einfach abgeknallt?«

Der Schneesturm trieb weiße Flocken fast waagerecht hinter den Fensterscheiben vorbei. Die Holzläden quietschten in ihren Scharnieren.

»Nein. So war's nicht.« Viktor seufzte. »Steiner hatte schon den Jäger erschossen. Dafür wäre er lebenslänglich hinter Gitter gewandert.« Er schluckte. »Und da hat er eben Schorsch gezwungen, Munz mit dem eigenen Gewehr ... Ein aufgesetzter Schuss, damit es wie Selbstmord aussah. Zur Absicherung sozusagen.«

Und der Gladiator hatte seinem Herrn gehorcht. Kein Wunder, dass Steiner ihm blind vertraute. Mir war übel. »Wie – zur Absicherung?«

»Na, ja.« Viktor schloss die Augen. »Die beiden haben gegenseitig ein Geständnis unterzeichnet. Und waren sich damit für den Rest ihres Lebens ausgeliefert.«

»Aber es hat doch Zeugen gegeben«, wandte ich ein. »Die Stallners waren schließlich auch auf der Alm.«

»Die haben den Schuss gehört, aber wohl nicht mitbekommen, wer der Schütze war. Schorsch sagt, Johannes hätte gehört, wie Steiner ihm den ... Mord befohlen hat.«

»Und wieso sind die Stallners dann ausgerechnet in den Jagawirt gezogen?« Tür an Tür mit einem Mörder zu leben, war eine eigenartige Entscheidung. Noch dazu, wo sie es anscheinend nicht nötig hatten. »Ich habe gehört, Frau Stallner hätte eine Erbschaft gemacht.«

Viktor starrte mich an. »Blödsinn.«

»Doch, diese Roswitha im Heimatmuseum hat mir erzählt ...«

Viktor winkte ab. »Den Dorfklatsch kenne ich auch. Da ist nix dran, glaub mir. Steiner hat den beiden ein Wohnrecht eingeräumt. Sozusagen als Schweigegeld.« Er zuckte die Schultern. »Behauptet zumindest Schorsch.«

Die Stallners hatten also die Legende von der Millionenerbschaft verbreitet, um zu erklären, weshalb sie sich ein Leben im Gasthof leisten konnten. Und Jacqueline Seywald hatten sie erzählt, ihr Vater schulde ihnen Geld. Dabei hatte Vinzenz Steiner den armen Leuten nur ein Dach über dem Kopf gegeben und sie ansonsten vor die Hunde gehen lassen. Johannes war dabei, sich zu Tode zu trinken, und seine Mutter, gezeichnet von einem harten Arbeitsleben, war schwer krank. Es war nur noch eine Frage der Zeit, bis diese beiden Zeugen verschwunden waren. Steiners einzige Bedrohung war sein schriftliches Geständnis in Kamls Händen gewesen.

»Seit seinem Unfall konnte Schorsch nicht mehr als Holzknecht arbeiten«, fuhr Viktor fort. »Da hat ihm Steiner den Job als Hausmeister verschafft. Ja … und eines Tages bemerkt nun Schorsch, dass Steiners Geständnis weg ist.«

Das sah Steiner ähnlich. Sicher hatte er es in der Sekunde zerrissen, in der er es in Händen hielt. Der Doppelmörder hatte sich in Sicherheit gewähnt.

»Aber Steiner hatte Kamls Geständnis noch«, sagte ich. »Und deswegen musste er sterben.«

Viktor nickte. »Der Schorsch hat abgewartet, bis Steiner zu seinem groß angekündigten Jagdausflug aufbricht. Frühmorgens, da ist noch keiner auf. Er ist sofort in die Wohnung, kaum dass Steiner zur Tür raus war.« Natürlich, der Wirt hatte ihm ja seinen Schlüssel anvertraut. »Aber Steiner hat sein Jagdmesser auf der Truhe im Vorraum liegen lassen. Also ist er noch mal zurück.«

»Und überrascht Georg Kaml bei seiner Suche.«

»Schorsch schnappt sich das Messer und sticht zu …«

»… er trifft die Hauptschlagader und Steiner bricht zusammen.« Ich sah das blutgetränkte grüne Hemd vor mir. Die Hände, die den Griff des Jagdmessers umklammerten. »Warum hat Kaml dann noch mit dieser grässlichen Trophäe zugeschlagen? Der Stich allein wäre doch schon tödlich gewesen.«

Viktor verschränkte die Hände hinter dem Kopf. »Das ist jetzt genau der Punkt«, sagte er. »Der Schorsch behauptet, er hätte die Trophäe gar nicht angefasst. Er sagt, er ist gleich nach dem Messerstich in Panik geflohen.«

Deswegen hatte sich Kaml so gesträubt, uns bei unserer Suche die Wohnungstür aufzuschließen. Er hatte gewusst, dass dahinter ein Toter liegt. Nur die Trophäe der weißen Gams auf dem Gesicht seines Herrn hatte ihn überrascht. Kein Wunder, dass er die Nerven verloren hatte. *Er ist zurück, er ist zurück.* Hatte er gedacht, Simon Munz wäre auferstanden, um Rache zu nehmen? Ich erinnerte mich daran, wie Kaml ängstlich durch den Gasthof geeilt und Fenster und Türen verschlossen hatte. Aber vor dem Gespenst seines Opfers war er nirgends sicher.

»Stell dir vor, Schorschs Geständnis wäre nach dem Mord aufgetaucht. Dann hätte die Polizei Täter und Tatmotiv auf einen Schlag gehabt.« Viktor fuhr mit der flachen Hand durch die Luft. »Während wir auf der Beerdigung waren, hat Schorsch noch einmal Steiners Wohnung durchsuchen wollen. Aber an der Tür war ein neues Schloss. Also musste er den geheimen Zugang nehmen, den er auf seinen Erkundungstouren zufällig entdeckt hatte.« Er schenkte mir ein schmales Lächeln. »Und dann hat er dich kommen hören.«

Der Weg hinter dem Haus, immer im Schatten, war vereist gewesen. »Der Kies hat so laut geknirscht.«

»Genau. Also konnte er nur noch schnell das Seil schnappen, das Licht ausmachen und sich verstecken. Wenn du nicht über die Stufe gestolpert wärst, hättest du ihn gar nicht bemerkt.«

Und Kaml hätte weiter nach seinem Geständnis gesucht. Wenn Kaml nur das Jagdmesser benutzt hatte, wer hatte dann die Gamstrophäe von der Wand geholt und damit zugeschlagen? »Das heißt doch aber«, sagte ich, »dass wir es die ganze Zeit mit zwei Tätern zu tun hatten, oder?«

Etwas tappte über das Fensterbrett. Viktor schien das Geräusch nicht gehört zu haben. Er nickte bedächtig.

»Und immer noch haben«, meinte er.

Draußen ertönte der Schrei eines Raubvogels. Kurz huschte sein Schatten am Fenster vorbei, dann verschmolz er mit den tanzenden Schneeflocken und war unsichtbar.

»Eine Eule«, sagte Viktor. »Ihr Gefieder ist so weich, dass sie fast lautlos fliegen können.« Er strich sich mit der Hand über das Kinn. »Ja, ich fürchte, du hast recht. Unser Mörder läuft noch frei herum.«

»Und wenn es doch Wenghofer war?« Schon öfters hatte ich gelesen, dass die Verzweiflung ungeahnte Kräfte verleihen konnte. »Ich habe ihn vor ein paar Wochen in Steiners Wohnung ertappt. Direkt unter der Gamstrophäe. Er war außer sich. Und weißt du, wie er ihn genannt hat?« Ich konnte mir ein Schmunzeln nicht verkneifen. »Einen *Fallott.*«

»Kann ich mir vorstellen«, sagte Viktor. »Diese Gams war das letzte Wild, das Simon erlegt hat. Dass Steiner sich das Ding an die Wand gehängt hat – das war blanker Hohn.«

Geieralm 1968. Als hätte Steiner sich den Kopf seines Mordopfers an die Wand gehängt. Unter wessen Dach war ich gezogen? »Warum hat sich Wenghofer überhaupt im Jagawirt einquartiert?«

»Er hat die Wahrheit gesucht.« Viktor schaute zum Fenster hinüber, als erwarte er, dass die Eule zurückkehrte. »Und als er sie erfahren hat«, er wandte mir das Gesicht zu, »als er sicher war, dass sein Sohn sich nicht erschossen hat …« Viktor legte den Zeigefinger an die Schläfe, als hielte er sich eine Pistole an den Kopf.

Ich dachte an mein Gespräch mit den Stallners. Hatte Wenghofer uns belauscht? Wenn er gehört hatte, dass sein Sohn ermordet worden war, dann war sein Selbstmord keine Verzweiflungstat gewesen. Dann hatte er endlich erfahren, was er wissen wollte. Ob sein Freitod als Mordgeständnis gewertet werden würde, konnte ihm egal sein. Ich schluckte. »Woher weißt du das?«

Irgendwo im Haus fiel eine Tür zu.

»Der Wenghofer hat einen Abschiedsbrief hinterlassen.«

»Ach …« Das konnte nur das Stück Papier gewesen sein, das Walter Grabner dem Pfarrer zugesteckt hatte. Wahrscheinlich hatte der Polizist es bei der Leiche gefunden. Der Pfarrer hatte es in seine Manteltasche geschoben. »Hast du diesen Brief auch gelesen?«

»Den Brief gibt es nicht mehr.« Viktor stand auf und kam zu mir herüber. Er inspizierte den Teller mit den Apfelküchlein. Dann nahm er die Gabel und stach mit mehr Kraft, als mir dazu nötig schien, ein Stück von dem Schmalzgebäck ab. »Der Wenghofer hat sich offiziell auch nicht umgebracht.«

»Was?«

»Hat nur seinen Bergstutzen gereinigt.« Er drehte die Gabelzinken mit dem Kuchenstück vor seinen Augen. »Und da ist es eben passiert. Hansis Kuchen sind einmalig.« Er zog das Gebäck durch die Preiselbeeren und steckte es in den Mund. Sein Haar war inzwischen getrocknet und glänzte golden. »So was kommt immer wieder vor, leider.«

Machte er Witze? »*Ein Unfall*? Ich höre wohl nicht recht?«

»Doch.« Viktor legte die Gabel mit einem Klirren zurück. »Das Gewehr war unterladen. Es war noch eine Patrone im Lauf.«

»Ach ... und wer behauptet das?«

»Alle.« Er grinste. »Walter ... die Polizei.«

»Die Polizei?« Viktor nickte, wich aber meinem Blick aus.

»Und unser Herr Pfarrer ist derselben Meinung.« Natürlich, schließlich hatte er den Abschiedsbrief des Selbstmörders einfach verschwinden lassen. Deshalb also das kirchliche Begräbnis. Das Murmeltierschmalz unter dem Handtuch juckte. Ich drückte vorsichtig gegen den Frotteestoff. Mein Hals tat immer noch weh.

»Der vor allen anderen.« Viktor nahm seine Daunenjacke von der Armlehne des Ohrensessels und schlüpfte hinein. »So, und jetzt muss ich los. Die Bergrettung wird mit dem Lawinenhund sicher bald im Tal sein.«

»Eine Lawine? Gab's Verletzte? Soll ich helfen?« Ich fasste noch einmal nach meinem Hals. »Mir geht's schon viel besser.«

»Vielleicht brauchen wir dich später.« Sein Blick war meiner Hand gefolgt. Er musterte das Handtuch. »Was hast du denn da für einen Verband?«

Es war mir ein wenig peinlich, aber ich sagte: »Das ist Murmeltierschmalz.« Damit er nicht dachte, dieser Hokuspokus wäre meine eigene Behandlungsmethode, setzte ich hinzu: »Eine Aufmerksamkeit vom Herrn Pfarrer.« Wenn er mich auslachen wollte, dann sollte er doch.

Doch Viktor lachte nicht. »Gute Idee, das ist abschwellend und entzündungshemmend. Hast sicher auch eine Muskelzerrung.«

Ich starrte ihn an. »Wie soll das denn wirken?«

»Deine Salbe besteht aus Murmeltieröl.« Jetzt spielte doch ein Lächeln um seinen Mund. »Da sind Corticosteroide drin.«

»Was? Cortison?« So viel zum Placeboeffekt alter Hausmittel.

»Ja, klar. Also, ich muss jetzt los.« Viktor stieß seine Hände in die Jackentaschen. »Zwei vermisste Snowboardfahrer.« Seine Miene war grimmig. »Sind heute Morgen trotz Wetterwarnung hinauf. Wahrscheinlich haben sie im Schneesturm die Orientierung verloren und sind im freien Gelände abgefahren. Der letzte Hubschrauber, der noch einen Skitourengeher bergen konnte, hat ihre Spuren gesehen. Sie enden direkt in einem Schneebrett.« Er kniff die Augen zusammen und sah zum Fenster hinüber. »In zwei Stunden ist es dunkel, und es schneit wie verrückt. Und dazu der Sturm. Wer weiß, wann wieder ein Hubschrauber starten kann.«

Viktor winkte mir zum Abschied, dann verließ er mein Zimmer. Ich vergrub mich tiefer in mein Bett und dachte an die beiden Vermissten am Berg. Man brauchte kein Arzt zu sein, um zu wissen, dass ihre Überlebenschancen bei diesem Wetter gleich null waren.

Dann wanderten meine Gedanken weiter zu Georg Kaml, der sich einen Mord hatte befehlen lassen. Der alte Mooslechner hatte Simon Munz als Selbstmörder ausgegeben, um die Täter und ihre Familien zu schützen. Und um Simons Eltern zu besänftigen, hatte der Pfarrer dafür zugelassen, dass der junge Mann auf dem Kirchhof begraben wurde. Eine Alpbacher Lösung zur Wahrung des Dorffriedens. *Das Gute wiegt das Böse auf, der Himmel wird mein Lohn.* Hier half wirklich nur das Vertrauen auf höhere Gerechtigkeit.

Dieser Dorffriede hatte immerhin vier Jahrzehnte gehalten. Bis Kaml angefangen hatte, nach seinem Geständnis zu suchen. Und ich in die mörderische Gesellschaft im Jagawirt geraten war und dabei fast umgebracht worden wäre.

Ich nahm mir den Teller mit Hansis Kuchen. Sie waren nicht mehr heiß, schmeckten aber immer noch tröstlich nach Vanille und mürben Äpfeln. Während ich aß, fiel mir wieder ein, wie Hansi, eingehüllt in ihren weißen Morgenmantel, nach meinem Überfall als Letzte aufgetaucht war. Wenn sie meine Schreie gehört und auf den Gang hinausgelaufen war, hätte sie doch sehen müssen, wie Kaml mich in mein Zimmer zurückzerrte. Warum war sie mir nicht zu Hilfe geeilt oder hatte zumindest die anderen Hausbewohner alarmiert?

Der Teig der kalten Küchlein klebte zäh an den blassen Apfelscheiben. Vielleicht tat ich Hansi unrecht und sie hatte gar nichts sehen können. Ich war mir nicht mehr sicher und beschloss, sie einfach zu fragen. Rasch stellte ich den Teller beiseite.

Ich wickelte das Handtuch von meinem Hals und warf es aufs Bett. Angesichts der Tatsache, dass man erst vor ein paar Stunden versucht hatte, mich zu ermorden, fühlte ich mich erstaunlich gut.

In Ermangelung eines Hausanzuges, zog ich meine Laufsachen an. Sollte mir jemand am Gang begegnen, wollte ich nicht so aussehen, als hätte ich mich gerade vom Sterbebett erhoben. Dann schlüpfte ich aus dem Zimmer.

NEUNZEHN

»Kennst du die Beerge, die Beerge Tirools …«

Auf leisen Sohlen stieg ich die Treppe in den zweiten Stock hinauf. Doch um knarrende Holzdielen brauchte ich mir keine Sorgen zu machen, denn mit jeder Stufe wurde der Fernseher der Stallners lauter. Eine Volksmusiksendung dröhnte durch den zweiten Stock. Die Gäste, die dort logierten, waren sicher von dieser Beschallung nicht begeistert.

Oben angekommen, drehte ich mich um und schaute in den ersten Stock zurück. Auch im gedämpften Licht der Wandlampen konnte ich meine Zimmertür gut erkennen und sogar noch ein Stück in den Gang hineinsehen. Um ganz sicherzugehen, stellte ich mich mit dem Rücken direkt vor Hansis Zimmer.

Plötzlich ging eine Tür auf. *»Das Städtchen Kuufstein, das kennst du woohl …«*

Johannes Stallner holte offenbar die Kaffeejause. Nach der Begegnung mit einem der Beteiligten in dem Mordkomplott stand mir nicht der Sinn. Schnell drückte ich auf die Klinke, huschte in Hansis Zimmer und schloss die Tür.

Das Zimmer war leer. Es roch nach Lavendel und Tannenzweigen. Hinter dem Fenster trieb der Sturm den Schnee vorbei. Das Licht der Laterne, die an diesem trüben Nachmittag über dem Eingang des Jagawirts brannte, verwandelte die weißen Flocken in wirbelnden Sternenstaub.

In der Hoffnung, Johannes Stallner die Treppe hinabsteigen zu hören und unbemerkt wieder in mein Zimmer zu gelangen, lauschte ich an der Tür. Aber ich hörte nur den Fernseher. Hansis Zimmer war sauber und aufgeräumt, fast unpersönlich, und erinnerte an eine Klosterzelle. Eine dicke weiße Häkeldecke lag über dem Bett und wirkte in dieser schlichten Umgebung luxuriös. Auf dem Nachttisch stand die Holzkassette, in der Hansi alte Fotos verstaut hatte, als ich in der Nacht vor dem Tod des alten Wenghofer hier gewesen war. Da bemerkte ich einen neuen Wandschmuck.

Nicht auf Erden suche mich, von den Sternen grüß ich dich. Genau zwischen christlichem Kruzifix und heidnischer Edelweißfee hing in einem schmalen Holzrahmen das fertig gestickte Totentuch. Umrankt von grünen Blättern und rosa Herzen prangte in der Mitte das Schwarz-Weiß-Foto des Verstorbenen. Es war das Porträt eines jungen Mannes. Die hohen Wangenknochen, die Augen wie die eines Luchses und das lange blonde Haar gaben ihm etwas Unverwechselbares. Dieses Totenbild war nie für Vinzenz Steiner gedacht gewesen.

Auf dem Gang jodelte nervenzerreißend eine Frau. Inzwischen musste Stallner eigentlich aus der Küche zurück sein. Vielleicht hatte ich seine Schritte wegen der lauten Musik nicht gehört. Ich fasste mich in Geduld und setzte mich auf den Bettrand. Ein wenig gelangweilt griff ich nach der Kassette und klappte den Deckel auf. Auf vergilbten Fotos mit gezackten Rändern schlängelte sich ein Rosenkranz. Ich legte ihn auf den Nachttisch und nahm eine Handvoll Bilder heraus. Der Jagawirt im Sommer, auf dem ungepflasterten Vorplatz eine Isetta und eine Beiwagenmaschine. Ein Jagdhund sonnte sich hechelnd vor den Eingangsstufen. Eine Volksschulklasse, sicher vor über fünfzig Jahren aufgenommen. Die üblichen Familienfotos. Die Aufnahmen wären für das Heimatmuseum von Interesse gewesen, mir verrieten sie nichts.

Auf dem Boden der Kassette lag ein einfach gefalteter Zettel. Mit einer Ecke steckte er unter der Seitenwand der Kassette fest. Vielleicht ein Liebesbrief von Simon an Johanna? Erst wollte ich ihn nicht herausnehmen, aber dann siegte doch die Neugier. Ich schwor mir, nur einen ganz kurzen Blick darauf zu werfen und den Brief, wenn mir der Inhalt doch zu persönlich erschien, gleich wieder zurückzulegen. *Neugier ist der Katze Tod.* Sagte man nicht so?

Ich klappte den zerknitterten, vergilbten und an den Faltstellen schon brüchigen Brief auf. Die Botschaft darin umfasste nur wenige Zeilen und war mit dickem Bleistift geschrieben. Die Worte waren ungelenk und hastig hingeworfen, als wäre der Schreiber in großer Eile gewesen. Ich musste den Zettel dicht vor meine Augen halten, um die verwischten und mit Flecken übersäten zittrigen Buchstaben lesen zu können.

»Heute, am 29. Oktober 1968, habe ich den Munz Simon von seinen Schmerzen erlöst. So wahr mir Gott helfe. Kaml Georg.« Nach ein wenig Abstand war noch dazugekritzelt: *»Aus freiwilligem Entschluss.«*

Ich ließ das Blatt sinken. Dies musste das Geständnis sein, das Vinzenz Steiner erpresst hatte, nachdem er den Mord befohlen hatte. Das Geständnis, nach dem Kaml die ganze Zeit so verzweifelt gesucht hatte, dass er auch vor einem weiteren Mord nicht zurückgeschreckt hätte. Hansi war die ganze Zeit im Besitz dieses furchtbaren Dokuments gewesen. Wie war es in ihre Hände gelangt? Sie wusste sicher nicht, was sie damit anrichtete, dass sie es hier in der Kassette versteckt hielt. Ich schaute wieder auf den Zettel. *»Aus freiwilligem Entschluss.«* Was für ein Zynismus. Vinzenz Steiner hatte wirklich an alles gedacht.

Auf dem Gang waren Schritte zu hören. Endlich, das musste Johannes Stallner sein. Die Schritte kamen auf Hansis Zimmer zu. Ich hielt den Atem an. Die Tür öffnete sich.

»Emma …« Hansi stand im Türrahmen.

Ich fühlte mich wie ein beim Schummeln ertapptes Schulmädchen. Schnell ließ ich den Brief hinter meinem Rücken verschwinden.

Hansi schloss behutsam die Tür hinter sich und kam näher. Ihre weiße Bluse und der graue Faltenrock saßen wie immer tadellos. Mitten im Raum blieb sie stehen. »Na? Gefunden, wonach S' gesucht haben?«

Mein erster Impuls war, eine Entschuldigung zu murmeln und aus dem Zimmer zu laufen, aber Hansi stand zwischen mir und der Tür. Wie zum Hohn verstummte jetzt der Fernsehlärm, wegen dem ich sie nicht hatte kommen hören. Nur unser Atem war noch in dem kargen Raum zu vernehmen und das Heulen des Schneesturms. Hansi wandte ihr Gesicht dem Fenster zu. Draußen tanzten die Flocken. Ein Lächeln huschte über ihr Gesicht. Die Schneekönigin und ihr Element.

»Ich hab gewusst, dass Sie mir Schwierigkeiten machen werden«, sagte sie im Plauderton. »Gleich wie ich Sie das erste Mal getroffen hab.«

Ich fand meine Stimme wieder. »Ach, wirklich?« Ich sah sie wieder vor mir stehen, die nette ältere Dame mit dem faltenlosen Gesicht und dem adretten Kurzhaarschnitt. Eine schlichte Version der englischen Lady vom Land. Ein wenig altmodisch, praktisch veranlagt und mit vernünftigen Schuhen. »Warum denn?«

Sie lächelte. »Weil Sie so unverschämt sind.«

Das hatte noch niemand zu mir gesagt. Und diese Worte gerade aus dem Mund einer Frau zu hören, die ein Mordgeständnis gefunden und unterschlagen hatte, ärgerte mich besonders. Im Grunde hatte Hansi durch ihre Unterschlagung die ganzen Ereignisse im Jagawirt erst in Gang gebracht. Aber wahrscheinlich war sie nicht einmal in der Lage, die Tragweite ihres Tuns zu begreifen.

»Wissen Sie überhaupt, was das hier ist?« Ich hielt das vergilbte Papier hoch.

»Natürlich.« Es klang so teilnahmslos, als würde sie das alles nicht betreffen.

»Durch Ihre Dummheit sind zwei Menschen gestorben«, fuhr ich fort. »Und dass ich noch am Leben bin, dafür danke ich meinem Schicksal.« Und Viktor.

Hansi schien von meinem Ausbruch nicht überrascht. Irgendetwas stimmte nicht. Ihre Augen hatten sich verdunkelt. Diesmal erinnerten sie mich nicht an die ihres Bruders. Sie presste die Lippen aufeinander.

»Wir wollten heiraten«, flüsterte sie und fasste nach dem schweren Medaillon an ihrem Hals. »Der Simon und ich.« Sie klappte den Anhänger auf und lächelte, während sie das Porträt darin betrachtete. »So ein fescher Mann, der Simon. Im Mai sollte Hochzeit sein.« Sie strich mit dem Zeigefinger über das Bild. »Aber dann hat er die weiße Gams geschossen ...« Die Laterne über dem Eingang schwang hin und her und warf wilde Schatten an die Decke. »Und im Oktober haben 's ihn ermordet.«

Also wusste Hansi doch, welches Beweisstück ihr da in die Hände gefallen war. Wahrscheinlich hatte sie durch das Geständnis erst die Todesumstände ihres Geliebten erfahren. Doch die verwischte Bleistiftschrift enthüllte nicht die ganze Tragödie. Es widerstrebte mir, Hansi auch noch die guten Erinnerungen an den Bruder zu nehmen. Aber hatte sie nicht ein Recht auf die Wahrheit?

Ich räusperte mich. »Georg Kaml ist der Mörder.«

Unten vor dem Gasthof hielten mehrere Autos. Türen schlugen. Ein Hund jaulte. Schwere Stiefel trampelten auf den Eingangsstufen, um den Schnee unter den Profilsohlen abzuklopfen. Ich konnte Viktors fragende Stimme hören, und bedauernde Antworten. Offenbar hatten die Männer endlich den verletzten Suchhund gebracht. Dann fiel die Eingangstür krachend ins Schloss. Motorengeräusch war zu vernehmen und entfernte sich. Dann war wieder alles still.

Ich schaute zu Hansi hinüber. Sie starrte mich so unverhohlen an, dass sich mein Körper unwillkürlich anspannte.

»So?«, fragte sie. »Glauben S', dass der Schorsch den Simon erschossen hat?«

Ich schluckte. »Steht das denn nicht hier?«

Hansi betrachtete das Papier in meiner Hand. »Der Schorsch kann schreiben, was er will. Nie und nimmer hat der meinen Simon auf dem Gewissen. Das hab ich gleich gewusst, wie ich den Zettel da gefunden hab.«

Ich brauchte nicht nach dem Fundort zu fragen. Sicher hatte das verräterische Papier neben der Mordwaffe unter der Treppe gelegen.

»Als der Vinzenz den Schorsch letztes Jahr ins Haus geholt hat, da hab ich gewusst, dass es endlich so weit is'. Ich hab nur noch einen Beweis gebraucht.« Sie hob das Kinn und lächelte sanft. Ihre glatte Haut spannte sich über den Gesichtsknochen. Auf einmal wirkte sie jung. Vielleicht hätte sie auf ihrem Hochzeitsfoto so ausgesehen. »Waren nicht umsonst, all die Jahre … aber Gott ist gerecht.« In meinem Nacken kribbelte es, als wollten sich meine Haare gegen jedes Naturgesetz sträuben. »Der Vinzenz hat seine Strafe verdient.«

»Sie meinen den … Schorsch.«

Jetzt lachte sie. »Sie sind ein dummes Mädel, das hab ich gleich gesehen. Glauben S' vielleicht, der Schorsch hätt sich ohne Erlaubnis von meinem Herrn Bruder auch nur den Hintern abgewischt?« Sie schüttelte den Kopf, als empfände sie Mitleid mit mir und meiner Beschränktheit. In ihren Augen war ich wirklich nichts anderes als ein dummes Mädel.

Und auf einmal begriff ich. *Die Steiners haben Jägerblut.* Das galt auch für Johanna Steiner. Jahrzehntelang hatte sie im Gasthof die alte Jungfer gespielt. Immer den Bruder vor Augen, den sie von Anfang an des Mordes an ihrem Geliebten verdächtigt hatte. Sie hatte Krapfen für den Kirchenbasar gebacken und für die Waisenkinder in Rumänien gestrickt. Und dabei gewartet und gelauert wie eine jagende Katze vor dem Mauseloch. Es war nur eine Frage der Zeit gewesen. Und als sie endlich den Beweis in Händen hielt, war das

Schicksal ihres Bruders besiegelt. Nein, Hansi hatte kein Unrechtsbewusstsein, denn in ihrem Sinn hatte sie nur Gerechtigkeit geübt.

»Sie haben Ihren Bruder erschlagen.« Meine Stimme klang rau. »Nicht wahr? Sie waren das … mit der Trophäe. Das war doch die Gams, die Simon geschossen hatte, stimmt's?«

Viktor und ich waren über einen umgefallenen Stuhl gestolpert, als wir die Leiche des Wirtes gefunden hatten. Hansi musste ihn benutzt haben, als sie den ausgestopften Kopf von der Wand nahm. Natürlich war sie zu klein und zu schwach, um mit ihrem Bruder fertigzuwerden. Aber Georg Kaml, der unglückliche Mörder, hatte ja bereits die Vorarbeit geleistet. Vinzenz Steiner hatte blutend auf dem Boden gelegen. Laut Obduktionsbefund war er an dem Schlag auf den Kopf gestorben. Hatte Hansi gewusst, dass er noch lebte?

»Deswegen haben Sie auch den Gamskopf auf dem Gesicht Ihres Bruders liegen lassen«, fuhr ich fort. »Alle Welt sollte wissen, warum er sterben musste.«

Hansi hatte sich abgewandt. Ihr weißes Haar schimmerte silbern im leuchtenden Schneelicht. Sie betrachtete das gestickte Totentuch an der Wand. Die Porträtaufnahme von Simon Munz war kaum zu erkennen, doch sie hatte sein Lächeln auf diesem Foto sicher so oft angesehen, dass es sich ihr für immer eingebrannt hatte. Sie brauchte kein Abbild seiner Gesichtszüge mehr, um ihn vor sich zu sehen.

Ich dachte an den Nachmittag, an dem sie mir die Stickarbeit in der Stube gezeigt und mir dabei die ängstliche alte Frau vorgespielt hatte. *Es gibt noch einen geheimen Zugang zum Gasthof.* Geschickt hatte sie mir den Weg gezeigt, auf dem sich ein Eindringling von außen Zutritt verschafft haben konnte. Sie hatte gewusst, dass ich mit meinem Forscherdrang der Versuchung, dem Rätsel auf die Spur zu kommen, nicht hatte widerstehen können. *Warum sehen Sie nicht selber nach? Ich trau mich nicht, in meinem Alter.* Wie von Sinnen war Georg Kaml durch den Gasthof gelaufen und hatte Türen und Fenster vor einem unsichtbaren Mörder verschlossen, den kein Riegel draußen halten konnte. Dabei hatte er die ganze Zeit mit seinem Feind unter einem Dach gelebt.

»Hansi?« Sie drehte sich zu mir um. »Sie haben gesehen, dass Kaml mich in jener Nacht zusammengeschlagen hat, oder?«

Hansi senkte ein wenig das Kinn und warf mir von unten einen

Blick zu. Jetzt war sie eine alte Dame, die man beim Flunkern erwischt hatte. Ich nahm es als Eingeständnis.

»Deswegen waren Sie auch so überrascht, als er die Polizei rufen wollte. Warum haben Sie mir nicht geholfen?«

Sie rührte sich nicht.

»Hansi?«

Ihre hellen Augen begannen zu flackern. »Weil er dich erwischen sollte.«

Jetzt war ich sicher, dass sie verrückt war. *»Mich?«*

Hansi lachte leise. »Dann hätt doch jeder gewusst, dass er ein Mörder is'.« Sie hob die Brauen und reckte den Kopf vor. »Dann wär er lebenslänglich eingesperrt worden. Is' ja egal wofür, oder?«

Dann wäre Georg Kaml eben für einen anderen Mord ins Gefängnis gegangen, hieß das. Die nette Lady vom Land, ein wenig altmodisch und praktisch veranlagt, hätte also für ihre Rache auch meinen Tod in Kauf genommen. Ja, praktisch veranlagt war Hansi in der Tat. Zum ersten Mal in meinem Leben fühlte ich so etwas wie Hass in mir aufkeimen.

Ich stand auf. Hansi ließ mich nicht aus den Augen. Langsam ging ich auf sie zu. Dicht vor ihr blieb ich stehen. Ich kämpfte gegen den Impuls, ihr die Finger um den Hals zu legen und zuzudrücken. Das Silber ihrer Augen glänzte im schwankenden Schein der Laterne. Plötzlich hob sie die Hände und stieß mich kraftvoll zurück. Im nächsten Augenblick war sie zur Tür hinaus.

Ich stolperte zurück und fiel aufs Bett. Die Tür knallte ins Schloss. Ich brauchte ein paar Sekunden, bis ich mich von dem Schreck erholt hatte, dann rappelte ich mich auf und rannte hinterher. Hansi war bereits die Treppe hinuntergelaufen. Sie war klein, aber drahtig, und ihre langen Wanderungen hatten ihr Ausdauer und Kraft verliehen. Als ich in die Halle kam, stand sie bereits in der halb geöffneten Eingangstür und schaute zu mir zurück. Schneeflocken wirbelten um sie herum. Sie schien auf mich zu warten. Auf ihrem Gesicht lag ein kindliches Lächeln, als spielten wir nur Fangen.

»Hansi! Bleiben Sie stehen! Nicht in die Kälte …«

Da war sie schon verschwunden und die Eingangstür hinter ihr zugeschnappt. Ich rannte so schnell ich konnte durch die Halle. Einen irren Moment war ich dankbar dafür, dass ich meine Laufschuhe trug. Dann hatte ich die Tür erreicht und folgte Hansi nach draußen.

Vor dem Haus blies ein schneidender Wind. Im flackernden Licht der Laterne konnte ich Hansis Spuren im lockeren Neuschnee erkennen. Sie hatte sich nach rechts gewandt, dem Pfad zu, der hinter den Jagawirt führte und dann über die Brücke in den Wald hinauf. Das war Wahnsinn. Sie würde vor Kälte sterben. Einen Moment zögerte ich, aber der heftige Schneefall verwischte schon die Konturen ihrer Fußabdrücke. Mein Handy lag in meinem Zimmer. Bis ich es geholt und Hilfe gerufen hatte, wären alle Spuren im Schnee verschwunden. Wetti musste ich erst suchen, und Viktor war sicher in die Praxis gefahren, um den Lawinenhund zu verarzten.

Aber ich selbst trug nur dünne Laufsachen, und niemand wusste, wo ich war. Wenn ich Hansi folgte, riskierte ich mein Leben. Um das einer Mörderin zu retten. Ich schaute zu der Wand aus wirbelnden Schneeflocken hinauf, hinter der sich der Bergwald verbarg. Und Hansi. Mehr als eine halbe Stunde hatten wir beide nicht. Ich rannte los.

Eine Weile waren Hansis Spuren noch zu sehen. Sie schien sich auf dem Pfad zu halten, der unter der geschlossenen Schneedecke liegen musste. Ich lief auf die Brücke zu. Der lockere Schnee stäubte vor meinen Schuhen auf und stach wie mit Eisspitzen in meine bloßen Knöchel. Auf der Brücke hatte der Wind den Schnee zu einer harschen Decke gefroren. Ich klammerte mich an das vereiste Geländer und hangelte mich vorwärts, um nicht in die schwarzen Strudel des Flusses zu rutschen.

Als ich am anderen Ufer ankam, waren Hansis Fußabdrücke verschwunden. Ich hatte zu viel Zeit verloren. Unschlüssig blieb ich stehen. War Hansi kopflos in den Wald gelaufen, oder hatte sie ein Ziel vor Augen? Ich versuchte, mich zu orientieren, aber der Nachmittag ging bereits in den Abend über. Bald würde ich nichts mehr sehen. Und ich kannte nur den Pfad, der den Berg hinaufführte. Wenn ich vom Weg abkam, war nicht nur Hansi verloren.

»Hansi!« Nur die heulende, körperlose Stimme des Windes schien mir von überallher zu antworten. *»Hansi!«*

Hansi hatte ihr ganzes Leben hier verbracht und war mit dem Gelände vertraut. Aber in ihrem Alter und in ihrer dünnen Kleidung würde ihr das nichts nützen.

Ich trabte über die verschneite Wiese und dann den stetig ansteigenden Pfad hinauf. Tannen, deren Zweige sich unter der Schneelast bogen, begrenzten ihn zu beiden Seiten und zeigten mir die Richtung an. Solange ich lief, spürte ich die Kälte kaum. Wenn ich mein Tempo hielt, würde ich Hansi irgendwann einholen. Wenn sie denn den Bergpfad genommen hatte. Hoffentlich war es dann nicht zu spät. Für uns beide. Aber durch den tiefen, unter meinen Sohlen nachgebenden Schnee zu pflügen, war etwas anderes als ein flotter Waldlauf. Die körperliche Anstrengung ließ meine Beine immer schwerer werden, und mit der Zeit ging mir die Luft aus. Als ich eine Lichtung erreichte, musste ich innehalten, um zu verschnaufen.

Ich war vom Schnee eingeschlossen. Um mich herum türmten sich meterhohe Wechten und begruben Weg und Wiesen unter sich. Der Wind heulte in den Wipfeln der Tannen, aber hier unten war es gespenstisch still. Der Schneefall hatte nachgelassen, und ich konnte meine Umgebung jetzt gut erkennen.

»Hansi?« Der Wald blieb stumm.

Auf einmal hörte ich ein Rascheln. Etwas versteckte sich hinter einer riesigen Schneewehe, die sich vor dem stacheligen Skelett einer toten Tanne auftürmte. Dann raschelte es wieder. Einmal, zweimal, und wieder war alles still.

»Hansi?«

Ein gurrendes Lachen war die Antwort. Gänsehaut breitete sich über meinen Körper aus. Zum ersten Mal kam mir der Gedanke, dass Hansi nicht nur verrückt, sondern gefährlich war. Sie hatte ihren Bruder mit eigenen Händen erschlagen und hätte auch mein Leben geopfert, nur um ihre Rache zu befriedigen. Ein überraschender Schubs genügte, um mich über eine Felswand in die Tiefe zu befördern. Meine Leiche würde für Monate, oder sogar für immer, zerschmettert am Grunde einer Schlucht liegen.

Eine dicke Schneeschicht rutschte von einem Tannenzweig und schlug am Boden auf. Für Sekunden hing ein Gespinst aus Eiskristallen in der Luft. Der Wind wehte mir Schneestaub ins Gesicht.

Es würde keine Spur von einem Gewaltverbrechen geben. Nur eine leichtsinnige Sportlerin mehr, die, vom Wintereinbruch überrascht, vom Weg abgekommen war. Es wäre der perfekte Mord.

Wieder kam dieses zarte Lachen von der toten Tanne.

Ich wischte mir den nassen Schnee aus dem Gesicht. »Kommen Sie raus, Hansi.« Ich stapfte auf die Tanne zu. »Ich weiß, dass Sie da sind.«

Auf einmal raschelte und rauschte es, und eine weiße Eule stieg hinter der Schneewehe auf, schwang sich in die Luft und ließ sich auf einem kahlen Ast der Tanne nieder. Schnee stäubte wie ein weißer Schleier herab, wehte über mich hin und legte sich stechend kalt in meinen Halsausschnitt. Die Eule drehte ihren Kopf von einer Schulter zur anderen und wieder zurück. Dann stieß sie einen Schrei aus und flatterte mit ihren weißen, schwarz gesprenkelten Schwingen. Ich hatte mich von einer jagenden Schleiereule zum Narren halten lassen. Der Vogel fixierte mich mit seinen runden Augen unter der spitzen Gesichtszeichnung, die an ein Witwenhäubchen erinnerte. Nervös trat er von einem Bein auf das andere. Sein gekrümmter Schnabel war leicht geöffnet. Das Tier schien zur Verteidigung bereit.

»Niemand will dich ausstopfen«, sagte ich, mehr um mich als die Eule zu beruhigen. »Alles in Ordnung.«

Geschmolzener Schnee lief in Rinnsalen über meine Haut. Ich bibberte vor Kälte, drehte mich aber um und setzte meinen Weg fort. Kaum hatte ich ein paar Schritte gemacht, als mich ein Hieb in die Kniekehlen traf. Ich war so überrascht, dass ich vorwärts stolperte und dann lang in den lockeren Schnee fiel. Ich schlug wild um mich. Feiner Schneestaub drang in meine Nase und verstopfte meine Atemwege. Hustend und würgend wand ich mich am Boden, da traf mich ein harter Schlag zwischen den Schulterblättern. Ich schnappte nach Luft.

Es dauerte einen Moment, bis ich wieder klar sehen konnte. Hansi beugte sich über mich. Mit beiden Händen hielt sie einen dicken Ast wie eine Keule. Ihre Haare standen wie Eiszapfen um ihr kalkweißes Gesicht, und ihre Augen schimmerten wie erstarrte Teiche. Ihre durchnässte Bluse war stellenweise gefroren und bedeckte wie ein silberner Panzer ihren Körper.

»Erwischt.« Sie grinste mich an.

Ich bewegte die Beine und wollte mich schon aufrappeln, als mich ein weiterer Hieb auf die Schulter erneut zu Boden streckte.

»Reingefallen«, sagte Hansi. »Hab ja gewusst, dass du mir nachrennst. Blöd genug bist du ja.« Sie kicherte. »Bist eh weit gekommen, Hut ab. Aber zurück geh ich allein, dass das auch klar is'.« Sie ließ ihren Blick prüfend über mich wandern. »Zieh den Pullover aus. Und die Schuhe auch.«

»Was?« Ich rieb mir die schmerzende Schulter. »Was soll das? Es ist doch viel zu kalt ...« Der Schlag, der meinen linken Oberarm traf, brach mir den Knochen. Ich brüllte um mein Leben und versuchte, auf die Beine zu kommen.

Graziös wie eine alte Dame, die hin und wieder noch eine Partie Tennis spielt, holte Hansi aus und ließ ihre Keule mit beiden Händen gegen meinen Kopf krachen. Sie wollte wohl meine Schläfe treffen, doch der Ast rutschte ab und der Schlag landete auf meinem Wangenknochen. Mir wurde schwarz vor Augen. Ich rang nach Atem. Widerstandslos streckte ich mich am Boden aus. Ich konnte mich nicht rühren, aber ich kämpfte mit aller Kraft gegen die drohende Ohnmacht. In meinem Arm wühlte der Schmerz. Die Kälte kroch von unten durch den dünnen Stoff meines Jogginganzugs. Wenn Hansi mich verletzt zurückließ, waren meine Aussichten denkbar schlecht, bei den niedrigen Temperaturen auch nur die nächsten Stunden zu überleben.

Ich spürte, wie sie sich an den Schnürsenkeln meiner Laufschuhe zu schaffen machte. Kein Zweifel, sie wollte mich umbringen. Mühsam öffnete ich die Augen. Hansi hockte wie ein weißer Troll zu meinen Füßen und war ganz in ihre Aufgabe vertieft. Da gab die Schleiereule über uns einen warnenden Schrei von sich. Hansi hob den Kopf. Wie ein Tier, das eine Gefahr ortet, drehte sie ihr Gesicht in verschiedene Richtungen. Die Eule stieß sich von dem toten Ast ab, drehte mit weit ausgebreiteten Schwingen ein paar Runden über uns und verschwand dann über den Tannenwipfeln. Als ich den Blick wieder zu Hansi wandte, war sie weg. Vor Kälte und Angst zitterte ich und war trotzdem wie gelähmt. Ich hatte verloren.

Es hatte aufgehört zu schneien, dafür war die Temperatur gefallen. Die nassen Stofffalten meines dünnen Anzugs wurden kalt und steif. Bald würde ich in einem Eispanzer stecken. Ich stützte mich auf meinen rechten Ellenbogen und versuchte, mich hochzustemmen. Ein Feuerstoß fuhr durch meinen gebrochenen Arm, ich schrie auf und sank in den Schnee zurück. Die Stelle zwischen meinen Schulterblättern, wo mich der zweite Schlag getroffen hatte, pochte vor Schmerz. Meine Füße spürte ich nicht mehr.

Es war totenstill. Die Tannen um mich herum waren warm eingehüllt in ihre dicken Schneemäntel. Sie schienen auf mich herabzusehen wie auf ein Kind in seiner Wiege. Der Berggipfel verbarg sich hinter grauen Schleiern. Dort oben tobte noch der Wintersturm. Aber hier, auf meiner Lichtung, war alles ruhig und friedlich.

Der Schnee schien mir warm und weich und verlockend. Warum sollte ich mich noch quälen? Wenn ich mir eine Ruhepause gönnte, ein kurzes Nickerchen nur, dann wäre ich sicher wieder stark genug für den Abstieg. Das Tageslicht wurde schwächer, bald brach die Dämmerung herein. Meine Glieder waren schwer wie Blei. Ich blieb liegen. Nach und nach ebbte der Schmerz in meinem Körper ab, bis er ganz verschwunden war. Ein Lächeln breitete sich auf meinem Gesicht aus, und ich dämmerte davon.

Über mir knirschte der Schnee. *Hansi.* Unter Aufbietung meines ganzen Willens schlug ich die Augen auf und drehte den Kopf zum Hang. Unter den Tannen konnte ich eine Bewegung erkennen. Die helle Silhouette eines Menschen löste sich aus dem Baumschatten und stieg ruhig und stetig zu mir herab. Zweimal hatte ich diese Gestalt von meinem Fenster aus gesehen. Ich wusste, wer es war. *Wer heute Nacht stirbt, der muss mit der Weißen Frau gehen.* Die Weiße Frau war gekommen, um mich zu holen. So sah also der Tod aus.

Doch die Gestalt, die so entschlossen auf mich zustapfte, war keine körperlose Frau, sondern ein kräftiger Mann. In der rechten Hand hielt er einen Bergstecken, mit dem er seine Schritte sicherte. Direkt neben mir blieb er stehen.

»Um Gottes willen, was is' denn Ihnen passiert?« Der Mann ließ seinen Stock in den Schnee fallen und kniete sich neben mich. Er trug eine hellgraue Lodenjacke mit Hirschhornknöpfen. Sein Gesicht war unrasiert und faltig. Es kam mir entfernt bekannt vor. »Sie waren doch nicht etwa joggen?«

»W-wer sind Sie? W-was machen Sie hier?« Ich konnte nur nuscheln. Meine Kiefer schienen wie gefroren.

»Ja, ich betreu die Wildfütterung da droben, was denn sonst?« Er zeigte den Hang hinauf. »Bei dem Wetter geh ich doch nicht spazieren.« Sein Blick wanderte über meine Gestalt.

»Nachts auch …?« Das Reden fiel mir schwer.

»Nachts geh ich nicht füttern. Höchstens bei Vollmond auf die

Fuchsjagd.« Deshalb hatte ich die weiße Gestalt also von meinem Fenster aus immer in den Wald gehen sehen. »Sie, Fräulein, jetzt schauen wir aber, dass wir Sie ins Tal kriegen, bevor's finster wird. Wie sind S' denn überhaupt hier heraufgekommen?« Er streckte mir seine Hand entgegen. »Geht's?«

Es brauchte mehrere Versuche, bis es mir gelang, mich mit seiner Hilfe auf die Beine zu hieven. Der Mann zog seine Jacke aus und legte sie mir um die Schultern.

»Könnte … ich … n-noch Ihren Schal haben?«, fragte ich. »M-mein Arm ist gebrochen.« Jetzt fiel mir das Reden leichter. »Ich muss ihn … fixieren.«

Der Mann schüttelte wortlos den Kopf. Aber er wickelte ohne zu zögern seinen Strickschal ab und reichte ihn mir. Während ich mir selbst einen provisorischen Verband anlegte, schilderte ich ihm mit vielen Unterbrechungen die letzten Stunden. Er hörte mir mit unbewegter Miene zu.

»Keine Ahnung, wo Johanna Steiner jetzt ist«, schloss ich.

Der Mann schlug seine Hände in den dicken Fäustlingen gegeneinander, um sie zu wärmen. Dann sagte er: »Die wirre Hansi?« Er blickte den Hang hinauf, wo die Welt in einem Schneewirbel zu enden schien. »So verrückt wird 's wohl nicht sein, dass da hinauf is'.«

Jetzt wusste ich, woher er mir bekannt vorkam. Ich hatte ihn an meinem ersten Abend im Jagawirt gesehen. Er hatte mit dem Postenkommandanten am Nebentisch gesessen. In geflickter grüner Strickjacke und Bergschuhen. Natürlich kannte er die Schwester des Wirtes. »Sie haben keine Vorstellung davon, wie verrückt sie wirklich ist«, sagte ich. »So, das muss jetzt erst mal gehen.« Ich war mit meiner Notversorgung fertig. Obwohl ich meine Füße immer noch nicht spürte, hatte ich das Gefühl, mit der Hilfe des Mannes ins Tal absteigen zu können. »Haben Sie ein Handy dabei?«

»Ein Handy? Wollen Sie telefonieren? Schauen wir lieber, dass wir hier wegkommen.«

»Aber wir müssen doch die Bergrettung rufen.«

Der Mann schaute mich an, als hätte ich den Verstand verloren. »Die Bergrettung? Das schaffen wir schon allein.«

»Doch nicht meinetwegen«, sagte ich ungeduldig. »Wir müssen Hansi finden …« Der Mann fing an zu lachen. Was war so lustig?

»Sie … Sie, Fräulein.« Er hatte Mühe, seinen Heiterkeitsausbruch unter Kontrolle zu bekommen. »Sie, da … da schauen S' hinauf.« Er zeigte in den bleifarbenen Himmel. »Da oben am Berg, da is' jetzt die Hölle los. Wenn 's da oben is', die Hansi, dann kann ihr keiner mehr helfen. Das is' Selbstmord.« Er klaubte seinen Bergstock aus dem Schnee.

Warum glaubte er, dass die alte Frau diese Richtung eingeschlagen hatte? Wie kam er nur darauf, dass Hansi in diese Richtung gelaufen sein könnte? Vielleicht saß sie aber auch im Jagawirt auf der Ofenbank und strickte. Und wartete auf die Todesnachricht. Die arme Frau Doktor, bei dem Wetter hinauszugehen, ein echtes Stadtkind eben. Aber dann begriff ich. Was für ein Dummkopf ich war. Natürlich war Hansi den Berg hinaufgelaufen. Hinauf zur Geieralm. *Das is' Selbstmord.* Ich schluckte.

Der Mann beobachtete mich. Sanft sagte er: »Bei dem Wetter is' eine Suche unmöglich. Da fliegt heut auch kein Hubschrauber mehr.«

Das hatte Viktor erst vor ein paar Stunden gesagt. Eine Ewigkeit schien das zurückzuliegen.

»Vergessen S' das.« Er packte meinen gesunden Arm. »So, und jetzt gemma.«

Widerstrebend setzte ich meine eisigen Glieder in Bewegung. Gestützt auf meinen Lebensretter, stolperte ich durch den aufstäubenden Neuschnee zu Tal. Schmerz und Kälte spürte ich kaum, aber meine Gedanken quälten mich. Ich sah Hansi vor mir liegen, am Ende ihrer Kräfte. Die schlafende Schneekönigin in ihrem Bett aus Eiskristallen. Beim Abstieg war mir manchmal, als kicherte jemand hinter den Tannen. Doch dann war es wieder still, und nur unsere knirschenden Schritte waren zu hören, als wir über ein Stück harschen Schnees stapften. Langsam senkte sich die Dämmerung herab. Mechanisch setzte ich einen Fuß vor den anderen.

Irgendwann schaute mich der Mann von der Seite an. »Geht's noch?« Er streckte den Arm aus. »Schauen S', da unten sind schon die Lichter.« Sein Atem gefror in Wölkchen vor seinem Mund.

Ich nickte.

Inzwischen war es ganz dunkel geworden. Der Himmel war sternenklar, und eine eisige Nacht brach an. Zu unseren Füßen lag Alpbach unter einer bläulichen Schneedecke. Das Licht, das aus den Fenstern strömte, wob einen goldenen Schimmer um die Häuser.

Über der Kirchturmspitze leuchtete der Wintermond. Selten hatte ich eine schönere Landschaft gesehen als an diesem Abend.

Ich dachte an die Menschen dort unten, verbarrikadiert in ihren Häusern und von ihren Nachbarn nicht nur durch hohe Schneemauern getrennt. Die Unschuldigen und die Schuldigen, die Gesunden und die Kranken. Sie würden in meine Praxis kommen, mir ihre Sorgen anvertrauen und ihre Geheimnisse für sich behalten. Und mir selbst gebrannten Schnaps mitbringen und Hausmittel empfehlen. Ein warmes Gefühl der Dankbarkeit durchströmte mich. Ich war am Leben – und zu Hause.

»Jetzt sind S' gleich daheim«, sagte der Mann und drückte meinen Arm. »Da vorn is' der Jagawirt.«

»Ich will in die Alte Post.« Das hatte mir der Pfarrer bei meiner Ankunft geraten. Ich hätte auf ihn hören sollen.

»In die Post?« Der Mann warf mir einen Seitenblick zu. »Also, ob die in der Hochsaison ein Zimmer frei haben?«

»Für die Ärztin von Alpbach gibt's sicher eins.«

Ich drehte mich noch einmal um. Schwarzer Nebel verhüllte jetzt den Berg. Irgendwo dort oben war Johanna Steiner. Die letzten Stunden kamen mir schon unwirklich vor. So unwirklich wie die Tatsache, dass Hansi fast ein halbes Jahrhundert unbeirrt und voller Geduld auf die Erfüllung ihrer Rache gewartet hatte.

Aber Geduld, das wusste ich jetzt, ist die Tugend des Jägers und des Mörders. Ohne seine Deckung zu verlassen, darf er das anvisierte Ziel nie aus den Augen verlieren. Im rechten Moment muss er ohne Zeugen töten. Manchmal dauert die Pirsch nur Stunden, manchmal mehrere Wochen. Aber zuweilen dauert sie auch ein ganzes Leben lang.

EPILOG

Wie eine Gebirgskette lag der aufgetürmte Schnee vor dem Gasthof Zur Alten Post. Die Morgensonne vergoldete seine Kuppen und legte blaue Schatten in die Täler. Schwere Geländewagen mit ausländischen Kennzeichen und Dachträgern schoben sich im Schritttempo über den Platz vor dem Gasthof. Wintersportler in bunten Anoraks standen, umgeben von einem Wald aus Skiern und Stöcken, an der Haltestelle und warteten auf den Bus zur Talstation. Der Kirchturm strebte in einen wolkenlosen blauen Himmel.

Ich stand vor dem Gasthof und genoss die Sonne, die Luft und den Anblick von Leben. Seit einer Woche wohnte ich nun schon hier und wurde von den Wirtsleuten umsorgt. Mein linker Arm steckte in Gips, und das für noch mindestens fünf Wochen. Es war ein glatter Bruch, der ohne Komplikationen heilen würde. Hoffentlich konnte ich das eines Tages auch von meinen Gefühlen sagen.

Ich schaute zu dem Bergmassiv hinauf, an dessen Fuß der Jagawirt lag. Der Sturm hatte die Grate freigefegt, und zwischen den grauen Felsen leuchteten Schneefelder. Es war die Welt der Adler, Gämsen und Hirsche. Der Mensch war zu schwach, um dort oben allein zu überleben. Die beiden vermissten Snowboarder hatte man mit Erfrierungen geborgen. Von Hansi fehlte jede Spur. Vielleicht würde die Schneeschmelze im Frühjahr ihre Leiche ans Tageslicht bringen. Hansi hatte ihr Leben an eine Rache verschwendet, die sie selbst zur Mörderin werden ließ und ihr den Geliebten doch nicht zurückgeben konnte. Auch wenn sie am Ende versucht hatte, mich zu töten, konnte ich keinen Hass empfinden.

Etwas streifte meine Knie. Ein grauweißer Husky schnüffelte vor meinen Stiefelspitzen auf dem Boden. Als ich einen Schritt zurücktrat, hob er den Kopf und blickte mich aus silbernen Wolfsaugen an. Auf seinem dicken Pelz glitzerten Eiskristalle. Da drehte er sich um und verschwand zwischen den Schneehaufen.

Mein Landrover stand, unter einer Schneehaube begraben, auf dem Parkplatz. Autofahren konnte ich mit dem Arm noch nicht, aber von der Alten Post konnte ich die Ordination zu Fuß erreichen. Am Freitag würde ich mit dem Zug nach Wien fahren. Ich musste über die Ereignisse der letzten Wochen nachdenken. Und mir darüber klar werden, ob meine Zukunft wirklich in Alpbach lag. Mein Vater hatte mir die Zusammenarbeit in seiner Privatordination angeboten. Ich freute mich auf meine Familie. Gemeinsam würden wir über den Adventmarkt in der Innenstadt bummeln und Punsch trinken. Am Abend wollte ich mit Freunden bei meinem Lieblingsitaliener essen. Frutti di mare statt Hirschgulasch waren angesagt.

Aber heute musste ich in der Praxis noch Papierkram erledigen. Und ein paar Patienten hatten sich auch angemeldet. Ich verschob den Gedanken an Weihnachtspartys und drapierte meinen Anorak über den Gips. Dann machte ich mich auf den Weg.

Die Kirchengasse mit ihren alten Bauernhäusern war tief verschneit. Hierher verirrten sich keine Touristen. Trotzdem war der Schnee vor meiner Praxis so zertreten, dass an manchen Stellen der Asphalt durchschimmerte. In allen Fenstern brannte Licht.

Ich drückte die Tür auf und stieß gleich gegen einen Kinderwagen, der dahinter abgestellt war. Frau Unterkofler, die kleine Joelina auf dem Arm, zog ihn sofort beiseite.

»Grüß Gott, Frau Doktor.« Sie strahlte mich an.

»Sie stehen mit dem Baby in der Zugluft.«

Sie lachte und drückte das Kind an sich. Dann trat sie beiseite, und ich sah, weshalb sie neben der Tür stand. In Alpbach musste eine Epidemie ausgebrochen sein. Das Wartezimmer war bis auf den letzten Stuhl besetzt. Nicht alle Gesichter kannte ich.

Neben der Tür zum Behandlungszimmer saß Alois Rotter und grinste mich breit an. Er war rasiert, und sein ausgemergeltes Gesicht war gerötet. In der einen Hand hielt er seinen Gehstock, mit der anderen stützte er eine Flasche mit einer klaren Flüssigkeit auf die Knie. Neben ihm erkannte ich den Jäger, dem Viktor und ich im Jagdzentrum begegnet waren. Auch im gut geheizten Wartezimmer trug er seinen mit Auerhahnfedern geschmückten Hut. Er war kein Patient von mir. Trotzdem lehnte er in Bundhose und Lodenjacke in dem mit weißem Leder bezogenen Freischwinger. Die Beine hatte er vor sich ausgestreckt, und unter den Profilsohlen seiner Bergschuhe hatte sich ein See aus geschmolzenem Schnee ausgebreitet, in dem Erdkrumen und Tannennadeln schwammen. In den Armen hielt er einen zusammengerollten Pullover.

Vor ihm hüpfte Maxi Wagner herum. Er schien sich von seiner Mandeloperation gut erholt zu haben. Als der Junge mich bemerkte, blieb er abrupt stehen und schlug sich die Hand vor den Mund.

»Guten Morgen«, sagte ich.

Die Menge murmelte einen Gruß und nickte.

Ich deutete in Richtung Anmeldung. »Ich bin gleich bei Ihnen.«

Vor Mirandas Zimmer standen zwei Teenager, die ich noch nie gesehen hatte. Ich schob mich an ihnen vorbei und machte Miranda ein Zeichen. Sie warf mir über den Rand ihrer Brille einen Blick zu und reichte einer Frau mit einem kleinen Kind einen Terminzettel.

Ich wartete, bis die beiden hinausgegangen waren. Dann schloss ich die Tür. »Was, zum Teufel, ist denn da draußen los?« Die Praxis war eine Woche geschlossen gewesen. Aber der Kollege Loidl in St. Bartholomä hatte meine Vertretung übernommen.

Miranda zuckte die Schultern. »Das geht seit acht Uhr so.« Sie schaute auf ihren Computerschirm und drückte eine Taste. »Schon zwölf Patienten in der Warteschleife.«

Dabei war es erst neun. Mir wurde schwindelig. »Sind die alle plötzlich erkrankt?«

»Nein.« Sie schwang ihren Drehstuhl herum und deutete auf das Fensterbrett hinter sich. Halb verdeckt von den Blättern des Gummibaums reihten sich dort Päckchen, Zellophantüten mit Weihnachtskeksen und Flaschen mit sicher hochprozentigem Inhalt. »Alles von unseren Patienten – mit den besten Genesungswünschen.« Sie wandte sich wieder ihrem Computer zu. »Frau Meixner will mal wieder ein neues Rezept. Die Unterkoflers haben ihren Kontrolltermin einfach vorgezogen. Rotter Alois fehlt nichts, der will Ihnen nur seinen Vogelbeerschnaps persönlich überreichen. Was den Maxi und seine Mutter angeht, da kann …«

»Halt, halt, das reicht.«

Sie rückte ihre Brille zurecht. »Und jede Menge neue Patienten haben wir auch.«

Ich ließ den Anorak von meinem Gipsarm gleiten. Miranda sprang auf und nahm mir die Jacke ab. Sorgfältig hängte sie sie auf den Kleiderständer hinter der Tür. Dann half sie mir in den weißen Kittel. »Ich hab einfach den linken Ärmel abgetrennt. Ich hoffe, das macht nichts.« Sie hielt mir das zusammengerollte Stethoskop hin.

In meinem Hals kratzte es. »Nein, natürlich nicht. Also dann – auf in den Kampf.« Auf dem Weg zur Tür drehte ich mich noch einmal um. »Warum sind die bloß alle gekommen?«

Miranda lächelte. »Na, warum wohl?« Sie wedelte mit den Handrücken in meine Richtung, als wollte sie mich hinausscheuchen. »Na los, Frau Doktor, jetzt gehen Sie schon.«

Als ich das Wartezimmer betrat, erstarb jede Unterhaltung. Maxi Wagner kletterte auf den Schoß seiner Mutter. Alois Rotter straffte seinen dünnen Körper. Der Jäger hob den Kopf. Alle schauten mich an. Ich überlegte, wie ich mich für die herzliche Anteilnahme bedanken konnte. Da erhob sich der Jäger, den Pullover noch immer auf dem Arm, und trat auf mich zu. Er war ein gutes Stück größer als ich, sodass er sich zu mir hinunterbeugen musste. Die spatelförmigen Auerhahnfedern an seinem Hut tanzten vor meinen Augen.

»Frau Doktor?«

Man hätte eine Stecknadel fallen hören.

»Ja …?« Wie hatte Viktor ihn bloß genannt? Sepp?

»Also, ich wollte … ich hätte da … kurz gesagt, ich bin deswegen hier.« Er wickelte den Pullover auseinander. Ein Stück braunes Fell tauchte auf. Dann erschien der Kopf eines Welpen mit winzigen Schlappohren. Blaue Babyaugen schauten mich an.

Das erste Mal an diesem Tag musste ich lachen. »Da sind Sie aber bei mir falsch. Da müssen Sie zum Dr. Thurner.« Ich strich dem Hund mit dem Zeigefinger über die Schnauze. Sein Fell war noch so weich wie Watte. »Ist der süß.«

»Das ist eine sie, das ist die Assia.«

»Die Assia, so, so, Herr …?«

»Raudaschl.« Er strahlte mich an. »Sepp Raudaschl.«

Sepp Raudaschl. Meine Nackenmuskeln verhärteten sich. Sepp war die Kurzform von Josef. Das konnte nur ein böser Scherz sein. Josef Raudaschl hatte man vor vierzig Jahren am Geiereck erschossen. Ich hatte am Kirchhof vor seinem Grab gestanden.

Rasch zog ich die Hand zurück. »Was soll das?« Meine Stimme war rau.

»Was soll was? Die Assia ist die Tochter von unserer Senta.« *Der Sepp hat eine gute Deutsch-Drahthaar-Hündin. Es ist ihr erster Wurf.* »Und weil Sie doch immer so allein durch den Wald rennen und bei allem, was Ihnen in der letzten Zeit zugestoßen ist …«

»Woher …« Ich schluckte. »Woher wissen Sie, dass ich immer alleine laufe?«

Er zog die Brauen hoch. Die Hutkrempe bog sich nach oben und die Auerhahnfedern richteten sich auf. »Ich seh Sie doch jeden Morgen durch mein Revier joggen.«

Nie hatte ich seine Gegenwart bemerkt. Aber ich zweifelte keine Sekunde an seinen Worten. Alpbach hatte seine Augen überall.

Er sprach schon weiter. »… und da haben meine Frau und ich beschlossen, Ihnen die Assia zu schenken.« Assia hatte sich schon zur Hälfte aus dem Pullover herausgearbeitet. Ihr Hals war weiß gesprenkelt. »Es ist … auch wegen dem Papa.« Er zögerte. »Wir wissen doch jetzt endlich, dass es der Steiner war, der meinen Vater erschossen hat. Ohne Sie …« Seine Stimme brach ab.

Im Wartezimmer erhob sich Gemurmel. Jemand klatschte.

Der Welpe war wirklich sehr süß. Ich streckte den gesunden Arm aus und nahm Raudaschl den Hund ab. Assia begann sofort, mein Kinn zu lecken. Hinter mir hörte ich ein Räuspern. Ich drehte mich um. Miranda stand in der Tür des Anmeldezimmers.

»Ich dachte, während der Sprechstunde könnte er ja bei mir bleiben«, sagte sie und hob einen Henkelkorb mit einem rot-weiß karierten Kissen hoch. »Ist alles vorbereitet.«

Es war ein abgekartetes Spiel. Ich schaute den Welpen an. Der Wiener Adventmarkt, mein Lieblingsitaliener und viele Einladungen warteten auf mich. Mein Elternhaus mit den antiken Orientteppichen. Bestimmt war dieser Hund nicht einmal stubenrein. Und was würden die Chihuahuas der geschönten Patientinnen zu einem zotteligen Jagdhund aus Alpbach sagen?

Assia gähnte mir ins Gesicht. Ihre Milchzähne waren nadelspitz. Dann legte sie den Kopf auf meinen Gipsarm und schloss die Augen. Ich wandte mich an Raudaschl. »Braucht so ein Jagdhund nicht jede Menge Arbeit?«

Raudaschl nickte eifrig. »Also, das ist alles geregelt. Ich hab da mit dem Vickerl gesprochen. Im Jänner beginnt der neue Kurs im Jagdzentrum, und im April ist die Jagdprüfung. Der Andrang ist ziemlich groß, deswegen … also, wir haben schon mal das Anmeldeformular für Sie ausgefüllt. Schießen tun S' ja nicht schlecht, sagt der Vickerl …«

»Was?«

»Der Dr. Thurner hat heute schon zweimal angerufen«, ließ sich Miranda vernehmen. »Ich hab Ihnen das Mittagessen mit ihm als Termin eingetragen.«

Assia fiepte im Schlaf. Ein leichter Hundegeruch stieg mir in die Nase. Er erinnerte ein wenig an den Duft von frischem Gras und feuchter Erde. Im Frühjahr wäre Assia groß genug, um mich beim Laufen zu begleiten. Es würde Spaß machen, mit der Hündin unterwegs zu sein. Und in Alpbach störte sich niemand an einem Deutsch-Drahthaar in einer Arztpraxis.

Der Wiener Adventmarkt mit dem Kunstschnee auf den Dächern der Holzbuden und der gezuckerte Punsch kamen mir schon gar nicht mehr so verlockend vor. Und wer aß schon guten Gewissens Importfisch? Nach der letzten Weihnachtsparty hatte ich grauenvolle Kopfschmerzen gehabt.

Ich schaute zu Raudaschl hoch. »Vielen Dank für den Hund.«

Wieder fingen ein paar Leute im Wartezimmer zu klatschen an. Alois Rotter hob die Schnapsflasche, als wollte er mir zuprosten.

»Aber die Jagdprüfung könnt ihr vergessen. Das bin ich nicht.« Wochenlang hatte ich einen Mörder gejagt, aber das machte mich doch nicht zur geborenen Jägerin. Auch wenn sich in die Erleichterung, ihn am Ende zur Strecke gebracht zu haben, ein wenig Stolz mischte.

»Sind S' da ganz sicher?« Raudaschls Augen unter der Hutkrempe glitzerten.

Ich nickte.

»Na gut.« Er rollte den Pullover zusammen und steckte ihn unter den Arm. »Also dann.« Er ging zum Ausgang. An der Tür, die Klinke schon in der Hand, drehte er sich um. Assia knurrte im Schlaf und sträubte das Nackenfell. Raudaschl ließ mich nicht aus den Augen. Sein Blick glich dem von Vinzenz und Hansi Steiner: abwartend, geduldig und sich des Sieges gewiss. Auf einmal erschien ein Lächeln auf seinem Gesicht. »Das Anmeldeformular liegt bei der Miri. Sie müssen's nur noch unterschreiben und es nachher dem Vickerl mitgeben.« Als er die Tür öffnete, fuhr ein kalter Luftzug herein. Die Auerhahnfedern an seinem Hut spreizten sich. Dann war er weg.

»Können wir mit der Sprechstunde anfangen?« Miranda schwenkte ihren Korb hin und her.

»Gleich.« Ich ging zu ihr hinüber und legte den schlafenden Welpen auf das karierte Kissen. »Den ersten Patienten in zehn Minuten, bitte. Ich muss noch telefonieren.«

Das Gespräch mit meinem Vater würde nicht lange dauern. Im Grunde genügte ein einziger Satz. *Der Buschdoktor bleibt bei den Eingeborenen.*

Nachwort

Diesem Roman liegt ein echter Kriminalfall zugrunde. Im Herbst 1923 fand in der Nähe von Windischgarsten in Österreich der sogenannte Kampf auf der Mayralm statt. Dabei wurde sowohl ein Jäger als auch ein Wilderer getötet. Letzterer durch einen Kopfschuss aus nächster Nähe. Die Umstände seines Todes konnten nie geklärt werden, aber Gerüchte besagen, dass er von seinen Kameraden erschossen wurde.

Grundlage der Recherchen zu diesem Buch und dem interessierten Leser empfohlen sind:

Girtler, Roland, Wilderer. Rebellen in den Bergen, Böhlau, Wien 1998.
Schindler, Norbert, Wilderer im Zeitalter der Französischen Revolution. Ein Kapitel alpiner Sozialgeschichte, C.H. Beck, München 2001.

Ines Eberl-Calic, Jänner 2012